U0024475

古玩人生

之一 一夕暴富

鬼徒／著

古玩人生之一 一夕暴富

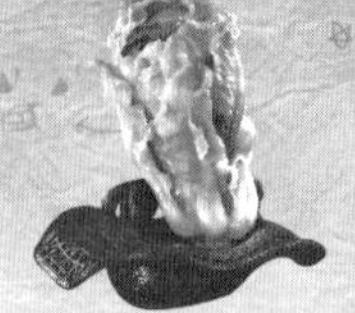

第一章

突如其來的異能

屋漏偏逢連陰雨，
在賈似道山窮水盡、窮困潦倒的時候，
他居然在出租屋裏觸電了，昏迷半小時後醒過來，
發現手上戴的祖傳青銅戒指成了粉末，
還沒來得及心疼，卻意外地發現，
他的體內多了一股莫名其妙的氣機。

夏日炎炎，賈似道心情忐忑地走到了「周記」玉器店的門口，望著頭上的店面招牌，他深吸了一口氣，下垂的雙手緊握成拳，內心的緊張表露無遺。

賈似道今年二十六歲，是臨江市郊區一個普通農家的孩子，大學畢業後留在城市裏打拚，曾經的雄心壯志，在工作兩年之後消磨殆盡，微薄的收入在交完房租之後所剩無幾。尤其是最近，父親身體不好，家裏的積蓄早已花光，賈似道將所剩不多的五千塊錢也匯了回去，卻是杯水車薪，更要命的是，一星期後還要交房租。

屋漏偏逢連陰雨，在賈似道山窮水盡、窮困潦倒的時候，他居然在出租屋裏觸電了，昏迷半小時後醒過來，發現手上戴的祖傳青銅戒指成了粉末，還沒來得及心疼，卻意外地發現，他的體內多了一股莫名其妙的氣機。

這股神秘的氣機，居然能夠讓他的左手觸及任何物品時，進行內部質地的探測。當他的手抓住了房門把手時，有一種怪異的感覺出現在他的腦海裏。他可以在腦海中模擬出門把材質的密集程度，再來是木製房門的內在結構，甚至可以隱隱感覺到，房門的門板和表面清漆之間的不同……而鬆開左手，一切又變得正常起來。

賈似道的心跳開始加速，看著自己左手的目光，也變得格外的炙熱起來。而他的腦海裏，僅剩下一個念頭：人生的大起大落實在是來得太快，太刺激了！

然而，這種能力一度讓賈似道陷入恐慌和迷茫當中。他不敢跟任何人說，接下來的幾天裏，一直是渾渾噩噩，直到昨天，他聽一個朋友阿三無意中說起了在雲南舉行的翡翠賭石大會，頓時讓他眼前一亮。

他意識到英雄終於有了用武之地，賭石的魅力就在於，在切開石頭以前，人們無從完全準確地判斷原石內部是否有翡翠，而他的特殊能力，無形中為他提供了一隻「點石成金」的黃金手。於是在上網瘋狂搜索了關於賭石、古玩的資料之後，他終於下定決心從阿三那裏借了兩千塊錢，踏入了臨江市古玩一條街。

「周記」的店門敞開著，裏面卻沒有什麼顧客。賈似道心中略有些期盼看到的身影——嫣然，也沒有出現。店裏就阿麗一個人在悠閒地擦拭著玻璃櫃檯。

紀嫣然和周麗是這家玉器店的兩個美女，前者是清麗脫俗的冷美人，很少開口說話，後者性格開朗，一頭短髮，顯得英姿颯爽。賈似道曾經在幾個月之前和阿三來這裏逛過，因此和這家店鋪的人認識。

覺察到有人進了門，阿麗抬頭向大門這邊看了一眼，發現是賈似道之後，她笑著說：「今天真早啊，先坐一會兒吧，看看有什麼喜歡的。」她手上擦玻璃的動作加快了不少。

「沒事，你忙你的，我是來看看毛料的。」成品玉器，賈似道可是一點兒也不懂，放一個幾百萬的手鐲在他面前，他也許就以為是幾百塊的。賈似道本來內心還很緊張，但是看到樓梯下堆放著的毛料，他的心情莫名地就沉靜了下來。

「喲，你還真對這個感興趣啊？不過，我可警告你，這毛料裏頭，也不是都能切出翡翠來的。如果看走眼了，可就血本無歸了。」阿麗好心地提醒著。

「多謝提醒，來之前我花了很長時間看資料……」賈似道差點沒被阿麗的話打擊得掉頭就走，好不容易，他平靜了下來，深吸了一口氣，開弓沒有回頭箭。他在地上撿起一塊毛料，用特殊能力探測起來。頓時，整塊毛料的內部結構浮現在賈似道的腦海中，就好像在看３Ｄ電影一樣，毛料的內部景象浮現於虛空，似乎觸手可及。

「看在你人還比較老實的份上，我也不騙你了。」賈似道的反應似乎完全在阿麗的意料之中，她說：「這些毛料都是我父親從雲南那邊弄過來的，據說還都是老坑的翡翠毛料。不過放著也有段時間了，陸陸續續也有人買，但切出翡翠來的卻沒有幾塊，即便有，品質也不高。所以啊，你想看就看看吧，真要買的話，也沒必要花那個冤枉錢。」

「阿麗，你這可不像在做生意啊。」後面走出來一位胖乎乎的中年大叔，顯然是聽到了阿麗的話，不禁有些責怪地說了阿麗一句。他看到賈似道，覺著有點眼熟，問道：「你就是上次阿三那小子帶過來的朋友？」

「是啊，周大叔。」賈似道一時間也不知道怎麼稱呼好，不過，既然對方提到了阿三，賈似道也就不稱呼他周老闆了：「我和阿三是大學校友。」

「嗯。」周大叔點了點頭，轉頭對阿麗說：「不過，就算是這樣，你也不能胳膊肘往外拐啊。這些毛料可是你老爸我親自從雲南運回來的，怎麼能說品質不好呢？」

賈似道心裏有些感歎，這對父女之間，沒有什麼隔閡，相處得如此輕鬆融洽，倒讓賈似道有些羨慕了。

「小夥子，怎麼稱呼？」

「我姓賈，周大叔，您叫我小賈就成。」說著，賈似道從口袋裏摸出一盒煙，遞了一根給周大叔。

「這玩意兒，我早就戒嘍。」周大叔說著還看了阿麗一眼，賈似道順著他的目光看過去，正看到阿麗在瞪著周大叔，那個模樣，很有點管家婆的意思：算你

這回老實。

「對了，周大叔，在您這兒買了毛料之後，可以直接切開嗎？」賈似道再怎麼不懂行，也知道一塊毛料要是不切開，就只能繼續以賭石的方式轉賣出去，那樣一來，他的賺錢計畫就只能暫時擱淺了。他口袋裏的錢可不夠囤積毛料的，估計能買一兩塊小的原石就不錯了。

「可以啊。」周大叔看了看賈似道，摸了摸自己的下巴，說道：「我店裏就有工具。如果開出翡翠來，還可以直接賣給我。價格絕對公道。」

「那就借您的吉言了。我先自己看看。」阿三和阿麗的關係似乎不一般，賈似道作為阿三的朋友，倒也不怕周大叔在價格上太克扣他。再說，出了「周記」玉器店，要讓賈似道自己再找到買家，可就更難了。

看到賈似道重新蹲下身去，在一堆毛料裏挑來揀去，周大叔站在邊上也不插話，他拿了一張報紙，坐到別處去了。在他看來，像賈似道現在這樣，能看出名堂來才怪呢。

這時候也沒什麼客人進來。賈似道一心放在毛料上，當左手接觸到毛料時，瞬間集中自己的注意力，緩緩地感應著毛料內部的結構，但是他並沒有發現什麼特別的地方。即便某塊毛料中偶爾出現一些感覺上的差別，反映到賈似道的腦海裏之後，也只是景象上有一些微小變化，而且周邊還有一些過渡物質存在。賈似道覺得那可能是石頭內部石質的細密程度不同造成的，感覺很鬆散，不太可能含有翡翠。

難道要找到一塊裏面含有翡翠的毛料，就這麼困難嗎？

賈似道心裏哀歎一聲。轉念一想阿麗的話，也許她還真說對了，這裏的毛料本來品質就不太高。賈似道即便只是粗略地在網路上找了一些資料來看，也可以知道，像臨海市這樣的地方，有個做翡翠毛料生意的店鋪就很不錯了，想要在這些毛料中切出高品質的翡翠來，機率無疑就和中彩票一樣低。

賈似道已經翻了大部分的小塊毛料，感覺自己的精神也萎靡下去，正當他頹然放手時，忽然發現在靠近牆壁的地方，還有三塊較小的毛料。靠牆放著一張有些破舊的茶几，毛料就擱在茶几上，灰不拉嘰的，幾乎和茶几同樣顏色，毛料擺設得比較講究，似乎和剛才翻看的這些不太一樣。

「周大叔，這幾塊毛料，比較特別嗎？」賈似道伸手指了指，問道。

「哦，你說那幾塊啊？」周大叔放下報紙，順著賈似道手指的方向看了一眼，說道：「那幾塊價格稍微貴一點。怎麼，你看中那幾塊了？」

「還沒看呢。」賈似道不甘心地動了一下，探身撿過來一塊，略一感應，毛料

的質地還是表裏如一，不禁又歎了一口氣。他還以為價格貴一些，出翡翠的機率就會大一些呢。看來，翡翠毛料並不是人為定的價格就能決定其內在品質的。

還好，毛料只有三塊，個頭也小，即便賈似道覺得有些累了，還是可以把剩下的兩塊毛料都給探測一遍的。賈似道的特殊能力想要探測一件東西，速度可以非常快，幾秒鐘就可以確定了。精力充沛的時候，賈似道甚至試過，把硬幣放在鬧鐘上，然後左手中指只和鬧鐘接觸，同樣可以通過感應鬧鐘進而感應到硬幣。

賈似道在感應第二塊毛料的時候，忽然發現了一絲希望。

原本探測過的那些毛料，給賈似道的感覺就是內部只有一種觸感，但是，現在手中這塊毛料中心偏下一些的位置，有拇指大小的一塊區域，那裏的質地明顯和外層的石料不同。

翡翠?!這是賈似道腦海裏閃過的第一個念頭。

這是貨真價實的翡翠毛料，賈似道覺得在這一點上，阿麗和周大叔完全沒有必要騙他。那麼，其內部和石料的質地不同的部分，應該就是翡翠了。只不過不知道品質如何，又是什麼樣的色彩。

賈似道按捺住心中的激動，把手伸向了最後一塊小毛料，卻是一無所獲。但是，賈似道也因此鬆了口氣。如果每一塊毛料中都有這樣的特別質地部分存在，他反倒不敢肯定那就是翡翠了。而且，賈似道口袋裏的錢，可能連這麼一小塊毛料都買不起。

賈似道掂了掂自己挑中的這塊毛料，和一個易開罐的大小差不多，他站起身來，走向周大叔，問道：「我就要這塊毛料吧，多少錢？」

「你真打算買啊？」周大叔還沒有答話，邊上的阿麗搶先開口了。剛才賈似道在那邊看毛料的時候，阿麗就注意地看著他，對於賈似道這麼快就決定下來，她有些好奇。

「我打算試試運氣。」賈似道也不含糊，好不容易找到了一塊可能出翡翠的毛料，他自然不能放過。

「這塊毛料是從茶几上拿的吧？」周大叔看了一下，「小賈，眼光不錯。茶几上的三塊毛料，可都是經過嫣然的手才放上去的。」

「哦，這和嫣然有什麼關係？」賈似道有些不解。

「呵呵，在我面前，你小子還耍心眼呢。」周大叔看著賈似道頗耐人尋味地說，「我年輕那會兒啊，有了喜歡的女子，可沒這麼多拐著彎兒的道道。」說著，他還看了看身邊的阿麗。

「嫣然對於翡翠毛料，可是很有研究的。」阿麗解釋道，「她說挑出來的那

三塊毛料，是這些毛料中最有可能出翡翠的。只是這話到現在為止，除了我們誰也不知道。不然，光憑是嫣然挑出來的，早就賣出去了。」

聽到這兒，賈似道才算明白過來了，自己再一次被誤會了，心裏有些好笑，也不解釋，反而疑惑地問了一句：「那她自己為什麼不賭一次呢？」

「你以為每個人都是財迷啊？」阿麗沒好氣地白了賈似道一眼。

「她不缺那個錢。」周大叔說了一句，讓賈似道覺得話裏還有些深意在，一時間也琢磨不出來。不過，嫣然的身分，絕對不會是「周記」裏的一個服務員，卻是肯定的。

「小賈，我也不多說了，生意歸生意，這毛料你真要的話，兩千塊錢，你拿走。」周大叔指著賈似道手裏的毛料說，「不過，我還是要告誡你一句，賭石這一行，瞭解一下，追追女孩子，大叔我能理解。就像阿三，也在這裏扔了幾千塊錢呢，連一點綠都沒看到。所以，你可想仔細了啊。」

「就是，不如等下週六，嫣然在的時候，你再來吧。」周大叔的話音還沒落，阿麗就接了過去，說出來的話卻讓賈似道哭笑不得。

這兩千塊錢的價格，正好達到了賈似道的心理底線。一咬牙，下了決心，賈似道就在周大叔和阿麗好奇的目光之下掏出錢來。數了數錢，交到周大叔手裏之後，賈似道握著手裏毛料的動作也變得小心多了。雖然毛料這玩意兒即使掉到地上也沒什麼問題，可這一下子花出去的，可是他借來的翻身錢啊！賈似道總算是切身體會了一把賭徒的心態。

跟著周大叔，賈似道進入了後間。阿麗覺得這麼一會兒工夫，應該不會有什麼客人來，便也跟在賈似道的後面，想看看這毛料是不是真能切出翡翠來。

出乎賈似道的意料，後間的佈置比起大堂來絲毫不遜色，灰紫色的桌椅、書架、櫥櫃，都顯得古樸儒雅。且不說那些顯眼位置擺放著的瓷器給人的感覺如此秀雅，就連茶几上擺放著的一些碟子、茶壺也非常精緻，賈似道叫不出名堂來。

「周大叔，就在這兒？」賈似道詫異地問了一句。這房間怎麼看也不像是用來切石的，反倒更像是接待貴客之處。就連賈似道這種自覺沒有高雅情操的人，來到這裏之後，也不禁對「格調」二字，有了更深的理解和嚮往。

「這裏？」周大叔轉頭看了賈似道一眼，「你倒是想呢。」說著，他也不停步，繞過一個屏風，再往前走去，沒幾步，就來到了另外一個狹小的房間。這時賈似道才明白過來。

這個房間只容得下兩張床的位置，基本上也就和賈似道租住的那個屋子一樣大。角落裏堆放著一些奇形怪狀的石頭，哦，不，應該是毛料。但是賈似道粗略地掃了一眼，卻發現這裏的毛料和外面大堂裏擺放著的有些不同，應該不屬於翡翠毛料。邊上還擺放著許多工具，比較亂，地面上還有些粉塵沒有打掃。

「說吧，你這毛料，想要怎麼切？」周大叔問賈似道。

「這切毛料，還有什麼講究嗎？」賈似道不解道。

「你呀，真不知道怎麼說你好。」賈似道的問題，連站在邊上的阿麗都看不過眼了，不禁解釋道：「翡翠原石的質地比較堅硬，尤其是貴重的毛料，一般都要請專業的人員，用專業的工具來切割。不過，你手上的這一塊，」阿麗看了周大叔一眼，「請我老爸這樣的半專業人士給你切就足夠了。當然，你也可以自己動手試試。」

「自己動手？」賈似道倒是有些躍躍欲試。不過，這好歹是他的第一次賭石，如果說他心裏一點不緊張，那是假的。這就和買彩票的性質差不多，唯一的區別，就是賈似道更有把握中獎而已。即便如此，別看賈似道表面上頗為鎮靜，心裏卻是異常忐忑。

「我就算了吧。周大叔，還是麻煩您了。」賈似道說著，雙手捧著毛料，遞給了周大叔。

「放在地上吧。」周大叔的聲音裏，讓人聽不出是什麼態度：「這毛料已經是你的了，我就問個清楚。切石的時候，是按我的意見來，還是按你自己的要求來？」這就是周大叔的高明之處了。

在毛料還沒有切開來的時候，誰也不知道裏面到底有沒有翡翠。要是因為他一意孤行，在切割的時候出了什麼差錯，到時候再計較的話，反而說不清楚了。

「就按照您的意思來吧。」賈似道覺得自己反正也是一竅不通，而且，他隱隱地感覺到，剛才運用特殊能力有些過度了，腦袋有些發脹。這讓賈似道有些心急，恨不得馬上切開毛料、取出翡翠來，然後回家好好睡上一覺。

「那你就先站在邊上等著。」周大叔對賈似道的決定並不意外，如果賈似道真的要親自動手的話，只能說明賈似道自己對這塊毛料都不上心。

或許是因為看出了賈似道的緊張，又或者是因為這塊毛料雖小、卻還是嫣然認同過的，周大叔還是仔細地研究了一番，考慮從哪個位置下刀。不過，這樣的舉動，在賈似道看來，卻是浪費了太多的時間。賈似道真擔心自己可能馬上就要一頭栽倒在地、睡過去了。反倒是在邊上等著的阿麗，沒有任何不耐煩的表情。

賈似道不知道的是，切石其實也是一門學問。真要仔細考究起來，現在周大叔這樣的做法，已經是簡化了許多。很多賭石的人，在買到毛料之後，不是直接就切開來的，還需要經過擦石以減少風險。有時候會擦漲，可以高價轉手，有時

候也會在擦石之後價格大跌。不過，擦漲不算漲。任何毛料，都只有在解開了之後，才能明確其價值。

周大叔並不是長年累月都沉浸在賭石這一行的人，而賈似道的毛料也實在是廉價，就無需那麼多講究了。

「周大叔，我看這樣吧，我還有事，這毛料不如就直接從中間切成兩半，有就有，沒有就沒有，一目了然。」賈似道隨便找了個理由，對周大叔說。

「你真的確定要從中間切開？」周大叔對賈似道的態度改變，有些好奇起來：「萬一裏面要是有好的翡翠，這一刀下去，有可能就給切壞了。」因為只有面對劣質毛料，又或者是邊角料的時候，才會選擇直接從中間切開的做法。

「我想這毛料裏有沒有翡翠，還不知道。即便有，恐怕也不是什麼值錢的翡翠。」賈似道說，「所以，我就想還不如直接一刀切開，來得爽快些。」

「也好。」周大叔點頭同意了。

賭石，絕對是對心臟承受能力的巨大考驗。所謂的一刀窮一刀富，正是這個意思。沒有好的心理素質，尤其是像賈似道這樣第一次參與賭石的人，多半會不太適應。

賈似道怕周大叔一刀下去，把原本就不大的翡翠給切成了兩半，於是，他在毛料上比劃了一下，讓周大叔剛好切在橫向的中間線上，這樣一來，毛料中位置有些偏的小塊翡翠，剛好可以完整地從切面上看出來。

對於賈似道的建議，周大叔也不多說，反正這對半切的工作沒什麼技術含量。砂輪「哧哧」的聲音停下來了，一塊毛料分成了兩塊。動作乾淨俐落，切口平整光滑。

賈似道伸手就拿過了含有翡翠的半塊，看到切面上的的確確有綠色出現了，懸著的心才算是落了下來。

「拿來，我看看。」賈似道還沒來得及仔細察看，阿麗就從他的手裏奪過了這半塊毛料，用手在上面拭了拭，再看去，翡翠的綠色僅僅是一小片而已。但就是這樣的一小片，在阿麗看來，也是了不得的成績了。

「還真被你切出翡翠來了。」阿麗微笑著打量賈似道，一時間，倒弄得賈似道有些不好意思起來。

旁邊的周大叔先看了看剩下的那半塊毛料，上面一絲綠也沒有，而接過阿麗手中的半塊，卻剛巧可以看到絲絲綠意，心下感歎著不知道是自己切得好，還是賈似道的運氣實在太好。

「周大叔，這是翡翠吧？」賈似道還有些猶疑，畢竟翡翠的原玉狀態他可沒有見過，只在店鋪裏看過現成的翡翠手鐲之類的飾品。雖然毛料中出現了綠色，但對於其價值，賈似道反倒有些患得患失了。

「這是翡翠沒錯。不過，具體的大小、水頭，還要看看再說。」周大叔一邊說著，一邊用清水把切面洗了洗，那絲絲綠意就更亮了一些。

「好東西啊。」周大叔感歎了一句，然後他又拿起了工具，把周邊的一些石料給剔除掉，速度雖然不是很快，但動作乾淨俐落。賈似道和阿麗只是在邊上站著，也不說話，緊張地盯著周大叔的動作。

不一會兒，拇指粗細的翡翠就完全顯露出來了。

賈似道一眼看去，即便是現在還沒有經過打磨，這塊翡翠也是綠意逼人，只是體積略微小了一點，和外間大堂的玉器比起來，實在是不算什麼。

「小賈，厲害啊。第一次賭石吧？」周大叔見賈似道點了點頭，才說道：「運氣真不錯……」

「什麼厲害啊，我看這塊翡翠的品質也不怎麼高，最多也就是個蛋清地，值不了多少錢。」阿麗在旁邊說道。值不了多少錢的話，著實讓賈似道嚇了一跳。

「你知道什麼？」周大叔沒好氣地瞪了阿麗一眼，對賈似道說：「小賈，別聽她胡說。蛋清地在翡翠的質地裏，的確算不上最好的，但也不多見啊。尤其小賈你還是第一次賭石，這種運氣已經很讓人羨慕了。你看看這塊翡翠，質地有如蛋清，隱隱有玻璃的光澤，而且勝在沒有什麼雜質，在蛋清地裏也屬於中上品了。雖然小了一點兒，幾萬塊錢還是有的。」

「能值幾萬塊？」兩千塊錢買來的毛料，轉手出去就翻了十來倍，賈似道內心狂喜，要知道，這可是他借來的錢啊，如果切垮了，他連跳河的心都有了。

「瞧把你高興的。如果是玻璃地的話，還能值個幾十上百萬呢。」不知道是不是嫉妒賈似道第一次出手就切出了翡翠，阿麗看著賈似道那得意勁兒，不禁打擊了一句。

「周大叔，你們說的什麼玻璃地、蛋清地具體是怎麼分的啊？」賈似道雖然惡補了不少毛料方面的知識，但只是粗略地看了一下而已，他知道玻璃地是翡翠中品質最好的，但凡夠得上這個稱呼的，絕對是價值不菲。

賈似道這麼一問，周大叔「呵呵」地笑了笑，阿麗卻看著賈似道，微微地搖了搖頭，頗有些無奈地說：「真是沒天理啊。你這麼一個外行人，一出手就賭漲了一塊毛料。我怎麼就沒這個命呢？」

阿麗見賈似道有些尷尬，就認真解釋道：「翡翠的地子，也稱為種，就是指翡翠的品質。最好的自然是玻璃地了，然後就是冰地、水地，還有蛋清地、清水地、鼻涕地、灰水地、渾水地等等，最差的是糙灰地、狗屎地。聽名字就不難想像它們的區別。玻璃地閃爍著玻璃一般的光澤，完全透明，沒有雜質。冰地呢，就如同冰一樣，裏面看著像是有一層薄霧，彷彿是清水被冷凍了一樣，凝滯、有質感……」阿麗如數家珍地侃侃而談。

周大叔聽著，微微點頭，也不插嘴。

這時賈似道看向阿麗的眼神，就熱切多了。

阿麗不禁白了賈似道一眼：「我可是賣玉器的，要是沒點見識，萬一把好東西賤賣了怎麼辦？」性格大大咧咧的阿麗，無論是動作、說話的語氣，都有股幹練的勁兒，與雍容貴氣的嫣然絕對是不同的風格。阿麗的打扮也很清爽，一頭精神的短髮，多了一些親和力。

「小賈，你別聽阿麗說得頭頭是道的，真要把實物擺在她面前，估計也免不了會出一些差錯。」周大叔看到阿麗說得痛快，不禁給她拆台。

「老爸，」阿麗埋怨道，「我才不會呢！」

「呵呵，小賈，你要是真的對賭石有興趣，運氣是一回事，在基礎知識上，也還是需要下一番工夫的。」周大叔對賈似道語重心長地說，「像翡翠的種水、賭石的一些外觀表現，在網路上都應該能找得到，尤其是一些專業的論壇，可能還會配有一些插圖，能長不少見識。書店也能找到有關的書。」

「謝謝您的指點。」賈似道誠懇地說，「這塊翡翠……」

「哦，這塊翡翠你如果願意出手的話，我這裏就可以收。」一說到翡翠，周大叔的語氣立即就變了。其實周大叔心裏也清楚，這塊翡翠，賈似道肯定是會出手的。而等賈似道自己提出來，還可以壓一壓價格。周大叔這樣生意場上的人，在價錢上，可不會顧及人情。

「這麼著吧，這塊翡翠的品質，剛才也說了。市場價，三萬塊，你要是願意，現在就可以跟著阿麗去拿錢。」周大叔說。

而一貫喜歡插科打諢的阿麗，在這個時候卻並沒有插嘴。

賈似道也不是很懂，但是三萬塊錢，已經讓他千肯萬肯了，要知道他現在已經身無分文，還欠了債，這三萬塊錢等於救了他的命，即便這個價格虧一點，他也顧不上了。反過來，如果周大叔沒有賺頭的話，肯定不會收購。

從阿麗手裏接過三萬塊錢，賈似道拖著疲憊的身體，懷著挖到第一桶金的興奮心情出了玉器店。他沒有因為發了一點小財就去大吃大喝一頓，也沒有找親朋好友傾訴，甚至沒來得及把口袋裏的錢存進銀行，他搭了一輛計程車，直接回到了租住的地方，倒頭便睡。

今天在「周記」店裏的賭石經歷，給了賈似道極大的信心，特殊能力出師告捷，讓他真正確定了，以賭石作為切入點的賺錢方式，是可行的，並且是有效的。他已經開始幻想自己未來在賭石、古玩市場上揮斥方遒、意氣風發。

賈似道一覺醒來，又到了傍晚，他下樓匆匆吃過一些東西，就再度坐到了電腦前。

這一次，因為有了明確的目標，賈似道就專門找翡翠的專業知識，進行一番惡補。如果不是昨晚被太多的賭石故事所吸引，今天早上也不至於連翡翠的種地都分不清楚了。

看完資料，賈似道一轉頭看見了床頭放著的三萬塊錢，恍惚間，他覺得那疊紅色的鈔票變得有些不真實起來。

第二天是週一，賈似道照常早起上班。他不是沒有想過乾脆辭掉工作，專門靠特殊能力賭石來發財得了。只是賈似道總覺得自己的能力得來得有些虛幻，不如先工作著比較踏實，反正工作也很悠閒，最起碼有很多時間來讓他深入瞭解翡翠的基礎知識。

上班時，同事老楊說了一件趣事，和賈似道同齡的另一個同事小六子，家裏祖輩傳下來的一個古董碗，被小六子拿去省城鑒定了。

這件事再一次刺激了賈似道，他的特殊能力目前已經證實了對石頭原料管用，那麼對於瓷器呢？古玩行業裏，瓷器也是個大熱門啊！這方面的知識自己也需要惡補惡補！

接下來幾天，賈似道先把借阿三的兩千塊錢還了，然後開始花大量的時間鑽研古玩瓷器的各種資料。他還找時間又和阿三去了一趟古玩街，長了點見識，收穫頗豐。

賈似道在這段時間裏還撿了個漏，一個幾百塊買的碧玉觀音吊墜，價值居然是原來的十幾倍。還有一套五件的香爐瓷器，賈似道花了三千五百從一個擺地攤的老太太那裏無意中買到的，一開始還以為自己打眼上當了，沮喪得不得了。

結果經過阿三的初步鑒定，賈似道頓時心花怒放，這五件香爐瓷器的價值居然遠在他購買的成本之上。

這五件東西，合稱清宮五供。按照清宮的要求，五供就是一個香爐、兩個花觚、兩個燭台。民間還有不同的擺法，有擺座鐘的，有擺撣瓶的，地域不同有不同的習慣，但意義都差不多。

如果去東陵的話，就會看到，在慈禧的墓前就有這五樣東西的石供。雖然在市場上，偶爾也會出現慈禧御用的官窯，但基本上都是單件，有的還能值個幾十萬，賈似道無意中淘到的這可是一整套，價值可就無法估量了。

不過阿三的眼光見識，在這時候也不夠用了，他帶賈似道一起去拜訪了一位古玩界的老前輩，也就是阿三的小叔公衛二爺，正式確認了賈似道手中的清宮五供確是真品，這一下讓賈似道喜出望外，他沒有想到自己無意中居然撿漏了珍品。聆聽前輩的教誨，賈似道感覺受益匪淺。

同時，賈似道在網路上加入了一個叫做「天下收藏」的論壇，並認識了一個昵稱「宇飛殤」的廣東朋友。

宇飛殤的名氣比賈似道這個新手大得多，他自己就是經營翡翠生意的。不過，在論壇上混了些時日的人都知道，他對硬玉翡翠的鍾愛程度，遠比不上對於軟玉的喜愛，尤其是上了年頭的老東西，他搜羅了不少。

有位網友告訴賈似道，據推測，宇飛殤手中的藏品不下數千件。這給了賈似道很強的震撼，看來自己還是初學者啊，得了幾件不錯的東西，就洋洋得意起來。瞧瞧人家，那才叫收藏呢。

賈似道隨後把自己撿漏的碧玉觀音吊墜和清宮五供瓷器圖片發到「天下收藏」論壇，讓網友玩家一起分享他的喜悅。當他流覽到翡翠專欄的時候，看到一個置頂的帖子，讓他一下精神大振。帖子標題寫著「流火的七月、翡翠的雲南」，點進去一看，內容是尋找幾個志同道合的人，一起去雲南賭石。

這讓賈似道的心中好一陣興奮，他正愁沒人領路，好讓自己大顯身手呢。再仔細一看，熟悉的名字還真不少，給賈似道留下頗深印象的宇飛殤，就是發起人之一。用他的話來說，這次的活動就是去雲南實戰一下。玩賭石這一行的，哪能不去實踐實踐？哪怕就是去雲南玩一趟，也是個不錯的選擇。

賈似道當即報了名。大家來自全國各地，最後定下七月七日在昆明市的一家酒店集合。現在馬上就要進入七月了，賈似道在去雲南之前，又和嫣然、周麗、阿三他們一起去了一趟省城的拍賣會，讓第一次走進拍賣會的他大開眼界。經過這一次接觸，賈似道才知道，嫣然真正的職業原來是大學講師，賭石和古玩是她的愛好。

從拍賣會回來之後，已經是七月三號了，賈似道請好了假，稍作準備，就獨自前往雲南！

如果說古玩街算是賈似道的牛刀小試，那麼去雲南賭石，則是賈似道龍入大海的開端，這裏將承載他功成名就、尋找財富的夢想，大展宏圖的夢幻人生，將從此刻掀開巨幕。

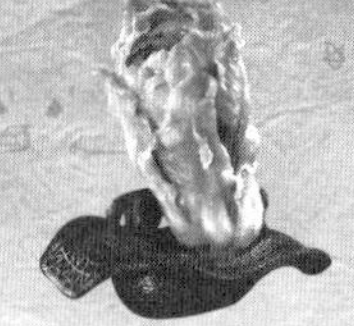

第二章

淪為廢料的原石

賈似道的神情有些怪異，
穆先生的切割，正如他所預料的那樣，
再往裏面切了一釐米不到的一小片。
結果讓這塊令人充滿期待的原石徹底淪為一塊廢料。
對於質地的判斷，賈似道還沒有出過差錯。
穆先生一時間似乎難以接受。

一路順利，賈似道到達了預定的酒店，約好組團去賭石的成員中，已經來了不少人。大家互相介紹著認識了一下，賈似道也不認生，畢竟他在論壇上也混了一陣子了，和大家多少都有過一些交流。現在見了面，無非是把論壇上的名字和現實中的人一一對上號而已。

一個年長的收藏家，叫「曾是刀客」的，是雲南本地人，也是此次活動的發起人之一。大家都稱呼他為「老刀」。不過，人家可不是愛好賭石的，從他給自己取的昵稱就不難知道，他是個對刀情有獨鍾的人。他這次一是為了見見幾個論壇上比較談得來的老朋友，另外也是盡地主之誼。

這些論壇上的活躍分子，興趣可不僅僅局限於賭石，喜歡什麼的都有，有個叫「小秋」的女孩，才二十歲出頭，她是趁著暑假來雲南見識一下賭石的神奇的，而她平時在論壇上，較多關注書畫一類，尤其是西方油畫。賈似道覺得，說不定小秋自己就很愛畫油畫。

當然，對賈似道最為熱情的，要數與他年紀相仿的宇飛殤了。賈似道的那塊碧玉觀音吊墜，宇飛殤還惦記著呢。一見到賈似道，就親切地喊著「小賈」，不知道的人還以為他們是老相識呢。

一行十幾個人裏，男女老少都有。賈似道算是來得比較晚的了，等到中午一位北方的中年人到來，這個臨時團隊就全員到齊了。大家在昆明吃了午飯，稍作休息，當天下午就乘車趕往騰沖。

這段路途有點遠，有十幾個小時的車程。好在老刀說了，騰沖那邊已經安排好了旅館，即使半夜到達，也可以很快安頓休息。

想到明天一早就可以真正地去賭石，賈似道顧不得旅途的疲勞，心裏興奮不已，一邊是無限期待，一邊卻是忐忑不安。這一回，賈似道把手頭的存款全都帶上了，他那三萬塊錢，除去來時的機票，以及最近的零碎花銷，只剩兩萬五千多了，對於賭石一行來說，實在是少得可憐。

可是，一塊翡翠原石的價格，從幾百元到上千萬，沒有統一的標準，即便再少的錢也可以起家，而再多的錢也可以輸得精光。賭石，賭的是人的心理素質和看石的眼光，正所謂「一刀窮一刀富」，才會讓人感到無比的驚險和刺激，深深地吸引著人們。

當然，賣毛料的人也不是笨蛋，價錢低的毛料相對於高價的毛料，出翡翠的機率自然也會低一些。所以，這一行裏就有在資金充足的時候賭大不賭小的說法。

好在賈似道有特殊能力的幫助，他所需要做的，就是挑中一塊價錢合適的好

的翡翠毛料，當場解開，來個美麗而傳奇的開端，接著直接把翡翠出手，再往後可就好辦多了。

車窗外的天色漸漸暗了下來，躺著的賈似道也開始閉目養神，鍛煉起他的特殊能力來。而在其他人看來，賈似道只不過是打盹而已。

以「天下收藏」這個論壇為中心，團隊的十幾個人中，有很多人都不是第一次聚會了。宇飛殤告訴賈似道，像這樣的聚會有過多次，上半年他們還組團一起去過北京的潘家園。有沒有淘到好東西不知道，但是，天南地北的人有機會聚一聚，也頗有一番樂趣。相熟的人，在選座位的時候自然會挨在一起。甚至還有一男一女相鄰躺著，手拉著手，做著一些曖昧的動作。

當賈似道長長地舒了一口氣，完成今天的精神力鍛煉時，卻聽到身邊的宇飛殤也跟著長長地歎了一口氣。

「怎麼了？你該不是對明天的騰沖之行沒有什麼信心吧？」雖然是今天剛見面，但因為都是年輕人，賈似道和宇飛殤很談得來。宇飛殤的家族經營的正是翡翠毛料的生意，這樣的家族，在廣東是比較多見的，甚至在揭陽地區，還有整個村都是做翡翠生意的呢。

宇飛殤的本名就叫宇飛，姓劉，他老爸在翡翠毛料生意一行頗有些名氣，生意做得挺大的，他從小耳濡目染，自然懂得不少。在這個團隊裏，真要說起來，大多數人對於賭石都是門外漢，僅僅是興趣而已。像劉宇飛這樣做翡翠生意的很少，也就是最後到的那位叫「他山之石」的中年人和劉宇飛兩個人了。

「騰沖我基本每年都會去，還需要什麼信心不信心的。」劉宇飛看了看賈似道，搖了搖頭：「我只是感歎路途寂寞啊。要是現在我身邊躺著一個美女，那該多好，也不用長夜漫漫、無心睡眠了。」

賈似道頓時無語。

「怎麼，你不信啊？」劉宇飛打量了一下賈似道，皺了皺眉頭：「看你人長得也不賴，難道參加這次組團，就沒有點獵豔的意思？你瞧那邊，」說著，劉宇飛給了賈似道一個眼神，指的就是先前賈似道注意到的挨著躺著的一男一女：「唉，我就是來晚了那麼一天，結果，名花有主了……」

「那邊不是還有一個嗎？」賈似道瞥了小秋的位置一眼。十幾個人中，只有三位女性。除去名花有主的那位和一位中年婦女，就只有小秋了，她人長得倒也水靈，年輕、充滿了朝氣，賈似道感到奇怪，劉宇飛怎麼就沒看上她呢？

「她？」劉宇飛搖了搖頭，「我對畫西洋畫的沒興趣。」

客車到達了騰沖，眾人跟著老刀，進了車站邊上的一家旅社，等待天亮。

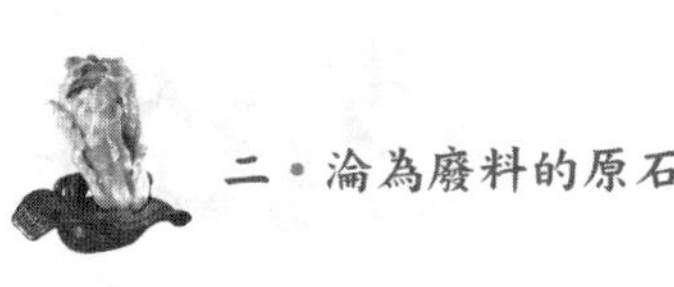

休息的時間並不長，賈似道根本就沒怎麼睡，天色就已經微微泛白了。因為心裏惦記著馬上就可以去賭石了，他情緒很激動，即便躺著也是輾轉反側。賈似道便早早起來，洗漱完畢，打開電視，隨意地調換著幾個台，心思卻沒在電視上。沒過多久，他注意到走廊上有了響動，隨行的幾個年紀稍大的人已經陸續起來，走向了食堂。

賈似道便跟著一起匆匆吃過早餐。等到大家全部聚齊的時候，放眼一看，眾人都是一副興致勃勃的樣子。賈似道心想，看來不光是他這樣的新手對賭石充滿了期待，就是劉宇飛這樣的老手，也仍然對賭石的魅力無法抗拒。

老刀也不多話，當即一聲令下：「先去玉石街看看吧！」

於是，十幾個人便三五個人併一輛車，搭車前往目的地。

賈似道自然是跟劉飛宇一起，同車的還有那一對男女。賈似道趁著劉宇飛不注意，迅速地坐到了副駕駛座上，把劉宇飛給晾到了後排，和那一對擠著去了。劉宇飛有些瞠目結舌，只得對著賈似道的背影咬牙切齒。

好在路途不遠算，一行人很快就到了玉石街。

街道上的行人已經不少，往來穿梭，節奏頗快。賈似道放眼看著嚮往已久的玉石街，這真實的景象，卻怎麼也無法和想像中的感覺融合。

說起來，儘管叫玉石街，卻少了點街道的感覺。頭頂是透明塑膠的頂棚，街面就如同菜市場一樣。一堆堆的石頭擺放在兩邊的攤位上，賣玉石的老闆與買菜的大媽也沒有太大的區別，或站或坐、嘴裏還偶爾吆喝上幾句，看到有人圍到攤前或者經過的時候，都會招攬一下。

賈似道苦笑，這景象，怎麼看著倒和浙江某個小商品市場那麼像呢？

不過，不等賈似道回過神來，同行的十幾個人就已經一頭扎進了人群中，再想找到他們還真不太容易。好在老刀事先說過，大家自由活動，隨便看看，也大可以出手，中午的時候，再在現在這個街口會合。而且通訊如此方便，大家又都是成年人，倒也不怕走散了。

「怎麼，到地方了，還站在這裏做什麼，走啊，一起去看看吧。」劉宇飛一拍賈似道的肩膀，率先走向了邊上的一個攤位。

賈似道訕訕一笑，便跟了上去。

看著這麼多的翡翠毛料，每一塊裏面，都可能蘊含著價值連城的翡翠，也許，只需要那麼一塊，就足夠一個人奮鬥幾輩子的了，實在是讓賈似道躍躍欲試、心動不已。

只是這裏的翡翠毛料太多了，賈似道有些不知所措。很顯然，他的精神不足以支撐他使用特殊能力把這些毛料全部都探測一遍。以目前他的能力來講，這實在是不可能完成的任務。

而且，賣毛料的老闆的熱情，也遠遠出乎了賈似道的預料。劉宇飛和賈似道剛一靠近到攤位前，老闆就熱情地招呼起來：「兩位先生，仔細看一看吧，這些可都是老坑的毛料，最容易出高翠了，很值得一賭。」

就在賈似道信以為真，想要伸手去拿起一塊毛料來看的時候，劉宇飛看到賈似道那激動的情緒，不禁皺了一下眉頭，扯了扯賈似道的衣角，轉身離開了。

「怎麼了？」賈似道有些疑惑，如果說這個攤位上的毛料有假的話，也不應該啊，攤位前可圍著不少人呢。

「沒什麼。我看哥們你啊，還是先靜下來，平復一下心情，再去看那些毛料比較好。」劉宇飛一副過來人的模樣，對賈似道說：「賭石，其實是十賭九輸的。也就是說，你別看這裏的翡翠毛料很多，如果全部切開的話，撐死了也就是十分之一的毛料裏才有翡翠。而在這些翡翠之中，恐怕連十分之一的高翠都沒有。不過，賭石界向來都是傳好不傳壞。你以前聽到過的某某人一夜暴富的故事，其實很少，相反，輸得家破人亡的，卻是很多。」

「這些我當然是知道的。」經劉宇飛這麼一提醒，賈似道倒是心平氣和了不少。

「呵呵，知道就好。我就是提醒你一下。」劉宇飛和賈似道勾肩搭背的，「記得，一定要多看、多聽，千萬不要急著出手。對了，我說小賈，你口袋裏應該帶了不少錢吧？」

「沒多少。」賈似道猶豫了一下。

「真的沒多少？」劉宇飛有些不信地看了賈似道一眼，見賈似道點了點頭，才淡淡一笑：「沒多少好啊。如果只是看中幾百上千的，買來玩玩，過過癮也不錯。」

「你的意思是，讓我不要出價太高是吧？」賈似道這才明白劉宇飛的擔心了。早就聽說過，賭石會讓人上癮，如果新手幾十幾百萬地扔下去，倒不如去買那些已經切開來的明料，或者擦出了窗口的半賭毛料，來得更保險一些。

像劉宇飛這樣經營翡翠毛料生意的人，自己親自參與賭石，其實是很少的。一般看到的毛料，如果不是有很大把握的話，基本不會出手，更多的是選擇在邊上等待別人解石。如果切出翡翠來了，他再出價，這個時候，雖然出的價錢比起賭毛料的時候要高很多，但是風險卻小了。

要不然，即便是資金再充足的人，進貨的管道要是都依靠全賭毛料的話，總

會有翻船的一天。在賭石這一行，再高明的行家，也少不了要賭垮。

當然，劉宇飛不明白賈似道的難處。他有著特殊能力的感知，不用白不用，而且，賈似道口袋裏也沒有多少錢，要是等到有人切出翡翠來，就他那點資金，別人吃飯喝粥，他連湯都夠不上喝的。賈似道想了想，覺得自己還是要做那個利潤源頭的人，也就是切石的人比較好。高風險才有高利潤嘛。

在隨後的時間裏，賈似道便跟著劉宇飛一起，在各個攤位上轉悠。一旦某一處有人能對著翡翠毛料說出個子丑寅卯來，馬上就會聚集不少人。就好比賈似道現在站著的攤位前，眾人就在對著一塊半個籃球大小的翡翠毛料指手畫腳的。有的人說這是灰卡的原石，有的人說原石外皮上的青花走向不好，不一而足。

不過，能開口的，大多是在這行浸淫了一些年月的人。他們興致勃勃地討論著，各自交流著對這塊原石的看法，邊上的人則很感興趣地駐足聆聽，賣家也樂得有人評論，賺個人氣。

賈似道算是看出來了，賭石這一行，還真如劉宇飛所說，看的人多，真正有意思出手的人少。轉了大半圈，他也看了好一陣子了，能夠成交的實在是屈指可數。反倒是那些前來遊覽觀光的旅客，出個幾百塊錢來試試手氣的，還頗有些數量。但是翡翠毛料的價格一上去，哪怕是看的人也寥寥無幾。

各個攤位前，吆喝聲陣陣，討價還價的聲音也此起彼伏，看著挺熱鬧的，但就是沒見真有什麼人把那些高價的翡翠毛料買下來。

「宇飛兄，你難道不準備出手嗎？」賈似道看劉宇飛一直都是氣定神閑的樣子，不禁有些好奇地問了一句，劉宇飛是活動的發起人之一，要是他不準備出手的話，實在是有些說不過去。

「我？」劉宇飛看了賈似道一眼，笑道：「對於全賭的毛料，我也是紙上談兵而已。在我們那邊，大多數的毛料都是開了窗的，賭性要小一些。」

說著，劉宇飛指了指眾人討論的那塊翡翠原石，解釋了一句：「就拿這塊翡翠原石來說吧，從表面來看，是塊灰卡玉石，應該錯不了。」

「這個，我倒是知道一些。」賈似道說，「所謂的灰卡玉石，就是外皮的顏色比較雜，灰綠色或者灰黑色居多，所含的翡翠透明度好壞差別很大，水底的好壞更是分佈不均，不過，凡是有綠的地方，水底通常會表現得較好。」

「喲，賈兄，還真有你的啊。」劉宇飛看著賈似道，不禁朝他豎了豎大拇指。

「哪裏，哪裏，我也無非是在來之前做了一些功課而已。」賈似道看了這麼多天的資料，可不是白看的。

不過，這邊賈似道還沒怎麼謙虛呢，旁邊就有人插了一句：「那就是說，這塊原石有很大的機率可以賭漲嘍？」

見到賈似道和劉宇飛都轉頭看向他，那個人有些訕訕地笑了笑，很客氣地遞了兩根煙過來。看他的模樣打扮，應該是個湊熱鬧的人，或者是來旅遊的，對賭石比較好奇。

「也不一定。」劉宇飛點上煙之後，很有興致地繼續解釋著：「賈兄所說的，無非是一些主觀總結出來的特徵，只能用來初步判斷翡翠原石的場口而已。如果還想要深入一些的話，就需要從一些具體的細部特徵入手了。比如原石表面的松花，就是一個很好的參考。此外，通過對原石表面的蟒帶、松花的觀察，也可以在很大程度上判斷原石出高翠的機率。」

「那眼前這塊原石怎麼說？」劉宇飛說得得意，那個人聽得也興致勃勃。

「這塊翡翠原石，表皮的松花呈現很多斑點，而且分佈的範圍很散，斑塊狀的並不多見，更重要的是，這些花的走向很雜，沒有絲毫規律可言，即便裏面有綠，恐怕也不會太多，賭性不是很高。」劉宇飛說道。他和賈似道都看過這塊翡翠毛料，所以這時答起來，倒也很有把握。

不過，賈似道在聽了劉宇飛的言論之後，心裏卻有些無奈。他原本還指望劉宇飛說些好聽的，以便讓他找個理由把這翡翠毛料給賭下來呢，這下倒好，翡翠毛料的表相不怎麼入眼，賈似道想著自己該找個什麼樣的藉口呢？難道自己直接運用特殊能力去感知，這玉石內部有沒有不錯的翡翠？

賈似道打量了一下四周，他也逛過不少攤位了，在每個攤位上，他都試著用特殊能力去感知了一下看得上的那些翡翠毛料。說白了，賈似道理論上的知識是掌握了不少，就好比劉宇飛所說的這些，他也都聽得明白，甚至有些已經記在腦子裏了，但是，如果要他自己真刀真槍地去賭石，卻很難把腦海裏積累的知識完全運用出來。記得住和用得出來，可完全是兩回事。

賈似道只是想弄點錢而已，看到大家討論最多的，又或者是翡翠原石擺放在最顯眼位置的，他都會找個機會用特殊能力試探一下。這麼一路下來，遇到讓他心動的毛料還真不多。這也從另一個側面證明了，賭石十賭九輸。

不過，眼前這一塊，雖然表現基本上和劉宇飛推測的一致，原石裏面的翡翠並不是很多，也不如其他一些高品質翡翠出現的時候，來得那麼驚豔和集中，僅僅就是在最中心的地方，有一塊比拳頭還要小一些的整團翡翠。相對於整塊翡翠毛料的體積來說，算是比較小了。

但就是這麼一小團翡翠，卻讓賈似道怦然心動。

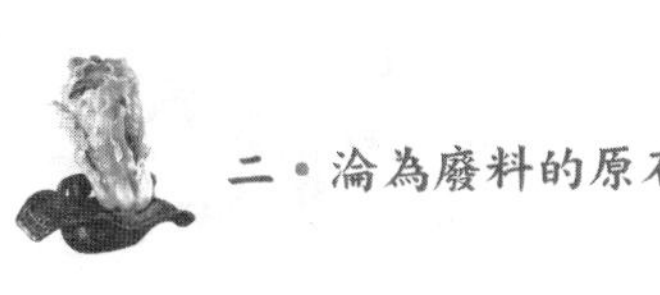

如果他的特殊感知能力沒有錯，他在「周記」玉器店裏對於那些不同品質的翡翠成品的記憶也沒有錯的話，這一小團翡翠的品質無疑就是市場上比較少見的高等翡翠：冰地。

暫且不管它的顏色翠不翠，或者水頭足不足，只要想起在「周記」中賭得的那一小截拇指粗細的蛋清地翡翠就賣了三萬塊，也難怪賈似道的心中充滿期盼了。

「怎麼，你不是準備出手吧？」劉宇飛打量了一下賈似道的神色，覺得賈似道很有一股躍躍欲試的衝動，不禁有些好笑地看著他，拍了拍他的肩膀，說道：「也好，就這塊原石的表現來看，應該花不了多少錢，說不定還真能被你賭漲了呢。」

不過，任誰聽到了他說話的語氣，都能聽出他壓根就不看好這塊翡翠毛料。

「老闆，這塊石頭多少錢？」賈似道也不猶豫，畢竟有些事情不需要說得太明白，而且也無法說得太明白。

賣家是個中年人，看著挺和善的，這樣的人做起生意來，倒是容易獲得客人的第一印象的好感。見賈似道是真有意思出手，老核不禁倍加熱情地介紹起這塊原石的出處來。要知道，翡翠原石的場口可是很重要的。

不管在哪個市場上，說到翡翠原石的來源，自然是緬甸了。不過，說起場口，是頗有講究的，就好比龍塘、抹崗、帕敢之類的，就經常被這些賣家掛在嘴邊。今天賈似道就沒少聽到這樣的說辭。

至於究竟是不是真的出自那些場口，就要看自己的判斷了。也難怪劉宇飛說過，賭石的第一點，就是判斷原石的場口。此外，要判斷是老坑還是新坑。老坑的品質較好，水頭也足，更被人津津樂道。

眼前這塊原石，明顯來自灰卡。別看這些賣家穿著和普通人差不多，混在人群中一點兒也不起眼，但是，他們在賭石上的眼力，即便是一些常年混跡於賭石行業的人，也不一定能比得過。要不然，他們怎麼給這些翡翠原石定價呢？他們說起話來，更是一套一套的，即便是一塊普通翡翠毛料，愣能說得人心動不已。就像眼前這塊翡翠原石，要不是有劉宇飛剛才一番客觀的評價在先，賣家都敢說裏面含有高翠。

好在賈似道也知道，賭石的交易，砍價是馬虎不得的。劉宇飛看賈似道很堅持，出於朋友的支持，也在旁邊幫腔，偶爾插上幾句，直指毛料的劣處，幾乎把這塊翡翠原石批評得一無是處、體無完膚。

最終，賈似道把價格從五萬塊砍到了一萬元，成交。

賈似道原本打算直接切開的，在玉石街這樣的地方，要解開一塊石頭，實在是再簡單不過了，幾乎每一個賣石頭的攤位邊上都有解石的工具。當然，如果是大型原石，或是貴重的原石，買到了之後，大多不會在攤位上直接解開。這裏的工具，基本上為了滿足遊客的好奇心的。總不能讓那些人買了一塊石頭，還不遠千里地帶回家去解開吧？

賈似道正琢磨著呢，旁邊的一個攤位上，卻傳來了陣陣喝彩聲。這讓賈似道和劉宇飛都非常好奇，莫非是有人賭漲了？

交了錢之後，賈似道就抱著石頭，向那邊走了幾步，和劉宇飛一起來到喧鬧的地方。好在他手裏的這塊翡翠原石不重，而且那個攤位的位置已經靠近街道邊的店面了。只要是熟人，又或者花一些錢，這些店鋪裏的完善的解石工具就能借用。大凡稍微值錢一些的翡翠原石，買家不想帶回去的話，基本都會在這樣的店鋪裏當場解開來。

賈似道往人堆裏一湊，看了兩眼，果真是在解石。

不過，那個正蹲在翡翠毛料邊上的中年男子的動作，和賈似道印象裏的解石很不同，他很小心、很仔細，似乎是捧著一個很精緻的東西。賈似道略一琢磨就明白過來，原來這男子正在擦石呢。

擦石，是賭石界的一個古老作法，效果明顯，而且相對來說比較安全。如果每個人賭石，都像賈似道在「周記」那樣，直接把原石對半切開來，切出翡翠來了固然可喜，但要是恰巧把原石裏的翡翠切成兩半，導致不能做成手鐲，價格損失是一個方面，要是部位沒有找準，從下刀的位置看不到翡翠，就很容易給人造成賭垮的錯覺。

而擦石則是從翡翠原石的表皮開始，先淺淺地把厚實的表皮磨掉一些，以便進一步確定翡翠原石的內部情況，這樣一來，即便買家對原石內部的判斷出了什麼差錯，或者是對手中的翡翠原石信心不足，只要擦出來的地方出現了較好的表現，買家就可以停止繼續解石，高價把原石轉讓出去，把風險轉到下家。

不過，眼前的這位中年男子，運氣顯然不是太好。

整塊翡翠原石，賈似道遠遠粗略地看了一下，應該比自己買的這塊還要大一些，一打聽，竟然花了二十萬，想來這塊原石表皮的表現應該是很不錯的了。而剛才擦石的時候，並沒有擦出綠來。也難怪圍觀的眾人都倒吸了一口氣。

騰沖這個地方，距離全世界唯一的翡翠毛料產地緬甸的國境線，不過是八十多公里的路程，這裏每天都在上演著賭石暴富、或者切垮的戲碼。但真正說到幾百萬、幾千萬的全賭毛料的交易，卻也並不多見。

像賈似道這樣初來騰沖，就能在玉石街邊看到有人解開幾十萬的翡翠毛料，還是頗為難得的。

而既然要擦石，自然要從翡翠原石外皮表現最好的地方入手了。一來，這樣的地方最容易出綠，二來，也算是盼著有一個好的開端，圖個吉利。

劉宇飛在閒談中告訴過賈似道，有些講究的商人，在賭到一塊翡翠毛料之後，甚至會在家裏經過沐浴更衣、齋戒等儀式之後，才會開始擦石，彷彿是一門藝術、一種信仰！

這不禁讓賈似道再一次感受到，賭石這種古老的交易方式，在當今現代社會中依舊散發著獨特的魅力。

「看來，賭垮的可能性很大啊。」圍觀的眾人中有了這樣的聲音。

劉宇飛看了那個說話的人一眼，嘴角不禁露出了一絲輕蔑的笑容，嘴裏似乎是在嘀咕著「無知」兩個字。而賈似道也對那個人沒有好臉色，即便心裏真的這麼想，也不至於當著買家的面直接說出來吧？這對於翡翠原石的主人，無疑是個不小的打擊。

看起來，那個人也只是湊熱鬧而已，凡是稍微對賭石有些接觸的人，都不會在這樣的時候說出這樣的話來。一來不禮貌，二來，賭石這一行，擦漲了不算漲，同樣的，沒有擦出綠，也不表示這塊翡翠原石就廢了。一切只有等毛料最後切割開來，才能蓋棺定論。

「估計是個新手吧，別理他就好。」似乎是注意到了劉宇飛和賈似道的舉動，邊上的一個老者頗為淡然地說了一句，帶著粵語的口音。

「呵呵，馬老，原來您也在這裏啊。」劉宇飛看了看老者，有些恭維地問侯了一句。

「後生可畏啊。」老者看著劉宇飛，搖著頭感歎了一句，目光掃過賈似道手裏的原石時，略一停頓，就飛快掠過，繼續看那位中年人的擦石動作。

一塊翡翠原石，既然已經開始擦石了，那麼，開的第一個窗如果表現好的話，可以選擇繼續擦下去，又或者立即轉手。但要是表現不好，那麼只能繼續擦，或者直接切開了。

就好比眼前這塊翡翠原石，如果現在想要轉手的話，不要說二十萬，恐怕就是十萬八萬也沒人敢接手。中年人繼續擦了一會兒，停下來用手電筒對著開出來的窗探看良久之後，臉上的表情更加愁苦了。

「垮了。」這恐怕是所有圍觀的人的共同心聲了。

「別再擦了，現在就低價出手的話，也許還能賣個三五萬回來呢。」一個看似是中年男子朋友的人，對他勸了一句。這倒不是說喪氣話，畢竟翡翠原石還沒有切開，如果立即轉手的話，能收回多少是多少。但就目前的表現來看，要是一刀切下去的話，可能這二十萬就只值幾百幾千塊了。

不過，他的話是這麼說，邊上圍觀的人，卻沒有幾個人願意上前察看一番的。

很明顯，對於這麼一塊擦石表現不好的翡翠毛料，大家都興趣缺缺，甚至有幾個人已經悄然轉身離開了。賈似道倒是想擠進去看看，對於擦石之後翡翠原石上所形成的窗，他還是比較好奇的。強光手電筒他也帶了，不知道能不能看出些什麼門道來。他轉念一想，自己口袋裏的錢，實在是所剩無幾，就那麼一萬五千來塊錢，還要預留回去的路費呢。按照那個人說的三五萬的價格，是遠遠不夠的。賈似道琢磨著，自己也別瞎摻和了，眼前這塊毛料裏即便有翡翠，和他也沒有多大關係。他掂了掂手裏的翡翠原石，儘快把它切出來換成現金，才是正事。

這麼一猶豫間，那個中年男子看到周圍並沒有站出來的人，他深深吸了一口氣，也豁出去了：「算了，有沒有這三五萬也無所謂，還不如今天賭一把。」

「是啊，直接切開來看看吧。」不乏有些想看熱鬧的人，立刻在邊上鼓動著。

「也許切出來還能看到高翠呢。」還有人打趣了一句。

中年男子沒讓大家失望，和他的朋友一起，把翡翠原石抱到了切割機上，在原石上一陣比劃，商量著該從哪裏下刀比較好，最終定下來了，就把切割機的砂輪對準了原石上畫好的黑線。

接上電源，正準備按開關呢，中年男子又一猶豫，從口袋裏掏出一根煙，點燃，深深地吸了幾口。

一時間，圍觀眾人的心，也隨著中年男子的動作揪緊起來。彷彿緊張的情緒會傳染，不少人都掏出煙來點著了，連賈似道和劉宇飛也抽上煙了。

煙霧繚繞之中，切割機的聲音「滋滋」地響了起來，一會兒之後停下了。按照規矩，第一個上前去揭開切割下來的石片的，自然是翡翠原石的主人了。

中年男子摁滅了手中的煙，平復了一下自己的心情，才蹲下身子，伸手去揭石片。周圍的人屏住了呼吸，眼睛一眨不眨地注視著中年男子手上的動作。

不管是漲是垮，到了現在，將成既定的事實了。

中年男子翻開切割下來的石片一看，微微一愣，就當所有人都在猜想這塊原石是不是真的廢了的時候，中年男子身邊的朋友，卻忽然歡呼了起來，那手舞足蹈的模樣，要是不知道的人，還以為這塊翡翠原石就是他的呢。

「漲了？」邊上的許多人，這個時候紛紛後悔剛才沒有狠下心來出價，把擦垮了的原石給買下來。如果當時出個三五萬的，這會兒高興的恐怕就是自己了吧？

人群中躥出兩個身影，奔著那塊原石衝了過去，第一時間搶到了那個中年男子身邊。

劉宇飛見狀，扯了賈似道一把，也跟著一起過去了。後面不斷地有人想要往前擠，賈似道這還沒看上眼呢，身後的人就推搡起來了，想要搶佔一個好的位置方便觀看，讓賈似道有些哭笑不得。不就是切漲了嘛，賭石竟然有這麼大的吸引力，弄得人們都瘋狂起來了。難怪有人說，賭石這行當，就是「瘋子買、瘋子賣，還有瘋子在等待」，真不是說著玩的。

翡翠原石的擁有者，那個中年男子，此時倒也大方，站到了邊上，笑意盈盈的，任其他人爭相觀看原石。可不是嘛，從擦石的垮，到切石的漲，僅僅幾分鐘的時間，就如同從地獄到了天堂。二十萬買下的翡翠毛料，從跌到十萬八萬、甚至三五萬都沒人要，再到切石之後峰迴路轉，用句流行的話來形容：賭石，玩的就是心跳。

「穆先生，我出三十萬，轉給我如何？」最先搶到位置的兩個人之一，一個圓臉的胖子，在看完原石的切面之後，立刻出了價。

穆先生到了這會兒，心情卻早就平靜下來了，對於三十萬的開價笑而不語。既然已經切出綠來了，雖然綠意不是很濃，發散的狀況還比較嚴重，但是穆先生卻很有信心，再切一刀的話，一定可以切出高品質的翡翠來。無論從這塊翡翠原石的外在表現來看，還是從獲取最大利潤來說，這個險都值得他一冒。

而且，從擦石到切石，這最大的風險都經歷了，穆先生的信心，似乎又回到了花二十萬買下這塊翡翠原石的時刻。

「我出四十萬。」說話的正是馬老。

到了這會兒，賈似道才注意到，最先搶上前觀看的兩個人之中，就有馬老。他不由得心裏嘀咕，這身手速度，和馬老的年紀比起來，反差也太大了。

馬老出價之後，第一個出價的圓臉中年男子自然不甘落後，兩個人不放過任何商機，都想要把這塊原石收入自己囊中。不過，兩個人也都經驗老道，每一次加價的時候，都小心翼翼，爭奪也局限在一定範圍之內，斷然不會做那種鷸蚌相爭、漁翁得利的事。再看邊上，竟然還有其他幾個人躍躍欲試。

這讓賈似道有些感歎，經營翡翠的人還是蠻多的。街角隨便一處的切石，竟然就有這麼多商人出手。

「你怎麼不出手啊？」賈似道揶揄了劉宇飛一句，劉宇飛也是個道道地地的商人。

劉宇飛也不在意，很坦然地說：「要是原石表現好，價格又合適的話，我不介意接手，咱也算是來了趟騰沖嘛。」他說話的語氣，頗有些財大氣粗的樣子。

賈似道聞言，不禁笑著搖了搖頭。最終，出價上到了八十萬，穆先生也沒有鬆口。此時，敢於繼續加價的商人也不多了。翡翠原石的邊上已經空了下來，想看的人都看過了。劉宇飛扯了賈似道一把，兩個人就蹲到了原石旁邊，仔細察看起來。

在沒有親眼確認翡翠原石的表現之前，劉宇飛是不會輕易出價的。只是，沒過一會兒，劉宇飛就歎了一口氣，瞥了一眼還在和穆先生商量價格的馬老，對賈似道莞爾一笑道：「看來，這錢我是花不出去了。如果馬老先生花八十萬的價格收下，運氣好，興許還可以小賺一筆，運氣不好的話，就是血本無歸。」

「怎麼說？」賈似道一邊好奇地問了一句，一邊用強光手電筒對著原石照了照。

切割下來的石片很薄，畢竟這是二十萬買來的東西，雖然是擦垮了的，穆先生也沒敢狠狠切。就在這光滑的切面上，可以見到一絲絲的綠意。透過手電筒的光，這塊原石的水頭還算不錯，往裏看，翡翠質地的走勢問題不大。只是，綠意同樣不大、不濃，甚至還有些鬆散。而這種分散的綠雖然挽救了這塊翡翠原石的價值，卻也不是什麼太好的兆頭。賈似道即便再怎麼不懂翡翠也知道，這樣的原石如果花高價錢買下來，賭性還是很大的。

賈似道嘴角微微一翹，左手的中指就貼在了切面上，這麼一探，原石的質地就逐漸呈現在他的腦海中。如果說靠眼力，賈似道的判斷還不一定準確的話，這腦海中的感覺，賈似道卻是很有把握的。

從切面開始，原石的質地給賈似道的感覺只是一般，也難怪這麼大一塊原石，馬老幾個人的出價都只在幾十萬上下了。隨著不斷深入，即使是這樣不太好的質地也漸漸消失了，成了普通的石頭。賈似道心下一驚，莫非這還是一塊廢料？

就他可以感知到的這麼一點翡翠而言，玉質和石質夾雜在一起，不要說幾十萬了，哪怕是一兩萬也到不了。

好在這塊原石的個頭還算比較大，賈似道的特殊感知能力慢慢地滲透進去，一層層地撥開內在，就像水一點點滲進沙土之中，在一大片的普通石質感覺過後，突然，一種明晃晃的感覺浮現在賈似道的腦海裏。

即便沒有任何色彩，也沒有什麼具體的影像，但是，賈似道在那一瞬間，就好像是真實地觸摸到了一種滑膩、細緻的觸感，是他從未感受過的。而給他這樣感覺的部分，形狀就和一個人的手掌差不多。

一時間，賈似道有些走神了。

「喂，你怎麼了？」劉宇飛拍了一下他的肩膀，賈似道這才回過神來。

「呃，你剛才說什麼？」賈似道收回自己的左手，問了一句，他只隱約知道劉宇飛嘟囔了好幾句，至於具體說的是什麼，他根本沒聽進去。

劉宇飛搖了搖頭，沒好氣地說：「我是說以這塊原石現在的表現，賭性太大了，我們還是再觀望一下吧。我想，穆先生應該會再切一刀，不然……」劉宇飛沒有接著往下說，只是拉著賈似道站起了身子。他本就是追逐利益的商人，即便年歲還輕，但跟著他父親經商的時間可不短。再看周邊的一些翡翠商人，也在討論著這塊原石的價格，大多是輕聲交談著。而馬老和穆先生之間，也就價格問題僵持著，雙方都在極力堅守自己的底線。

賈似道轉念一想，就明白過來了。砍價的時候，翡翠商人們無非是拿翡翠原石現在的表現不夠好來說事，要是價格上不去，以穆先生剛才的魄力來看，他肯定會再切一刀，以求博得更高的利潤。

果然，沒過多久，穆先生和他的朋友就再次來到了翡翠原石的邊上，決定繼續往裏切一刀。

不同於馬老和劉宇飛他們的關注，賈似道站在邊上，心情卻是異常緊張又好奇，一顆心亂跳個不停。忽然間冒出來的一個想法，嚇了他自己一跳。如果這一刀切的位置不準，又或者穆先生比較小心，只是在原來切面的基礎上再往裏切一點，那麼，現在所看到的這些綠，甚至是翡翠的質地，都會被切跑，整塊原石就沒有價值可言了。

「滋滋」的機器聲中，以馬老為首的翡翠商人們對切石結果的期待很矛盾。一方面希望切出來的切片表現好一點，這樣就足以證明他們先前看好這塊原石的眼光是正確的。另一方面，卻又擔心原石的表現太好，畢竟他們是想收下這塊原石的，要是表現太好，他們的出價無疑就要更高，反而不如在第二次切割之前，再添點價格拿下來呢。

和第一次一樣，當切割機停止轉動的時候，穆先生首先上前去揭開切下來的石片。

賈似道的神情有些怪異，他知道，穆先生的切割，正如他所預料的那樣，只是在原先的基礎上再往裏面切了一釐米不到的一小片。這樣的結果，只能讓這塊令人充滿期待的原石徹底淪為一塊廢料。

而對於質地的判斷，到現在為止，賈似道還沒有出過差錯。穆先生在翻看著切出的石片時，一時間似乎是難以接受，他蹲在那裏，用手不斷地拭擦著切面，直至最後逐漸麻木，卻久久不願站起來。連他身邊的朋友，也有些呆了，望著翡翠原石的眼神無比驚詫。

圍觀的眾人，稍微眼尖一些的，甚至都倒吸了一口氣。

轉眼間，這塊曾經出價八十萬的原石，就這麼徹底廢了。有那麼一瞬間，很多人都覺得眼前的一切是如此不真實。賭石就是這樣，永遠也不能確定，這一刀下去，會出現什麼結果。

賭漲了，是幸運，切垮了，卻是再正常不過，畢竟大部分的翡翠原石都是廢料。賭石的人從來都是說贏不說輸的，因此，才有了這麼多的執著於賭石業的攤主，要不然，大家都自己切石去了，誰還做翡翠原石的生意?

時間彷彿就在這一刻停頓了，一會兒之後，圍觀的人群才逐漸地散開。

對於切垮了的毛料，眾人就沒有爭相觀看的必要了，不然，無疑是在穆先生的傷口上撒鹽。最先出價的那個圓臉中年男子，也悄無聲息地退了出去，這塊原石對於他來說已經失去了價值。

馬老似乎還有些不死心，看穆先生微微點頭之後，才湊到原石邊上仔細地看，一邊看一邊歎氣。賈似道沒等劉宇飛開口，就跟著湊了上去，察看起來。

如果單從切面來看的話，翡翠的質地還是可以的，水頭也還算比較足。只是，即便不用強光手電筒，光靠肉眼依然可以看到，這樣質地的翡翠不過是薄薄的一層而已。原先整條的翡翠帶，已經被第二次切石徹底切開，其中夾雜著的石質，讓翡翠原石現在的表現看上去實在是糟透了。而且綠色也不多，很鬆散，呈絲狀，如果讓工匠仔細地把這些有綠的地方都給挖出來，製作成小巧的掛件，也不過是能賺回一些加工費而已。

賈似道用強光手電筒從切口處往原石內部探測，可以很清晰地看到，透過玉質部分，整塊翡翠原石都是白濛濛的一片，幾乎不可能再出什麼好的翡翠了。

難怪馬老在看了之後搖頭歎息不已。不過，從他臉上的表情來看，惋惜是有的，更多的恐怕是發自心底的慶幸吧？要是剛才穆先生真的點頭同意了八十萬的價格，恐怕現在沮喪的表情就要出現在他的臉上了。

劉宇飛跟著看了原石之後，也對賈似道無奈地聳了聳肩，會出現這樣的情

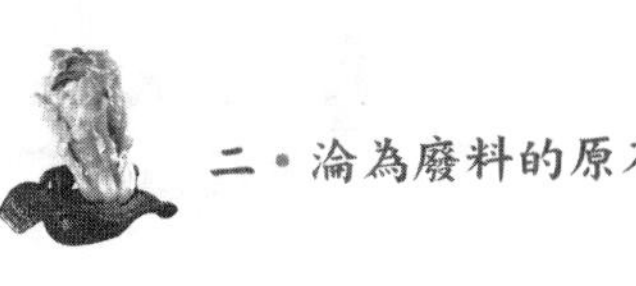

況，他事先就預料到了，現在也不意外。

沉默了一陣，穆先生又抽出了香煙，一根接一根地抽著，他的朋友，想要說點什麼，又不知道該說什麼好，最後索性嘟囔了一句：「還不如一開始就直接對半切了呢，倒還乾脆些，也不用受這樣的折磨了。」這一漲一跌的過程，著實是讓他心裏堵得慌。

不過，穆先生的眼睛卻一亮，他「嗖」的一下站起來，走到原石旁，把原石重新擺了個位置，再次開動了機器，把整塊原石對半切開來。

沒有太多的期待，也沒有緊張的情緒，在「滋滋」的機器聲中，穆先生做了幾個深呼吸，待到再看向原石的時候，目光平和了許多。似乎就這麼一會兒，他的情緒就已經從先前的大起大落中走了出來。

這倒讓賈似道高看了他一眼。只是，賈似道的心裏此時卻緊張得要死，他的視線直直地投在那塊被切割開的原石上，待到看清了切割的位置後，才偷偷地鬆了一口氣。

「你該不是看到人家切垮了，覺得不舒服吧？」劉宇飛看著賈似道，打趣了一句。

「怎麼會呢！」賈似道裝作若無其事，「我只是覺得，這二十萬就這麼浪費了，有點可惜。」

「這話就外行了吧？」劉宇飛瞥了賈似道一眼，「在這一行混，切石切垮了，絕對是司空見慣的事。不要說二十萬了，就是幾百幾千萬的原石，也多半是切垮了的。」劉宇飛歎了一口氣，那神情出現在他年輕的臉上，顯得特別滄桑。

賈似道正打算開口問，穆先生已經走上前去，翻開對半開的原石看了起來。儘管有了充足的心理準備，但入眼的白濛濛一片還是讓他無奈地搖了搖頭。到現在為止，對於這塊翡翠原石的投入，算是徹底地血本無歸了。

一些在邊上圍著還沒有散去的人，也湊上前去看了看原石，大多是歎息幾聲、指指點點。說什麼不該切出來的、在第一次切石時候就該轉手之類的話，都已經是馬後炮了。

「老闆，你們這裏收翡翠原料吧？」穆先生看了店鋪的店主一眼，問道。

「收啊。」一直站在邊上，對切石的過程很冷漠的一位老者淡淡地應了一句。見多了切石的大起大落，他的語氣裏連絲毫的波動都沒有。

「那這塊石頭，你看看，還值多少錢？」穆先生苦笑著問了一句，總不能搬一塊廢料回家吧？

老者遠遠地瞥了一眼，說：「五千塊。」

「這也太少了吧？」穆先生臉上的苦澀更濃了一些。不過，作為店家，在這個時候要是不壓價的話，倒奇怪了呢。而且，穆先生也知道，五千塊的價格還算湊合了。即便這塊原石還有一定的價值，卻都是需要費工夫的活。就算把切成薄片的那處翡翠挖出來雕刻成小件，沒有一點技術，還真處理不好。哪怕處理出來，利潤也不會太高。只是從八十萬一下跌到五千塊，這中間的落差，實在是讓穆先生有些難以接受。

「你也算是個行家了，這價格想要再高的話，恐怕就只有你自己製作成件直接賣了。」老者不緊不慢地說。

「那也不能只給五千塊啊。」穆先生的朋友在這個時候插了一句，「我們還是到別處去看看吧。說不定還能賣個萬把塊錢的呢。」這話也有一定的道理，玉石街到處都是經營翡翠的店鋪，暫且不說價格的高低，東西倒是不愁賣不出去。

老者聞言，立刻收回了自己的目光，忙著自己的事情去了。對於穆先生的朋友這麼明顯的抬價行為，完全視而不見，這也算是買賣人的一種砍價手段。

也許是穆先生覺得老者這樣做讓他的朋友有些難堪，他也生起一股逆反心理，和他的朋友一商量，準備一人半塊，抱到隔壁店鋪去問問價錢。

而一直沒找著機會插話的賈似道，這時是不會讓如此良機從身邊溜走的，他快速地走到穆先生還沒來得及抱起的原石邊上，裝模作樣地看了看，問道：「穆先生，我出八千塊，轉給我怎麼樣？」

「小賈，你不是說笑吧？」穆先生還沒反應過來呢，劉宇飛倒是頗為詫異地看著賈似道。這塊原石，直到現在為止，劉宇飛也不覺得它值八千塊。當然，要是把原料完全利用起來，光是前兩刀切出來的石片，材料取得巧、雕工好的話，在市場上也能值個兩三萬。可是，這需要花費工匠多少時間和精力暫且不說，總得有個管道銷售吧？

劉宇飛看著賈似道的目光充滿疑惑，他覺得賈似道不像是一個做成品翡翠生意的商人。那麼，賈似道買下這塊原石的最大目的，只能是賭這塊切垮了的兩個半塊毛料中，還有翡翠存在。這在劉宇飛看來，無疑是有些異想天開了。

「我當然不是說笑了。」賈似道應了一句，轉頭看向穆先生。賈似道原本也可以出五千塊的，不過，別看賈似道表面上挺平靜，心裏卻緊張著呢，萬一人家不賣怎麼辦？沒看到店主出價五千碰了個釘子嗎？

於是，賈似道一出口就出了八千塊。

似乎是看到了賈似道的誠意，穆先生和他的朋友互相交換了一個眼神，覺得這個價格倒也能接受。其實，光從賈似道的表現來看，他們就能猜到賈似道是個新手，賭的就是運氣，要不然，絕不會在這個時候接手。

「這樣吧，你要是真心想要的話，湊個整數，一萬塊錢，這塊石頭就是你的了。」穆先生猶豫了一下，覺得也許這塊原石還有漲價的空間，不由得提了價格。

聽到穆先生這麼一說，那些原本想要離開的人又紛紛駐足，店鋪的老闆也是一副看好戲的樣子。有說賈似道傻的，買塊廢料還願意出這麼高的價錢，有的人卻說從原石的外皮表現來看，其實還算是不錯的，賈似道接手了，說不定還真能切出翡翠來呢。

賭石，本來就是很神奇的。

第三章

巨無霸內的秘密

這塊巨型原石內部的情況，
除去表層石質之外，全部都是通透的感覺，
尤其是遠離賈似道左手接觸的那一端，
那種感覺，比起賈似道在騰沖玉石街上
賭來的那塊玻璃種翡翠還要好！
發了！這是賈似道腦中的第一個想法。

不過，站出來和賈似道抬一下價格的，卻一個人都沒有。顯然，連穆先生自己都對這塊原石失望透頂了，別人誰還願意摻和？

「賈兄，我看還是算了吧。一萬塊不划算。」看出了賈似道的心意，劉宇飛也幫著說了一句，那看向穆先生的眼神意思就是，八千的話，就成交，想要一萬塊，那就別想了，趕緊抱著石頭走人吧。

「穆先生，八千塊，應該很公道了吧。」賈似道心裏想著，出一萬塊錢也沒什麼，但是，做買賣討價還價是天經地義的事，要是賈似道答應得太爽快了，說不定穆先生反而會後悔。

最終，一番交涉下來，價格還是定在了八千塊。賈似道死不鬆口，穆先生也不願意為了這兩千塊的差價抱著石頭走人。付錢之後，賈似道身邊可就熱鬧了，已經買下的毛料不說，原來還有一塊呢。

「切吧。」劉宇飛沒好氣地說了一聲，他不認為賈似道打算把這幾塊原石都抱回去。

賈似道微微一笑，也不說話，先從切垮了的毛料中挑出什麼都沒有的那半塊，放到了切割機上，還有模有樣地比劃了半天，然後開動了機器。結果自然是白花花的一片，別說切漲了，就是拿塊普通的石頭，切出來估計也就是那樣了。

圍觀的眾人見此情景，不禁都對賈似道善意地笑笑。劉宇飛也聳聳肩，攤了攤手。穆先生倒也還沒走，即便不看好這塊原石，但既然賈似道都開始切石了，他也樂得看個結果，反正切垮了也和他無關。

賈似道也不洩氣，把這兩份石頭又來了個對半切，看了看，還是白晃晃的石頭，不禁又把石頭切成一片一片的，那個較勁的樣子，連旁邊站著的劉宇飛看了都直搖頭，在他看來，這是初次玩賭石的人才做得出來的舉動。

不過，賈似道表面上有些沮喪，心裏卻沒什麼感覺。切割的費用並不需要多少，這樣做能減少周圍的人對他的懷疑，浪費些時間也是值得的。

把這半塊原石切碎了之後，賈似道抱起另半塊翡翠原石，他的動作下意識地就小心了一些。為了保險起見，他又特意用左手再感知了一次，認準了那團翡翠的位置。

說起來，這穆先生切的這一刀，也實在是太鬼斧神工了一些。只要下刀稍微再傾斜一些，即便沒有切到賈似道感知到的那個部分，卻也能夠切到邊上，這樣一來，那隱藏著的翡翠在這些常年混跡賭石一行的人眼裏，自然是無處遁形了。

賈似道微微一笑，在翡翠原石上畫好了線條。

劉宇飛看到賈似道這回不再是對半切了，竟然也學會了從邊上下手，不禁點

了點頭，似乎覺得賈似道在切石上進步了不少。要不然，再好的翡翠，也能讓他給切成碎片了。

隨著「滋滋」的切割機聲音響起，這一次，賈似道緊張多了。賈似道最大的定心丸，就是事先知道原石裏有翡翠，而且翡翠的質地讓人心曠神怡。但如果翡翠無色，又或者是江水綠一類，和祖母綠等極品翡翠自然就不是一個檔次了。

這其中的變數，賈似道的心裏也沒底，他的眼睛一眨不眨地盯著切割機的砂輪。

「喂，你這塊原石是不是也打算在這裏切啊？」劉宇飛卻是顧左右而言他，想分散一下賈似道的注意力。要是真的想要切出翡翠來，寄希望於八千塊錢的那兩個半塊原石，還不如指望先前收的那一整塊原石呢。

「看情況吧。」賈似道瞥了一眼腳下花一萬元買來的原石，心不在焉地答了一句。不知不覺間，兩萬五就花了一萬八，要是他的特殊感知能力出了差錯，切不出翡翠來，他身上剩下的幾千塊錢，也只夠他回程的路費了。

劉宇飛還以為剛才切出來的都是廢料，讓賈似道有些後悔這樁交易了，也不在意。

切割完畢，賈似道伸手去揭開石片的時候，手都有些微微顫抖了，賭石還真是考驗人的心理承受能力啊。他看了看石片，並沒有表現出明顯的玉質，不過，原石的切面上，卻可以依稀看出裏面有一抹淡淡的綠色。

賈似道立即打開了強光手電筒，這入眼的綠意瞬間就充盈起來。

劉宇飛一個箭步衝上前來，心中的激動絲毫不比賈似道的少，他轉過身來，在賈似道的肩膀上狠狠地捶了一拳：「好小子，有你的，竟然切出玻璃種來了。」

市場上習慣稱呼翡翠的質地為種，玻璃種也就是玻璃地的翡翠，翡翠的種水，指的就是質地和水頭。種水好的翡翠，自然也就是質感和透明度都非常出色的了。眼前的這塊原石，從切面探光看進去，雖然綠色不太濃正，但是質地和水頭卻實在是沒什麼可挑剔的。現在的翡翠市場上，好的翡翠並不多見。一來，翡翠原料是不可再生資源，開採一點就少一點；二來，真正的高品質翡翠，價格太高昂，走的是高端路線，普通人也不太能見到。

即便是在騰沖這樣的地方，切出一塊極品質地的翡翠也是非常難得的，難怪劉宇飛見到這樣的切面時，如此喜形於色了。

聽到劉宇飛的話，賈似道明白過來了，先前探知的那種奇妙感覺，果然和自己猜測的一樣，就是玻璃種翡翠的感覺。這在「周記」裏可是沒有見識過的，賈

似道心裏很激動。

兩個人的一番舉動，自然引來了周邊的人的熱切關注，尤其是穆先生，他緊跟劉宇飛之後上來察看，一邊看一邊歎氣，那份沮喪懊惱，即便不說，旁人也能夠理解。

「這位小兄弟，你這塊翡翠，有意思出手嗎？」還是馬老，不愧為精明的商人，稍微看了一會兒之後，就立即對賈似道提出了收購的意向。

賈似道還沒答話呢，劉宇飛就對馬老沒好氣地說：「馬老先生，您這可就不厚道了，我這兒和小賈說了老半天了呢，這翡翠，我們『劉記』收下了。」

「我說，劉公子你也太不講規矩了吧。這買賣講究先來後到是沒錯，但也應該是價高者得吧。你說是不是？」馬老的最後一句話，完全忽略了劉宇飛，直接問向賈似道。

賈似道不禁有些好笑，看來這些做翡翠毛料生意的商人，還真是精明得緊啊。

馬老似乎覺得自己的話分量還不夠，直接開出了一百萬的價格，聽得旁邊的人羨慕不已。

「一百萬？」劉宇飛嗤之以鼻，對賈似道說：「小賈，你要是信得過我的話，就再往裏面切一點，把外面的這層薄薄的外殼去掉，到時候整塊翡翠的形狀、水頭、質地就一清二楚了。兄弟我絕對以市場價給你。」

「說得倒好聽，要是切垮了呢？」馬老在邊上嘀咕了一句。不過，馬老說這話顯然沒多少底氣。賈似道雖然是新手，那一刀的切口實在是差強人意，但是論位置，卻絕對是恰到好處。裏面的翡翠現在看來若隱若現，雖然還有些霧裏看花、水中望月的朦朧，但強光手電筒一照，玻璃種是肯定跑不了了，即便綠意還不是很濃，卻也絕對不止一百萬。

要知道，只要裏面的翡翠塊頭足夠大，綠色帶稍微蔓延到四周，能切出一隻綠色玻璃種翡翠手鐲來的話，光一隻就值一百萬塊了。要是綠色比現在透光看到的稍微濃正一些，能算陽綠的話，就算一隻手鐲低於一百五十萬，市場上都很難買得到。

賈似道也知道，翡翠的成品，最傳統的自然是手鐲和戒面了，而最經典的，同樣是手鐲和戒面。從古至今，那些奇形怪狀的翡翠雕件，什麼筆筒、花籃固然可貴，但數量卻實在太少，而且大多是根據翡翠原石切出來的翡翠形狀來因材雕刻的。如果放在市場上流通的話，越是大眾化的、越是經典的款式，才越經得住時間的考驗。

賈似道和劉宇飛商量了一陣，在翡翠原石的切面邊上，劃出了薄薄的一條線，準備切割。不過，這一次不是賈似道自己動手，用的也不是大型的機械切割機，而是把翡翠原石固定好之後，用手動砂輪機，動手的人也換成了劉宇飛。即便這塊翡翠原石現在還不屬於劉宇飛，他也不敢冒險讓賈似道這個新手來切割，萬一手一抖、切得斜了，那價值可就是幾萬和幾十萬的差別了。賈似道心裏的緊張，也已經遠不在他心理能承受的範圍之內了。

劉宇飛往原石上灑了些水，動作無疑比賈似道嫺熟得多，切割得也是乾淨俐落、毫不糙劣。賈似道看到，切出來的石片比手指一半的厚度還要薄，平整而光潔。再看原石中的翡翠，那抹淡淡的綠意，如一泓清泉，剎那間就沁人心脾，給眼睛無比舒適的感覺。

「真是好東西啊。」劉宇飛看著，情不自禁地感歎了一聲。

哪怕不用手電筒光照，也完全可以看清楚整塊翡翠的形狀。和賈似道所感知到的一樣，翡翠呈現出類似手掌的形態，比手掌略微寬厚一些。一頭的綠色稍微淡，一頭的綠色，卻和賈似道在網路照片上所見的陽綠相差無幾。

「怎麼樣，可以切得出翡翠手鐲來嗎？」賈似道問道，這才是衡量一塊翡翠價值的標準。

「當然能了。」劉宇飛興奮地答了一句，還目測心算了一下：「弄得好的話，應該可以出兩副手鐲。不過，品質上，你也看到了，一副好一些，另一副稍差。另外剩下的零零碎碎的，看這綠色帶的走勢，應該還能切出兩三個戒面來。嘖嘖，好傢伙，你發了呀。」

「哪裏哪裏……」賈似道謙虛了一句。作為最源頭的翡翠毛料交易，所賺的錢，相對於劉宇飛這樣自己家中有加工、有銷售翡翠成品管道的商家而言，不過是蠅頭小利而已。不過，賈似道一來沒有門路，二來也不會經營，即便現在以毛料的價格出售，也很讓他怦然心動了。

劉宇飛看了邊上的馬老一眼，微微一笑，似乎是覺察到對方還不死心，便對賈似道說：「這樣吧，小賈，親兄弟明算賬，交情歸交情，這塊毛料，我出三百萬，怎麼樣？你如果不瞭解行情的話，也可以先去打聽一下。這價格你肯定虧不了。」

馬老聽到劉宇飛出了三百萬，歎了一口氣，便不再說話了。雖然他也能出三百一二十萬的，還有得賺，但既然劉宇飛出的價格還算公道，作為同行，倒也沒有必要在這裏抬價。這些商人之間，也是抬頭不見低頭見，這點規矩還是要守的。

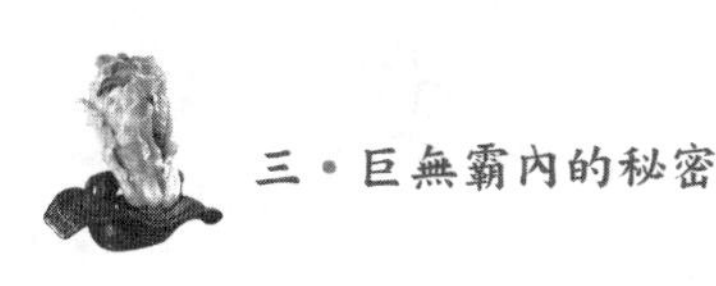

「那就依你，三百萬。」賈似道很認真地點了點頭。他心裏琢磨著，從八千塊到三百萬，這錢來得是不是也太容易了一些？

此時已近中午，賈似道和劉宇飛一人抱著一塊毛料，來到了團隊事先約定好的集合地點。

本來，劉宇飛還準備讓賈似道把剩下的那塊翡翠毛料也給切開來看看，不過，賈似道注意了一下周邊的人，在他切出玻璃種翡翠之後，那些羨慕的眼神幾乎要把他給吞了，尤其是穆先生，臉上的懊惱就別提有多明顯了。人在玉石街，安全問題倒是不用擔心的，但是人心難測，賈似道多長了個心眼，便笑著說買來是準備帶回家的。

要是當眾再切出翡翠來，不要說穆先生了，恐怕就是劉宇飛也會疑心了吧？生意人可以相信一次偶然的機遇，但一而再、再而三地出現，那可就不單單是運氣好這麼簡單了。即便是對劉宇飛，賈似道也要防備一些。

劉宇飛也不勉強，他當即就在玉石街的邊上找了一家銀行，把三百萬的現金劃到了賈似道的帳戶上，用他的話來說，只有交了錢，才會安心。至於餘下的那些邊角料，比如穆先生那兩刀切出來的石片，則是二一添作五，全部都賣給了店鋪的老闆，換回了兩千塊錢。

只是，對於這兩千塊錢，賈似道和劉宇飛卻是好一番爭執，誰也不肯收。

賈似道認為，劉宇飛出的三百萬應該是包括整塊翡翠原石的，石片自然也是他的；而劉宇飛則固執地認為，自己購買的僅僅是切出玻璃種翡翠的那半塊。到最後，兩個人商定，一起花出去。

騰沖和其他的一些旅遊景點類似，小吃、夜景都還不錯，拿著這些錢，晚上的時間想必不會太過無聊了。

待到眾人聚齊，賈似道一看，每個人的手上多多少少都拿著石頭。和賈似道一樣，在原石的外面，用不透光的袋子罩著。當然，也有乾脆戴上了翡翠成品的，眾人中唯一的一對，那個女的手腕上就多了一個翡翠手鐲，看樣子應該是件A貨，恐怕花了那個男的不少錢。

只有網名叫「他山之石」的中年人，在看到賈似道和劉宇飛之後，走過來笑盈盈地說了一句：「恭喜恭喜啊！」

言下之意，就是賈似道賭石賭漲了的消息，他已經收到了。

由此看來，這一行，只要有點風吹草動，還真逃不過有心人的耳目。賈似道和劉宇飛也客氣著，微笑地問了一聲好。隨後，大家先是把毛料搬到了賓館，在騰沖賭石的人多了，賓館有專門準備的保險櫃。

然後，眾人在老刀的帶領下，熱熱鬧鬧地坐進了一家街邊小店。小店地方不大，卻也乾淨。

老刀點了一些當地的特色小吃，什麼大救駕、鍋子、撒撇、乾醃菜，名堂挺多，大家也樂得嘗一嘗。要不然，想吃山珍海味的話，只要有錢，到哪裏不是都能吃得到？

賈似道對於這樣的安排也頗為滿意。劉宇飛的眼神卻盡往服務員的身上瞟，小姑娘穿著傣族的裙子，不但服務周到，一張小嘴說起話來，聲音甜蜜不說，光是看著那個模樣，就讓人心情大好。賈似道不禁對劉宇飛大搖其頭，心裏揣測著，這傢伙該不會做出什麼舉動來吧？

而就在等著上菜時，小姑娘用她甜美的聲音，給在座的人講述起這些名菜的來歷。「大救駕」相傳是明朝永曆帝逃亡到騰沖的時候，一戶農家為他炒了一大盤餌塊，永曆帝覺得味美無比，大呼「救了朕的駕」，故而得名。

這個時候，再看桌子上色澤豔麗、熱氣騰騰的菜肴，吃起來自然是別有一番滋味了。酒桌上的氣氛也很融洽。

接下來就是自由活動時間了。他山之石以及劉宇飛這樣的翡翠商人，自然有自己的計畫，來到騰沖，肯定不僅僅是來玩玩的，要是不買點毛料回去，實在是太對不起他們商人的身分了。而像小秋這樣的女孩子，則要把騰沖周邊的風景區玩一遍。她在酒桌上就規劃好了走哪條黃金旅遊線路，馬站火山群國家地質公園、熱海國家地質公園等等，回應者還真不少，那一對男女以及團隊中的另外一位婦女，都是躍躍欲試的樣子。就連賈似道聽了也心動不已，大學畢業以後，賈似道還沒去過什麼地方旅遊。

賈似道正在猶豫，身邊劉宇飛的手機響了，他走到邊上接了電話之後，臉上微微有些笑意。賈似道沒問，他就湊過來低聲問道：「你是打算和他們一道去遊玩呢，還是怎麼安排？」

「你有什麼打算？」賈似道聞言，不禁心裏一動。要說騰沖玉石街的話，賈似道自己一個人去也無所謂。不過，那個地方的原石實在是太多，好的差的翡翠毛料全都放在一起，想要從中找出極品翡翠來，不要說其他人了，就是賈似道自己有著特殊能力作為依仗，也不太容易。

今天一個早上下來，才弄到這麼一塊。而且，即便有什麼特別好的翡翠毛料，也早就被那些大主顧搶先下手了，哪裏還輪得到賈似道這樣的新手？

倒是在騰沖市裏，還有一些家裏積壓著翡翠毛料的商人，不同於玉石街的商鋪，他們的原石大多是積累下來的，而且貨物基本都是依靠緬甸境內的親戚、朋

友帶出來的。出貨也都依靠熟人介紹，要是沒有一點關係，消息又不靈通的話，一般人壓根就找不著門路。

賈似道琢磨著，或許跟著劉宇飛，說不定還真有什麼特別的發現呢。

「我下午可能要轉道去盈江了。如果你和他們一起遊玩的話，那咱們就以後有機會再見。」劉宇飛說得也很實在。

「盈江？」賈似道用詫異的眼神看著劉宇飛。劉宇飛似乎明白了賈似道的疑惑，微微一點頭。賈似道的嘴角便咧開來了，說：「行，如果你不嫌我礙事的話，那我就跟著你一道去吧。」

「這才對嘛。」劉宇飛和賈似道的拳頭在空中輕輕一碰，便決定了下來。

盈江位於騰沖的西南方向，比騰沖更靠近翡翠的出口國緬甸。

在七十年代的時候，國家出台了發展對外貿易的政策，騰沖的翡翠毛料生意從此便開始繁榮起來，往後的幾十年裏，騰沖幾乎成為了全球翡翠交易集散地，可以算是騰沖翡翠行業的春天了。但到了九六年，緬甸政府宣佈不再准許私人進行翡翠原石交易之後，堵住了大多數緬甸商人在邊境的走私通道，翡翠交易開始逐漸返回到了緬甸本地進行，於是騰沖的翡翠市場也開始進入寒冬。

到了現在這個時候，大凡是有實力的商人，基本上都直接去到緬甸的瓦城或者仰光拿貨，騰沖則成為了中小商家聚集的地方。就好比馬老，聽劉宇飛說，他的身家近千萬——當然，這裏指的是大多數時候手頭的流動資金——也只能是在騰沖拿貨。去緬甸，錢倒也還算勉強夠了，但是卻缺乏帶路的人，也缺少一些經驗。

要知道，在仰光的翡翠毛料拍賣場，石頭幾乎都是堆成堆來賣的，一次交易就能夠賣到幾百萬、幾千萬甚至上億，要是沒有一點經驗或者門路，去了之後，只會有兩個結果。要麼是切出極品的翡翠來，身家直接暴漲，要麼就是買回來一堆廢料，傾家蕩產。

劉宇飛對賈似道倒也直言不諱，他去過仰光的翡翠公盤，那種緊張刺激、花錢如流水的感覺，簡直就是不把錢當錢。當然，平時這些商人也會經營一些實惠的小買賣。

這就是劉宇飛要匆匆趕往盈江的原因了。

即便是騰沖的翡翠毛料，很多也都是靠私下關係從緬甸的礦山直接運過來的，在緬甸境內算是走私，到了國內再報關，打上編號，就成為合法的進口商品了，可以公開交易。不過，這一路上的運費也很高，光是運輸價格，一公斤的毛

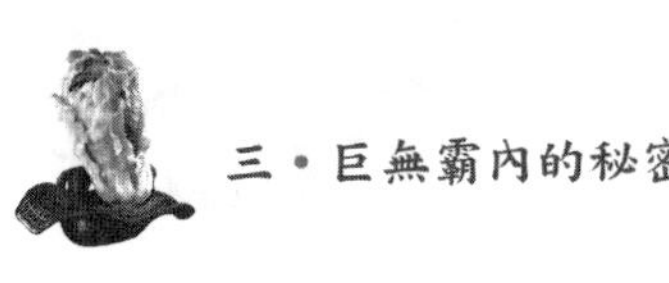

料就能從最初的幾塊錢漲到幾百塊，再算上花費的時間、精力，騰沖出售的翡翠毛料相對於緬甸的礦區來說，價格算是比較高的了。

當然，這樣的翡翠毛料出高綠的機會也大。至於玉石街上的那些毛科，只是被人挑選之後剩下來的。

「現在像我這樣的商人，很多時候更願意去盈江取貨。」劉宇飛坐在客車上，對賈似道說：「一來，賣家能省下不少的運費，二來，因為減少了中間環節，能夠第一時間挑選翡翠，總體品質上也會高一些。」

「那也是你們自身以前的努力，靠的是老關係。」賈似道聳了聳肩，說道：「要是我這樣的新人，誰會給我打電話，讓我去取貨啊。」

「呵呵，你這不是剛入行嘛。慢慢的，你會有自己取貨的管道、甚至是線人的。」劉宇飛看著賈似道，訕訕地說了一句。這一次，他帶著賈似道一起去盈江，表面上看來，是看在賈似道和他還算投緣的面上。但歸根結底，賈似道琢磨著，應該還是先前賣給劉宇飛的那塊玻璃種翡翠起了作用。

三百萬的價格雖然不少，卻也不多。賈似道初步估算兩副手鐲的價格，就有三四百萬了。其他幾個戒面的價格，也能過百萬。而且，這樣的價格，只有低估，而不會高估。

劉宇飛從中輕易就可以獲取百萬以上的利潤。這次去盈江，他能給賈似道搭條線，也算是一個回報。賈似道微微瞇起眼睛，休息了一會兒，不久，客車就到達了目的地。似乎是算到了劉宇飛會乘坐這一班車一樣，他們剛下車門，就有人上前來打招呼了。

「老劉，介紹一下，這位就是我哥們，小賈。電話裏提過的。」劉宇飛也不客氣，很乾脆地介紹起來。老劉微微打量了賈似道一下，也不多說，直接遞給他一張名片。賈似道接過來一看，上面只有「老劉」兩個字和一個電話號碼，連全名、地址都沒有。

「呵呵，小賈，以後到了盈江，如果有什麼事情的話，都可以直接找老劉。」說著，劉宇飛還衝著賈似道眨了眨眼。這麼明顯的暗示，賈似道和老劉自然都明白。老劉此時看向賈似道的眼神，不禁也多了一分熱情。

賈似道也遞出了自己的名片。他的名片是以前閑著的時候印的，帶在身上是想多結識幾個朋友。除了給老劉的之外，先前的團隊成員每個人都發了一張。上面寫著的，除了名字、手機號碼，還有賈似道在臨海工作的單位。

「小劉，小賈，時間也不早了，我們還是快走吧，據說傍晚的時候，還會有另一批人要去看貨。」老劉收下名片，隨即對二人說：「我們最好趕在他們前

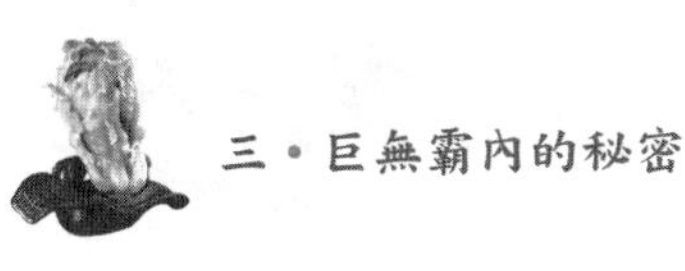

面。」

「行，你帶路。我爸和你合作這麼多次了，對我，你也不用客套。」劉宇飛笑盈盈地應了一句，手上的動作卻不慢，馬上就攔了一輛車，賈似道和劉宇飛坐進了後排，老劉坐在前面。

這個時候，賈似道才打量起老劉的模樣來。老劉看上去四五十歲的樣子，穿著很樸素，臉上頗有些歲月的風霜。他的話不多，但相處起來，卻也沒有什麼隔閡感。

到了地方的時候，賈似道看到，這裏和騰沖的玉石街大不相同，似乎每一個人都很悠閒，甚至還有許多人圍在一起下棋打牌。看到賈似道和劉宇飛，他們也不在意，壓根就沒有一點兒要做生意的樣子。

倒是看到老劉的時候，有不少人頻頻點頭打招呼。而賈似道也沒有看到什麼像樣的店鋪，幾乎都是庫房，門前有人圍坐著的，一般都是大門敞開著，另外則有一部分掛上了門鎖。

還沒走出幾步呢，就有人衝著三個人說：「我說老劉啊，去周家看貨的吧？這回帶的人可眼生啊。要帶上一雙眼睛不？」

「什麼眼生眼熟的啊，你可算是走眼了，這位是揭陽『劉記』的人。」老劉說著，還看了劉宇飛一眼。想來劉宇飛的父親名頭還挺大。見老劉這麼一說，那個人善意地笑了笑，對著劉宇飛和賈似道點了點頭，說：「劉公子是吧？不如上我那兒看看？」

「你小子，還是溜你的鳥去吧，別在這裏瞎摻和。」老劉沒好氣地說了一句，「就你那點東西，你也好意思開口。」說著，就領著他們往裏面走去。

「對了，劉兄，這『眼睛』是什麼意思？」賈似道跟在老劉的身後，小聲問道。

劉宇飛還沒回答呢，老劉聞言，倒是微微一回頭，詫異地看了賈似道一眼。賈似道頓覺自己說錯話了，又或者犯了什麼忌諱，畢竟雲南是少數民族聚集地，有些什麼特殊習俗，賈似道不瞭解也很正常。

劉宇飛卻拍著他的肩膀，笑著解釋道：「這是行話，所謂的『眼睛』，就是鑒別原石的人，比起外行人來，他們的經驗比較豐富，從中賺取一些傭金。」說到這裏，劉宇飛還煞有介事地問了一句：「不如，我們也雇個『眼睛』來幫著看看？」

「你要雇就自己雇吧，我還是靠自己算了。」賈似道可不覺得「眼睛」能比

他的特殊能力還要厲害，那不過是找個心理安慰而已，要是這些所謂的「眼睛」判斷真的很準確的話，早就自己賭石去了，又何必給別人當「眼睛」呢？

劉宇飛抿嘴笑笑，也不在意，淡淡地說了一句：「也對，你的眼力可不是蓋的，說不定還真能再找出塊玻璃種的翡翠呢。」

而這一回，在前頭帶路的老劉卻沒有再回過頭來。賈似道注意了一下劉宇飛的神情，他似乎是故意把這話說給老劉聽的。無論在哪一行，新人只要有了一定的成績，總會更加容易入行吧。

再往前走了幾步，老劉就停了下來，指了指邊上一個比較大的廠房，綠色的頂棚雖然有些老舊，卻也寬敞，應該就是此行買賣的所在地了。只是大門緊閉著，看著像是沒有人在裏面。不過，在老劉撥了一個電話之後，不出兩分鐘，就從那個廠房的小門裏走出來一個模樣精明的中年男子。

老劉迎了上去，喊對方「周老闆」。

雙方一番介紹下來，周老闆似乎對老劉還比較信任，而且聽口氣，他和劉宇飛的父親也有過合作，他開門見山地說：「既然是老劉介紹的，又是熟人了，那麼其他的話我也就不多說了，規矩你們都懂的，拿貨的數量不能低於底線。這批石頭是今天凌晨剛到的，所以價格比平時當然要稍微漲一些了……」說著，周老闆還做了一個「六」的手勢，這也算是老規矩中的一種了。

劉宇飛略一琢磨，先是看了老劉一眼，見對方微微點了點頭，才對周老闆說：「在我們之前，看貨的人不多吧？」

即便是淩晨到的貨，如果早上、中午就來過好幾批人了，大家挑剩下的，自然就不值得劉宇飛再花高價購買了。賭石雖說靠的是各人的眼力，不過，要是好的毛料讓別人先挑走一些，剩下的切出翡翠的機率自然就更低了。

能來進貨的，要是沒有一點兒眼力，還真做不下來這門生意。

「呵呵，淩晨剛卸的貨，就算有生意，也沒那個時間啊。不過，中午的時候倒是出過一批。本地人，量少。」周老闆說，「這一點你們完全可以放心，老劉的消息是最靈通的了，你們是第三家。這不，我的生意還沒怎麼張羅呢，他們還在挑，你們就到了。」

劉宇飛略微一想，就明白過來了。

老劉中午才給他打的電話，那麼這批石頭是淩晨到的，就應該假不了。對於老劉的消息靈通，劉宇飛還是比較信任的。至於現在正有人在裏面挑選，劉宇飛也不在意。像周老闆這樣的生意人，要是自己沒有一些老客戶，完全依靠老劉這樣的線人來介紹的話，那也太說不過去了。而且，像這種大單的生意，即便是挑

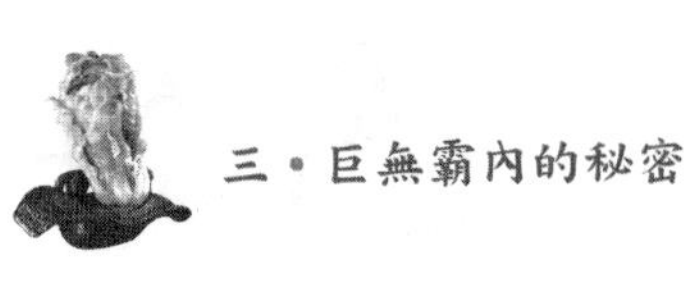

選毛料，也是個耗時耗力的活，中午能出一批貨，只能說，要不是他們人多，就是進貨量少。

「行，既然都這麼說了，那我們就進去了？」劉宇飛看著廠房的大門，示意了一下。

「對對對，這邊請……」周老闆當即明白劉宇飛的言下之意，就是同意了剛才的價格。在這一點上，並不像玉石街那邊，砍價也能砍上半天。這裏的毛料，基本上按照翡翠毛料的來源、挑選的批次，有個比較公道的價格。大家在意的是長遠的生意，對於周老闆這樣的人來說，廣開門路，才是經營之道。

對於第一天看貨、六百塊一公斤的價格，雙方也就心照不宣了。或許到了明天後天，就降到五百、四百了呢。當然，要是劉宇飛進去之後，粗略地看一眼，對這批毛料不滿意的話，也可以不出手，全身而退。

廠房內是一片面積很大的空地，原本大概是車間。地面上堆滿了翡翠原石，賈似道放眼望去，估測有幾萬塊之多，大大小小分成不同的區域堆放著。走近一看，倒是可以分得清楚，有些區域是全賭的毛料，一點兒都沒動過，有些區域堆放的則是半開窗的毛料，甚至有一部分是切了面的。

在每一堆毛料的邊上，都放有檯燈、清水，供看貨的人挑選之時使用，邊上還站著幾個周老闆的手下，他們會把買家看中的毛料用小推車搬運到一起，周到得很。

在劉宇飛和賈似道之前到的那批買家，共有四個人，正在不同的區域分工挑選著，而他們決定買下來的毛料，乍一看去，不下兩三千塊。

「周老闆，那我們這就開始了？」劉宇飛隨意地走到一堆翡翠毛料附近看了看，覺得成色還不錯，便對著身邊的周老闆說。周老闆點了點頭，做了個「請」的手勢，和手下招呼一聲，便帶著老劉一起到邊上喝茶去了。

倒是賈似道問了一句：「劉兄，這半賭的毛料和全賭的毛料一樣，也是同樣價錢？」

「是啊，全部六百塊錢一公斤。你隨便挑，到時候合到我這裏一起去結算好了。」劉宇飛應了一句，還解釋了一下：「在這裏，購買量少的話，人家壓根就不賣，或者會要求你出更高的價格。你看那邊的四個人，別看他們現在是一夥的，其實就是四家，不過是合在一起做一次買賣罷了。」

「那得購買多少毛料啊？」賈似道不禁有些好奇地問。劉宇飛伸出了一隻手。

「五百公斤？」賈似道琢磨著，這些毛料除去那些個頭特別大的之外，平均

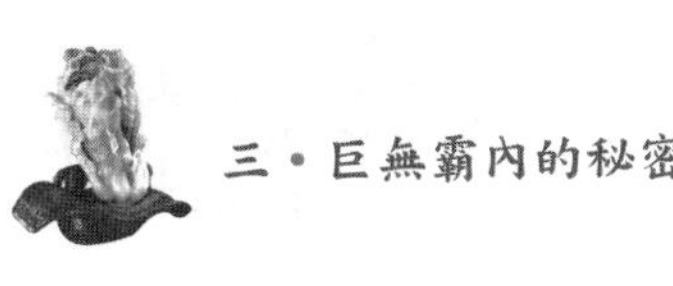

起來，也就是幾公斤一塊，五百公斤，大概是幾百塊的毛料，也不算少了。

「是五噸。」劉宇飛淡淡地說，「對了，邊上那些鐵櫃子裏的毛料，就不是這個價格了，那些都是單賣的。」

賈似道順著劉宇飛所指的方向看去，在側面靠牆的地方，擺放有一排鐵皮櫃子，不算高，其中有幾個櫃子的門敞開著，裏面的空間被分成了好幾層，每一層都放置著不少的翡翠原石不過，聽劉宇飛的口氣，那些原石，應該是周老闆自己事先挑選出來的，價格上恐怕也要高出不少。

劉宇飛獨自去挑選毛料了。最初，賈似道還以為他會像在玉石街一樣，看一塊翡翠毛料也要耗上半天時間呢，哪知道劉宇飛倒是乾脆，伸手拿起一塊，上下打量一番，打上強光手電筒，細看一下表皮的紋理，有沒有松花、蟒帶，很快就可以決定是不是要買下來了。

邊上周老闆吩咐過的幾個手下，其中有一個很自覺地站到了劉宇飛的身後，也不管劉宇飛是怎麼翻看毛料的，只要是劉宇飛滿意的，他就會接過來，放到小推車上。然後，等累積到一定數量之後，便運送到廠房門口處的磅秤邊上卸下，再回來。

賈似道下意識地一回頭，自己身邊也跟著一個人呢。雖然有些不太習慣，但他也開始了自己的挑選工作。畢竟，這好幾堆的翡翠毛料，要是想要全部看過去，即便是像劉宇飛那樣的挑選法，沒個一兩天的時間，也是不太可能的。

不過，賈似道注意到，在那些開了窗、或者切了面的明料裏，可以直接看到有好的表現的翡翠毛料很少。抬頭看著那一排鐵皮櫃子，賈似道明白過來了，原來開窗之後表現好的毛料都放在那邊了。

商人嘛，哪一個不是唯利是圖的？自己有大批的翡翠毛料，要是全部都解開來，那就和尋常的賭徒無異了，風險實在太大，只能從中挑幾塊外在表現好的，擦石或者切個窗出來，要是表現依舊很好，那麼這塊翡翠原石的價格自然也就高了。

要是表現不太滿意也無所謂，反正都是當成普通翡翠毛料出售的，整堆放在一起，幾百塊錢一公斤，也許就被人給買了去。再不濟，在大主顧挑剩下之後，還能低價賣給那些在夜市擺攤的手工作坊，賺的就是個穩當錢。

於是，賈似道專門挑那些「蒙頭料」，也就是原原本本沒有動過的翡翠毛料，他先學著劉宇飛的樣子，看看表皮的表現，一邊再用左手的感知力去探測一下。

不過，正如這些毛料的價格一樣，數量雖然很多，品質高的卻很少。

普通的豆種，甚至更差品質的翡翠，賈似道倒是感應到好幾塊。而這樣的翡翠原石，要是買下來，虧本自然是不會，小賺一點而已。問題是，一塊兩塊的，賈似道還能直接賣給劉宇飛，或者帶回臨海賣給「周記」，但要是幾十上百塊翡翠的話，引人懷疑不說，以賈似道的人脈關係，能不能轉手出去也是個問題。比起高品質的翡翠來，實在是有些划不來。

左挑右選後，賈似道僅僅拿下了三塊翡翠原石，屬於這一撥裏挑選過的毛料中比較突出的。儘管都是豆種的質地，但勝在裏面的翡翠給賈似道的感覺比較純淨。另外，原石的個頭不太大，即便要帶回家去也還算方便。

倒是跟在賈似道身邊的那個人，看著賈似道的眼神漸漸地多了一些怪異，他們沒見過在這裏挑選毛料還有像賈似道這樣的。

「你不用跟在我身邊的，我就是陪著他。」賈似道指了指正忙著的劉宇飛，「過來感受一下氣氛，挑不了幾塊毛料的。」

那個人也挺老實，對著賈似道和善地笑笑，不管賈似道怎麼說，就是不肯去休息，賈似道也就由他去了。忽然，賈似道對著邊上的一堆毛料，嘴角流露出一絲微笑。原來，在這堆毛料的正中間，躺著一塊巨大的石頭。

說它大，遠看的話，倒也沒什麼特別的感覺，尤其是整個廠房裏都堆滿了石頭，並不是很顯眼。但是走近了一看，卻讓賈似道動容。

整塊原石呈扁平狀，長度大約有兩米多，一頭稍寬，約有一米半，然後逐漸縮小，到了另一頭，就只有三四十釐米左右了。厚度也不是很均勻，大概有二三十釐米。

原石平放在地上，上半部分的表面是黃色的沙皮，顏色有點接近膚色，而下半部分，雖然看不太清楚，但隱約可以看到顏色逐漸發白。整塊毛料的表現好壞暫且不說，就是這麼大的個頭，不要說在盈江，即便是在國內，都屬於比較少見的。

賈似道也只是在照片上看到過類似大小的翡翠毛料。當然，如果去仰光翡翠公盤，比這還大的原石也能看到不少。

在這塊翡翠原石的邊上，以及原石之上，還堆了不少小塊的毛料。

賈似道向身邊的人問了一句：「這塊原石，應該有兩三噸重吧？」

「差不多。」那個人偏了一下頭，看了看翡翠原石的厚度，估計了一下說：「可能還不止三噸吧。」他的話雖然有些猶豫，但語氣卻頗為肯定。

賈似道環視了一下四周，笑著說：「看來，這廠房裏，就要數這塊原石最大了。」說著，賈似道走上前去，把這塊巨大的原石周邊的小塊毛料都清理開來。

「可以拍張照片嗎？」賈似道記得，不管是毛料還是成品，一般都不讓人拍照的。

「可以。」那人很乾脆地點了點頭，正當賈似道有些欣喜的時候，他卻緊接著說出後半句話：「你要是買回去的話，想怎麼拍就怎麼拍。」

一時間，賈似道倒愣了一下，不過再看這塊巨無霸毛料，他心裏卻是有些躍躍欲試。

也許是看到了賈似道對這塊巨無霸毛料有些興趣，廠房門口正和老劉聊著天的周老闆，此時也來到了賈似道的身邊，問道：「怎麼樣，小賈，有沒有興趣把它運回去啊？」

「我先看看再說吧。」賈似道應了一句，便打開了強光手電筒，開始對巨石毛料觀察起來。因為無法搬動，賈似道只能弓著身子，繞著毛料四周察看了一圈，找到幾處表皮表現稍微好一些的地方，就蹲下來再做細緻的觀察。

這期間，周老闆和老劉就站在邊上，也不開口。買家在看貨的時候，賣家一般都不會說些什麼，以免影響買家的判斷。無論買家出不出手，憑的都是個人的眼力和魄力。只要賈似道不是在看貨的時候刻意擦石，也就由著他去折騰了。

當然，討價還價的時候，賣家卻可以想盡辦法給自己的毛料添彩。

周老闆和老劉雖然有一搭沒一搭地聊著，注意力卻都集中到了賈似道的身上。不同於周老闆是想看看賈似道會不會出手，老劉看著賈似道的眼神卻是多了一絲好奇。

按照先前的瞭解來看，賈似道明顯還是個新手。現在他面對這塊兩三噸重的毛料卻毫無懼色，而且還很有興致地察看，老劉初步估算了一下，如果賈似道真想拿下這塊巨型毛料的話，花費應該在一百五十萬到兩百萬之間。

身價兩百萬的人，老劉見得多了，但是，年紀輕輕初涉賭石一行，就敢把兩百萬壓在一塊翡翠原石上的，就不多見了。老劉琢磨著，以後有機會的話，可以和賈似道多聯繫。

畢竟，他這樣的線人，原料的消息靈通固然是一個方面，買家的實力也同樣重要。像這次周老闆的生意，老劉會在第一時間去找劉宇飛，一來是劉宇飛來騰沖前事先和他打過招呼，二來就是劉宇飛吃得下這樣的交易。要不然，即便通知了也是白搭。

賈似道自然不理會周老闆和老劉的眼神，這時他也沒那個精力了。他粗略地察看了一番這塊巨型原石，表皮的表現並不算很好，只有在相對較窄的一頭，稍微露出了那麼一點兒綠意，而且很淺。恐怕這才是周老闆放著這樣的原石不敢開窗的原因。要是開不好，整塊毛料就徹底廢了。還不如像現在這樣全賭，來得更穩妥一些。

賈似道打量著整塊原石的大小，深吸了一口氣，把自己的左手慢慢地接觸到那微微露出來的綠意之上，然後全身的注意力也完全地集中到了自己的左手。想要探測這麼大塊的原石，可不是件容易的事，賈似道一點兒也不敢馬虎。

隨著感知的逐漸深入，賈似道的眉頭不禁一皺。賭石的風險，果然是巨大的。這表皮上至少還有一絲綠意，結果，還沒深入兩釐米，那種翡翠質地和石頭質地相互交雜的感覺就徹底消失，完全是一片石質感。如果整塊原石都是這般表現的話，就看到的這麼一點劣質的翡翠，價值絕對不會超過五千。

真是可惜了那麼大個兒！正當賈似道想要放棄探測的時候，腦海中的感覺卻忽然一變，就像一道分水嶺一樣，在石質感再深入兩三釐米之後，豁然出現的通透清澈的感覺，讓賈似道一時間有些措手不及。

他想要再把注意力集中起來往原石裏面探測的時候，卻倍感艱難。

好在，這塊巨型原石內部的情況一路走高，幾乎除去表層的那幾釐米石質之外，全部都是通透的感覺，尤其是遠離賈似道左手接觸的那一端，那種感覺，比起賈似道在騰沖玉石街上賭來的那塊玻璃種翡翠還要好！

發了！這是賈似道腦中的第一個想法。

但是，隨著這麼興奮的感覺過去之後，賈似道感到無盡的疲憊如潮水一般湧來，甚至眼前發黑，就像貧血的人蹲的時間長了，猛一站起來之後那種天昏地暗的感覺。

不用賈似道刻意收回來，左手探測的感覺瞬間消失了。賈似道的雙手在巨型原石上扶了一把，緩了緩，眩暈的感覺才漸漸消失。即便如此，賈似道知道，此時他的臉色一定非常難看，他整個人就像虛脫了一樣。

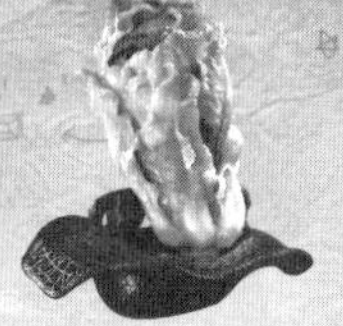

第四章

清水出芙蓉的女子

劉宇飛和賈似道抬眼看去，
倒不是那三個男的有什麼讓人吃驚的地方，
哪怕是遇到了賭石界的老前輩，
賈似道和劉宇飛也不會有什麼特別表示。
只是那兩個女人，實在是讓人眼前一亮。
清水出芙蓉，天然去雕飾。
恐怕也不過如此了。

「周老闆，我們的貨挑得差不多了，結算一下吧？」先於賈似道和劉宇飛挑貨的那批人，其中一個走到了周老闆的身邊說。看他的臉色，應該對此次的交易還算滿意。

「行啊，王總，都是老熟人了，過一下秤就可以了。」周老闆倒也爽快，壓根就不去細看他們找出來的毛料，無論那些毛料是好是壞，只要一過秤，就都和他無關了。

「咦，這位小兄弟，也對這塊巨無霸有興趣嗎？」王總看到賈似道圍著巨型毛料觀看，不由好奇地問了一句。聽他的口氣，他原先應該也比較看好這塊毛料，不知道為什麼卻沒有出手。

「呵呵，王總，這位是浙江過來的小賈。」周老闆介紹了一句。

王總看了賈似道一眼，對他點了點頭，算是打招呼了，轉頭就感慨了一句：「現在的年輕人，後生可畏啊。」

不過，王總看上去並不顯老，也就是四十來歲的樣子，應該和周老闆差不多。

「賈兄，你不會是準備拿下這塊巨無霸吧？」看到這邊聚了不少人，正在挑選毛料的劉宇飛不禁也湊了過來，但是，他到了賈似道身邊時，卻關心地問了一句：「你的臉色怎麼這麼難看？」

「沒什麼，有點貧血吧，蹲的時間長了，有點暈。」賈似道隨便找了個理由應付過去，他拍了拍身邊的巨型原石說：「要是把它弄回去也不錯。」

看著劉宇飛有些詫異的眼神，賈似道拍去了手上的灰塵，收起手電筒，然後才說：「這麼個大傢伙，至少可以讓你的工作量減半吧？五噸的毛料，一小塊一小塊地挑，辛苦不說，說不定就要拖到明天了。帶上這塊巨無霸，趕在晚飯之前，我們就可以收工了。」

「你小子，還真有你的。」

周老闆、王總等人聞言，倒是在邊上樂呵呵地笑著。賈似道雖然是說笑，但話也很實在。那個王總甚至還接著賈似道的話頭，埋怨起周老闆來，任誰要挑選五噸的毛料，如果都是撿小塊的來，工作量實在太大。

眼前這滿地的毛料，都是正宗的翡翠原石。但能切出翡翠來的，並不會很多。而且，各人的眼光不同，偏好也不同，就好比有的人喜歡烏沙皮的毛料，而像王總則是喜歡巨型毛料這樣椒鹽黃的細沙皮毛料。也難怪王總會對這塊巨型毛料產生一點興趣了。

周老闆規定的一次至少提貨五噸的底線，無疑把自己的利益最大化了。

天知道購買這麼一大批貨回去之後，其中有幾塊原石能切出翡翠來呢。買家要是想要賺上一筆，就只能祈禱在自己選中的毛料中，能切出一兩塊高品質的翡翠來，只要有這麼一塊，就足以抵上整批毛料的價值了。

不然，就只能是賺點辛苦費，像豆種的、無色的翡翠，這麼大批量的貨物買下來，還是能占不少比例的，畢竟這批毛料的總體品質還算不錯。無非就是要多花些加工費，以及靠買家的一線市場管道來銷售而已。

好在，以這樣的方式，雙方都減低了風險，有錢大家賺，也還算是個雙贏的局面。

「呵呵，王總，你就別在這裏損我了。」周老闆笑盈盈地對王總說，「像我這樣經營毛料生意的，不過是混口飯吃而已，大頭的利潤還不都是被你們這些做加工和成品銷售的老闆賺去了？就拿你上次買回去的那批貨來說，其中就有一塊冰種的飄藍翡翠吧？至少可以賺這個數。」

說著，周老闆伸出了四個手指頭，那意思自然是四百萬了。

王總看著周老闆，微笑不語。

大家都心知肚明。一般在這一行，只要看看誰家的翡翠成品都有哪些，或者看到大型的雕件，就可以推測出切出這樣翡翠的原石了。想要刻意隱瞞，除非把原料積壓起來，過個三年五載再拿出來。

但對於商人來說，故意積壓貨物不出手，除非有特殊的原因，比如當做投資、等待增值，不然實在是划不來。

「小賈，你剛才也仔細看過這塊巨型毛料了，究竟是什麼意思？」幾個人在嬉笑著胡侃了一番之後，周老闆不禁又把話題重新拉了回來。

先前的兩批買家，包括王總在內，雖然對這塊毛料都表現出了一定的興趣，但是因為體積實在太大，表皮的表現又很一般，要是以六百塊每公斤的價格成交，風險實在是太高。對於這些精明的商人來說，同樣花上兩百萬的價格，在賭石市場上賭上一塊切出來的明料，遠比賭這塊巨型原石要來得實在。

所以，猶豫之後，兩批人最終都忍住了沒出手。

周老闆心裏自然有些著急了，這樣大塊的毛料，要是在前幾批買家中都出不去的話，越是留到後面，能出手的價格就越低，甚至於到了最後，還需要他自己來承擔切石的風險。

「也是按照六百塊一公斤來算嗎？」賈似道看了巨型毛料一眼，對周老闆問道。

周老闆的眼睛不由得一亮，有門！於是他臉上的笑意漸漸濃起來，他說：

「這是當然的，凡是地上堆著的毛料，都是這個價錢。」

劉宇飛卻扯了賈似道一把。

周老闆也注意到了這個細節，他繼續說：「當然，我和小賈你，算起來也是頭筆生意。如果你真心想要的話，倒是可以給你再優惠一些。這樣吧，這塊毛料下貨的時候，我特意讓人過了一下秤，有三千三百多公斤，算起來差不多是兩百萬，就算一百八十萬了，你看行不？」

賈似道不由得思索起來。

這時劉宇飛站在邊上，卻不再插話，王總和老劉也安靜地站著，看不出什麼特別的表情。

「一百五十萬吧。」賈似道在心裏估算了一下周老闆的價位，回了一句：「這毛料的表現我就不多說了，反正拉回去，絕大部分是石頭，那是肯定的。如果運氣不好，別說這一百來萬了，我可能連運費都收不回來。」

「呵呵，行，一百五十萬就一百五十萬。」看到賈似道能回價，周老闆倒也不客套。這樣的生意，根本就無需斤斤計較，說出來的價格，只要在心理價位之內，一般都能成交。何況，這塊毛料大是大，的確不怎麼看好。

「還是年輕人有魄力啊。」王總不由得感歎了一句。

「小賈，你下手還真是夠狠。」劉宇飛說。也不知道他是讚揚的成分多，還是同樣不看好這塊巨型毛料。

因為交易已經敲定，眾人的臉上都輕鬆了不少。周老闆不禁也有了如釋重負的感覺，不由得說道：「說起來，這塊巨型毛料，還有一段故事呢。」

「哦？說說？」王總正準備拉著周老闆去秤毛料，聽到周老闆忽然提起故事，不禁有了一些興趣。賭石一行，故事多了去了，什麼人賭漲了，什麼人切垮之後瘋了，比比皆是，任誰都能說出一些來。但能讓周老闆這樣的人記在心裏並說出來的，想必不會是普通的故事吧？

賈似道和劉宇飛也頗為好奇地看著周老闆。

「想必你們都知道，我們境內的賭石，其實指的就是翡翠原石的交易，但是，在緬甸，賭石卻還有另外一種形式……」周老闆慢慢道來。

他還沒說完，王總就接口了：「莫非，這塊巨石，是有人在賭開採的時候挖出來的？」

「正是。」周老闆頗有些羨慕地說，「而且，挖出來的可不僅僅是這樣一塊巨型毛料，據說還有另外一塊，重量有一百五十多公斤，表現非常好，光是表皮上就有幾處直接裸露出來的翡翠，綠意已經接近祖母綠了，礦主直接開價八千萬。」

「如果種水足夠好，又是祖母綠的話，那可是極品啊。」王總贊了一句，「八千萬也不算太貴。如果手頭有資金，倒是可以搏一搏。」

「我也是這麼想的。不過，可惜啊，人家說的是歐元！不是人民幣。」周老闆似乎就等著王總這麼說呢。一語既出，幾個人都倒吸了一口氣。八千萬歐元，那可是八億人民幣啊。即便光是聽著，賈似道就覺得自己的心跳在加快。

如此看來，眼前這幾百萬的交易，倒是小兒科了。看了一眼正和自己一樣感慨、憧憬、羨慕萬分的劉宇飛，賈似道小聲問了他一句，王總嘴裏所說的賭開採，究竟是怎麼回事？

劉宇飛就解釋給賈似道聽。

原來，在緬甸境內，除去一些翡翠原石的交易之外，也可以付一些錢，在劃定好的礦區內開採原生礦石。周老闆所說的礦主，可以挖到價值如此之高的翡翠原石，只能說是運氣好到家了。

要知道，和賭石所伴隨的高風險一樣，絕大多數礦主並不見得就能賺錢，也許花了幾年時間，耗資數千萬元，也挖不出一塊好料。就劉宇飛所知，從礦區採出礦石經過甄選之後，再送往仰光進行拍賣的原石之中，大概只有百分之一左右是具有一定價值的，而能賣上大價錢的，更是鳳毛麟角。

不過，事實雖然如此，猛然間聽到一夜暴富的事例，對於劉宇飛、賈似道這樣的年輕人來說，衝擊力無疑是巨大的。周老闆似乎是生怕給出的驚訝還不夠，在眾人剛消化了這個消息之後，又滿是笑意地問了一句：「你們猜猜看，這位礦主挖出這樣的極品翡翠原石，花了多大的代價？」

「應該不少吧？」王總最先回過神來，正想說一下自己的猜測呢，不過想到先前自己的回答，就被周老闆計算了，這一回倒是小心了一些，他笑著看了周老闆一眼，說：「你就快說吧，別賣關子了。」

「呵呵，你倒是心急。」周老闆也不在意，伸出了兩個手指。

「兩百萬？」賈似道疑惑地問了一句。要是兩百萬能夠挖到價值八億的翡翠原石，絕對算得上是暴富了。

「只用了兩桶柴油。」周老闆說著，歎了一口氣，而隨著他的歎息，似乎眾人的情緒都受到了影響，心中有股說不出來的壓抑。說羨慕，這種事情可是羨慕不來的，說絲毫不在意，又覺得那礦主實在是太幸運了。

「不過，這也只是個巧合而已，千萬人中，才能撞上這麼一次。」周老闆慢慢地說，「挖礦的地方，就在帕敢礦區，那個礦主也不是專門從事賭石行業的

人，只是一時興起，就得來這麼一個結果……」

賈似道聽著，更是無語了。

好在他心裏明白，賭石，正是有著各種各樣的意外，是人所不能預料的，才有著它獨特的魅力。從古至今，才會有這麼多人追捧著這個行業。

到了吃晚飯的時間，第四批來看貨的人才剛剛到。連線人在內，一共是四個人。

因為王總這一撥人已經完成交易、結完賬了，要帶走的毛料，也足有七噸半重，周老闆心情很不錯，安排了眾人一起出去吃飯，廠房就交給手下來照看了。

點的飯菜倒也豐盛，不過，飯桌上似乎除了王總一行的四個人和周老闆自己之外，劉宇飛這邊以及剛來的那四個人，都是匆匆吃過一些，就停了下來。周老闆見狀呵呵一笑。王總也很識趣地說了一句：「周老闆，我看吶，我們還是下次再好好喝一頓，現在就不耽誤你做生意了。」

畢竟，剛來的那四個人，心裏可惦記著挑選翡翠毛料呢。

劉宇飛也知道，半個下午的時間，他所挑選的毛料還遠遠不夠。雖然有了賈似道的那三噸多重的巨石毛料打底，過五噸的底線是沒什麼問題了，但既然周老闆這批貨整體的品質還不錯，劉宇飛自然想多拿一些。

一行人和王總告別之後，就又趕回了廠房。

賈似道因為下午探測巨石毛料時，精力使用得有些過度，導致在隨後的時間裏，一次都不敢再用手探測了，他只是裝模作樣地挑了五六塊兩三公斤重的毛料充數。失去了特殊感知力的他，對於自己所挑選出來的毛料，可是一點兒底都沒有。

不過，轉念一想，賈似道也就釋然了。如此一來，正好給賈似道免去了不少麻煩。挑選的毛料中，只有廢料和含有翡翠的都有，甚至廢料占了一定的比例，才不會引來懷疑。哪怕不是因為特殊能力使用過度，賈似道都準備在最後的時間裏隨便找上幾塊毛料。反正挑選出來的毛料數量不多，個頭也比較小，花不了幾個錢。

看到劉宇飛正忙著呢，賈似道也不好去打攪，他轉了一圈之後，就來到了廠房邊上的那排鐵皮櫃子前。無論是從表皮的表現，還是從已經開窗了的口子看上去，這裏的毛料，出好的翡翠的機率，無疑要大上許多。

只是這些毛料的價格，相應也要高昂一些。賈似道看了其中的兩塊，都是切開來的明料，在切面上就可以直接看到翡翠，綠意還可以，用手電筒一照，翡翠的質地、水頭也都還不錯。他詢問了一下價格，單是稍微小一些的那塊巴掌大的毛料，就需要十五萬。

賈似道在心裏估算著，眼前這塊毛料，如果按重量來計算的話，估計也就一兩千塊錢。而從一兩千到十五萬，無非是這塊毛料的外在表現很好，周老闆在邊上切了一刀，並且切出綠來了而已。這其中的利潤，又何止是百分之三百？

「怎麼樣，有沒有意思賭一下？」周老闆問道，「到了我這裏的買家，一般都會選一些明料回去。」畢竟，明料的價格雖然高，但是風險要低許多，只要買家有實力銷售，手下又有技藝高超的雕工，其中的利潤同樣是巨大的。

不過，對於賈似道來說，明料唯一的好處，只是可以讓他多一些把握預測到翡翠的顏色罷了。

最終，賈似道還是在周老闆期待的眼神中搖了搖頭。倒是劉宇飛，在把地面上大部分的毛料都過了一遍之後，特意留出一點時間，挑選鐵皮櫃裏的明料。用他的話來說，購買地面上的毛料，就是碰運氣、撞大運，而鐵皮櫃子裏的，才是真正的生意。

等到劉宇飛挑選完自己中意的毛料之後，已經到了深夜。周老闆提議先休息一晚，等到明天再過來提貨。劉宇飛卻笑著推辭了，說是事先已經有了安排。周老闆也就不再多說，叫來手下，開著叉車，把賈似道的那塊巨型毛料給運了出來。至於其他的毛料，早就已經集中到了廠房的大門邊上。

分批過秤之後，劉宇飛花了三百多萬，再加上明料有一百多萬，賈似道的一百多萬，這一次交易下來，就將近六百萬了。

劉宇飛直接開了一張支票，因為賈似道的帳戶轉錢不方便，劉宇飛先幫他一起支付了，老劉則是趁此時間出去找了一輛貨車來。

賈似道回頭看了看廠房內，那幾個傍晚才來的買家，還在挑選毛料呢。生意遠比休息重要，這不也正說明賭石充滿了魅力嗎？

也許是看到了賈似道的眼神，周老闆笑著解釋了一句：「熬夜是經常的事了。」

賈似道衝著他笑笑：「這不是有錢賺嘛。」

待到全部毛料裝上貨車，劉宇飛給了老劉好處費，這是行裏的規矩，線人可以根據交易的大小來提取傭金。本來，老劉是不準備要賈似道那一份的，畢竟賈似道是跟著劉宇飛過來的，對於老劉來說，算是同一個雇主了。

不過，賈似道指了指自己的那些毛料，就光是那一塊巨型原石，要是不支付一點傭金，也說不過去。當然，更為重要的是，賈似道知道，論起交情關係來，他一點根基都沒有，之所以堅持著要給傭金，為的就是下一次老劉能夠給他提供

資訊。

即便是周老闆，如此大量的貨源，一年最多也就是那麼兩三次。這樣的機會要是錯過了，實在是可惜。

老劉自然明白賈似道的意思，推讓了幾下，也就收下了。

剩下賈似道和劉宇飛兩個人的時候，賈似道問道：「你接下來的安排呢？總不至於雇這輛貨車，直接開回你家吧？」

「等一下到了地方，你就知道了。」劉宇飛沒好氣地白了賈似道一眼，轉頭對司機說：「司機，去紫雲大道的『金牌加工坊』。」

司機是本地人，自然知道那個地方，聞言點了點頭，貨車便開了出去。不一會兒，就到了目的地。賈似道還沒下車，劉宇飛就先一步下去，和加工坊門口等著的一個青年說起話來。

看到他們熟絡的樣子，顯然是很有一些交情。要不然，大半夜的，誰還會站在門口等著啊？賈似道感歎一句，看來劉宇飛的關係網還真是挺廣的。

賈似道下車之後，互相介紹了一番。那個青年的年紀比劉宇飛和賈似道都稍長幾歲，賈似道便跟著劉宇飛一起喊他「趙哥」。而在三個人說話時，趙哥身後的幾個手下，則是搬毛料的搬毛料、開叉車的開叉車，一陣忙碌，把貨車上的毛料全部轉移到了加工坊裏。

整個加工坊，其實是一個簡易廠房改建的。大門口掛了個「金牌加工坊」的牌子。賈似道跟著走進去之後，發現廠房的一側整齊地放著六台解石機，排成一排。

「這些可是新款機器，別看模樣笨，解石的時候，可以精確到零點五毫米，只要事先確定好位置，再蓋上機罩，按鈕一開，分把鐘就能搞定。」劉宇飛在邊上對賈似道解釋了一句，轉頭衝著趙哥說：「看來，趙哥的生意是越做越大了啊。」

「你小子盡瞎扯。我再怎麼折騰，還能大過你鋪出來的攤子？」趙哥說著，指了指手下正搬運著的成堆毛料：「看看，就這些毛料，我即便是傾家蕩產也吃不下。你小子倒好，來一趟盈江就搞了這麼大一筆，也不怕撐著了。」

「你又不是不知道行情，這種大批量的賭石毛料都是些什麼成色。能不能賺錢，還要看運氣呢。這不，小弟我就到大哥你這裏來沾點光了。」劉宇飛一臉笑意地奉承了一句。

劉宇飛注意到賈似道困惑的表情之後，解釋說：「小賈，在半個月前，就在這個加工廠裏，切出了一塊價值千萬的玻璃種豔綠翡翠。這種機會，可不是誰都能遇到的。」

「玻璃種豔綠？」賈似道琢磨著，那還真是好東西呢。玻璃種的質地就不說了，從翡翠的顏色上來說，以綠為貴，尤其是顏色純正的祖母綠，又稱帝王綠，高雅莊重，是翡翠所有顏色中的極品。再往下，就是劉宇飛所說的豔綠了。相比起祖母綠的深邃和濃重，豔綠的綠意則屬於中等深淺的正綠，純正通透。

賈似道在騰沖賭到的那塊玻璃種翡翠，呈現出來的陽綠，則要排在豔綠之後。綠色中略微呈現出一點淡淡的黃，色感活潑而富有朝氣。當然，那塊翡翠的綠色只有一半是靠近陽綠的，準確地來說，應該用陽俏綠來形容。

「就是玻璃種豔綠翡翠。不過，我切石好幾年了，也才碰上這麼一回。」趙哥指了指那台切出極品翡翠的解石機。

一般賭石的人，都是很講究彩頭的。比如，連續解垮了好幾塊毛料，就會暫時收手，表示今天手氣不好；對不同的翡翠毛料，會用不同的工具，像趙哥剛才指的那台解石機，相對於其他五台機器來說，周邊堆著的毛料就要少很多，而品質卻高很多；甚至於有一些賭石的大家，輕易不會去解普通毛料，免得壞了自己的手氣。

「對了，小劉，你是準備連夜趕工呢，還是明天再來？」趙哥看了看時間，問道。

「小賈，你呢？」劉宇飛先問了賈似道一聲，賈似道聳了聳肩，表示無所謂。劉宇飛便說：「那就先休息吧，今天可把我給累壞了。」

賈似道的臉上不禁露出了一絲苦笑。趙哥也不挽留，大凡是賭石的人，很少會住到別人的家裏，基本都是在旅館裏住。如果去別人的家，也是去看毛料居多。劉宇飛招呼賈似道一聲，他們就近找了一家旅館，住下後趕緊睡覺去了。

不過，睡覺之前，賈似道可沒忘了恢復自己幾乎透支的精神。今晚的休息，要比平時更加輕鬆，而對於特殊能力的控制，也更加自如。略一琢磨，賈似道便總結出，應該是下午的時候，透支全身的精神去感知巨型毛料所造成的。

賈似道甚至考慮，以後是不是每天都找點東西來感知一下，讓自己的精神透支呢？轉而他回想起下午的情景，賈似道覺得自己有些冒進了。雖然精神是得到了鍛煉，但是危險同樣存在。那種昏天暗地的感覺，賈似道可不想再試一次。還不如現在這樣循序漸進，來得更穩當。

第二天天一亮，賈似道就起來了。他看了看劉宇飛的房間，裏面沒什麼動靜，他便獨自走出了旅館。

當然，賈似道也受到了一定的影響。現在他的精神是不錯了，但要是想繼續用自己的特殊感知力去探測翡翠，卻還為時過早。小塊的毛料還罷了，早晨的時候，賈似道就用房間裏的杯子試了試，感覺還行。要是遇到巨型毛料這樣體積的，在三五天之內，他也不會冒險嘗試。

清晨的大街上，微微有些涼風，空氣格外清新。

街道兩邊的各個商店，也才剛剛開門。盈江雖然只是雲南省的一個小縣城，但由於翡翠產業的緣故，已經成為西南邊陲的一方熱土，商貿、旅遊、經濟都還算發達。

當然，除去那些特產店之外，最多的還是珠寶玉器店了。沿街每走上幾步，就可以看到某某珠寶店的字樣。偶爾見到已經開門經營的，賈似道便會走進去，看一看翡翠的成品。

不過，讓賈似道多少有些失望的是，這裏的店鋪雖然佔據著盈江這樣一個得天獨厚的地理位置，出售的翡翠成品品質卻大多不怎麼樣，偶爾能看到幾件稍好一些的小掛件，標出來的價格卻著實嚇到了賈似道。

比如一款墨綠色的猴子捧壽桃的翡翠掛件，和賈似道身上的觀音掛件差不多大小，質地是冰種，只是水頭不夠好，上面還有一些芝麻黑點，標價卻是十五萬！

對此，賈似道只能搖頭苦笑了。

賈似道也注意到，一些大的珠寶店，總會留有幾件鎮店之寶，屬於非賣品，一般都是鎖在櫃子裏，輕易不示人。要是想細看，至少得表現出足夠的實力。

一圈逛下來，看到最多的，卻是賈似道和劉宇飛在賭石中碰到的成色最差的那種廢料，切出來之後，或者填充、或者染色所製成的半真半假的翡翠成品。這樣的東西，在市場上俗稱C貨，一般人看著倒也和真品翡翠沒多少差別。因為其價格低廉，頗為走俏。

有些遊客，即便知道這樣的商品本身的價值不會太高，但看著雕刻得維妙維肖的成品掛件，還是樂意掏腰包的，尤其是白翡、紫春這樣有著強烈青春氣息的翡翠，製作成的生肖掛件、耳釘之類的飾品，頗受年輕女性顧客的追捧。

畢竟，真正的高檔翡翠實在是太少太貴，只適合高端人群消費。

逛了一會兒，猶豫了幾次，實在是沒什麼特別中意的，也讓賈似道想要買幾件紀念品回去的打算落了空。不過，賈似道也算沒白走一趟，和浙江那邊的翡翠市場比起來，盈江這邊的翡翠雕件，無論是類型還是款式，都絕對算得上是流行的前線了。

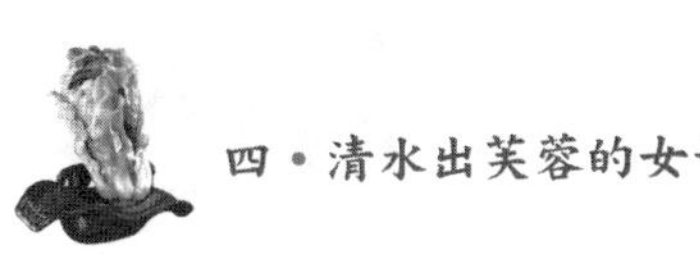

回到旅館之後，劉宇飛正在吃早飯，看看時間，卻已經是大上午了。賈似道拉著劉宇飛，就近找了一家銀行，把昨晚購買翡翠毛料的錢劃了過去。對於這一點，劉宇飛也沒有任何異議。這種關係到錢財的交易，還是分得清楚一點為好。不然，劉宇飛付了錢，萬一毛料中開出極品翡翠來，真要計較起來，也實在是有說不清的麻煩。

昨晚，劉宇飛之所以大半夜還要把毛料拉到趙哥的加工坊，倒不是劉宇飛等不及一個晚上的時間，而是出於小心謹慎。誰知道這麼一大批的毛料，周老闆會不會在晚上趁機換掉其中幾塊表現較好的？

隨後，兩個人來到了趙哥的「金牌加工坊」。趙哥本人也剛到，在門口相遇，三個人相視一笑，趙哥拍了拍劉宇飛的肩膀，說道：「我就猜到，這個時候你們也該來了。走，一起進去吧，今天為了你們這批貨，我們加工坊可是推了不少生意啊。」

那話裏的意思，今天一整天，整個加工坊就專門幫劉宇飛和賈似道解石了。

「沒說的，夠意思。」劉宇飛笑著應了一句，三個人便一道進了廠房。本來賈似道還在琢磨著，怎麼跟劉宇飛說一下，他的那幾塊毛料，只需要解開那些小塊的就行了，至於巨型毛料是不是要在這邊解開，賈似道心裏還有些猶豫。一來是安全問題，畢竟只有賈似道自己知道，即便翡翠的顏色不怎麼樣，光憑著玻璃種的質地以及這麼大塊的整料，就能值不少錢；另外，切開這樣的一塊毛料，怕也會引來劉宇飛一些懷疑。

不過，在看到劉宇飛的解石過程之後，賈似道的擔心卻不復存在了。

凡是花了高價錢賭回來的明料，劉宇飛都挑了出來，放在一邊，顯然是不打算切開的。他只把那些看上去不怎麼樣的、或者賭性非常高的論公斤買回來的毛料，來了個全數大解剖。一時間，忙得加工坊裏的眾多工人，前前後後地搬運毛料，就費了不少時間。

偶爾開出一兩塊豆種的翡翠，都能引來不少的歡笑聲。要是上面再綴上一些綠色，比如飄帶綠的，就連劉宇飛自己也會喜笑顏開。用劉宇飛的話來說就是，只要能多出幾塊類似的翡翠，這整批毛料的錢就賺回來了。

更何況，還有賭性比較小的明料沒有解開呢？

賈似道除去巨型毛料之外，也就十來塊小毛料，就不急著解石了。他一邊看著，一邊和劉宇飛、趙哥兩個人說著話，討論的都是翡翠市場上的事，倒是讓賈似道受益匪淺。

正說著，趙哥的手機響了。一接電話，說了一通之後，趙哥看了看劉宇飛和賈似道，說：「我給忘了，昨天下午還有個朋友打過招呼，今天要來這裏切石呢。這會兒，人都到了……」

「行了，不就是讓我騰出一台解石機來嘛，沒問題。」劉宇飛不等趙哥說完，就接口了：「不過，我可告訴你啊，耽誤了我的時間，費用上就扣除一半，怎麼樣？」

「行啊，你一分不給都行，反正我向你老爸要去。」趙哥沒好氣地說了一句，轉身就出了廠房，沒過一會兒，他帶進來五個人，三男兩女。

劉宇飛和賈似道抬眼看去，一時間，視線卻移不開了。倒不是那三個男的有什麼讓人吃驚的地方，哪怕是遇到了賭石界的老前輩，賈似道和劉宇飛也不會有什麼特別表示。只是那兩個女人，實在是讓人眼前一亮。

清水出芙蓉，天然去雕飾。恐怕也不過如此了。

只是賈似道看著那兩個女人的眼神，比起劉宇飛來，卻更多了一份驚訝。因為其中的一個女子，竟然是嫣然！

也恰恰是在此刻，劉宇飛和賈似道身邊的一個工人，喊了一句：「劉老闆，快來看啊，切出冰種的翡翠了。」

劉宇飛還沒有回過神來，嘴裏嘀咕了一句：「真是極品啊。」也不知道說的是翡翠還是人。

「劉兄……」賈似道算是領教了紀嫣然的魅力了，不禁拉了劉宇飛一把。兩個人這才察看起剛剛切出冰種翡翠的毛料來。整塊原石並不算大，和一塊普通磚頭差不多，被解石機攔腰分成了兩段，要是光從原石的表皮表現來看，並不引人注意，甚至於在沒有切開之前，這樣的原石扔在地上，都不會有人撿起來仔細察看。

賈似道不禁看了劉宇飛一眼，也不知道他是怎麼想的，竟然把這樣一塊毛料給買了下來。劉宇飛訕訕一笑，解釋了一句：「你也知道，那麼多毛料，我怎麼可能每一塊都仔細看啊……不過，你也看到了，這還真是好東西呢。」

只見分成兩段的翡翠原石，一半是廢料，另外一半，卻隱隱地透出一絲綠意，並且可以很清楚地看出是冰種。這一刀下去，雖然取的是原石的中間位置，沒有絲毫的技術含量，但現在看來，卻是鬼斧神工一般，把這塊原石解得恰到好處，沒有一絲一毫浪費。

工人把那半塊廢料再來了個對半切，怕漏過了好翡翠。

切出來的廢料，劉宇飛打算賣給那些專門經營C貨翡翠的商人，能賣多少是多少，然後把切出來的有價值的翡翠毛料都帶回到廣東去。這樣不但能節省運費開支，還可以把利潤最大化。

接過劉宇飛手中的半塊毛料，賈似道打量了一下，主要是綠色不夠純正，有點淡不說，還有些雜，很大程度上影響了翡翠的價值。不過，如果裏面的翡翠質地和切面所看到的一樣，沒有改變的話，整塊毛料的價值，幾十萬還是有的。相比起收購的價格，已經是賺翻天了。

「怎麼，小劉，又切出好東西來了？」這個時候，趙哥幾個人，已經走到了劉宇飛和賈似道的身邊。看到兩個人蹲著察看原石的樣子，趙哥不禁問了一句。不論是對於加工廠的名聲，還是對於前來解石的人來說，這都是個好兆頭。

畢竟，他們一行人剛到，就遇上了冰種飄綠的翡翠，再沒有比這更吉利的好彩頭了。

「不算太好，還行吧。」似乎是為了給兩位女性留下深刻印象，劉宇飛一反常態地表現出彬彬有禮的一面，讓邊上的賈似道和趙哥對視了一眼，嬉笑不已。

「你好，沒想到在這裏還能遇到你。」賈似道也不做作，直接對嫣然問了一聲好：「這位是我的朋友，劉宇飛。」

嫣然還是一如既往的簡約打扮，格子襯衫、牛仔褲，胸口還別著一副紅黑色的太陽鏡。看著賈似道過來打招呼之後，她微微點了點頭，把身邊的人也介紹了一遍。

這個時候，賈似道才注意到，在隨行的三個男人之中，竟然還有一個熟人：楊總。他是「周記」的一位客人，賈似道在古玩街逛蕩的時候，也算是認識了，楊總是一位資深古玩玩家，想不到居然在這裏碰面。

另外的兩位男人，一個是聯繫上趙哥的那位線人，盈江本地人，看上去更像是個經營小攤的商販。另一位，則是和嫣然一道從浙江寧波那邊過來的，姓金，頭頂有些禿，他和楊總年紀差不多，經營一家珠寶店。

還有一位女的，容貌和嫣然不相上下，只是年紀稍長，氣質也不同。相比起嫣然的雍容典雅，她無論是在五官、身材、儀態還是風度上，都顯得格外婉麗恬靜，有一種古典美。即便隨意在那裏這麼一站，也像一幅用毛筆淡淡勾勒出來的水墨仕女圖一樣，淡雅得讓人如墜夢境。

也難怪賈似道在看到她時，不由得多看了幾眼。

只聽嫣然在介紹到她的時候，說了「李詩韻」三個字，這時，她正和嫣然竊竊私語。隱約可以聽到，李詩韻是在開著嫣然的玩笑，說什麼到了盈江竟然還有認識的朋友，而在路上的時候，卻告訴她是第一次來雲南賭石。

她的話惹來嫣然嗔怪的一笑。一時間，兩個嬌豔的女子無意間流露出來的風情，就好比兩朵爭妍的花朵，讓整個廠房裏都充滿了春色。

不過，注意到了賈似道正在看著她，李詩韻倒也落落大方，走上前一步，主動地伸出了手，美目盯著賈似道說：「你既然是嫣然的朋友，那也算是我的朋友了。看你才二十五、六的樣子，我就托大，叫你一聲小賈了。」

賈似道連忙伸出手，輕握了對方一下，感覺著指尖傳來的清涼和細膩，說道：「那我就喊你李姐好了。」暫且撇開她的美麗不說，光憑著她的身分，是一個珠寶公司的總經理，而且店鋪就開在省城杭州，賈似道就覺得自己有必要好好結交她。

賈似道正愁回臨海之後，翡翠毛料的出售會成為一個大問題，這一下來了三個珠寶公司的老闆、經理。相比起楊總和金總，賈似道自然更樂意和李詩韻這樣的美女經理合作了。

劉宇飛站在一邊，看到兩位美女都和賈似道比較熟絡的樣子，對他卻視而不見，不禁小聲地說了一句：「賈兄，咱倆的關係怎麼樣，沒說的吧？」見到賈似道點了點頭，他繼續說：「那你是不是應該再向她們好好介紹一下我啊？」說話間，他的眼神自然是向著嫣然和李詩韻那邊瞟了又瞟。

一時間，倒讓賈似道有些不知道說什麼好了。

好在楊總那邊和趙哥也談起了正事。原來他們四個人和賈似道一樣，也是昨天下午剛到盈江，不過，和賈似道搭上劉宇飛的關係不同，他們只是在玉石街逛了逛，然後根據線人的安排，去幾戶人家裏看了不少翡翠毛料，略有收穫。

現在他們準備在這邊解開幾塊，試試手氣，便繼續由線人搭線，找上了趙哥的「金牌加工坊」。

讓賈似道頗為意外的是，即將要解開的毛料，竟然是嫣然買下的。賈似道轉念一想，就明白過來，另外三個人都是珠寶店的負責人，買到毛料之後，大可以運回去再解開，賭漲賭虧都只有自己知道。但是嫣然要是想運回去再解開的話，卻不太方便，反倒不如在這邊就地解石了。

就在說話的這麼一會兒工夫，趙哥已經吩咐幾個手下，把門口的毛料搬了進來。乍一看去，個頭還挺大的，足有百來公斤的樣子。

毛料的表皮是翡翠原石中最為走俏的烏沙皮，而且表現還很不錯。包括嫣然自己在內，楊總這一行四人，顯然都對這塊毛料比較看好。賈似道問了一下價格，是嫣然從一戶人家裏花了一百萬賭回來的。賈似道想起臨行前的杭州拍賣會，不由得對嫣然露出幾分敬佩的神色。想不到這樣一個女子，玩起賭石來也如此有魄力。

待到解石的時候，賈似道越看嫣然，越覺得她的舉手投足間都有著一股說不出的大氣，讓人感到幹練的同時，也能體會到一種女性獨有的溫柔。

因為對方是美女，劉宇飛竟然丟下自己的毛料不顧，轉而和賈似道一起關注起嫣然的原石來。賈似道對他的行為很不齒。不過，劉宇飛卻眉毛一揚，回了一句：「你不也是跟我一樣？」

賈似道頓時就焉了，好在劉宇飛緊接著又說了一句：「窈窕淑女，君子好逑嘛。對了，小賈，這兩個美女，都有對象了嗎？」

「不知道，你自己幹嗎不直接去問她們？」賈似道沒好氣地說，「嫣然應該是沒有，至於李詩韻，我就不知道了。不過，這樣的美女，不管她們有沒有對象，肯定有不少人追，我看你希望不大。」說著，賈似道還衝劉宇飛搖了搖食指。

「走著瞧。」劉宇飛自然不甘示弱，正當他還想說些什麼的時候，眾人圍著的解石機已經停止了工作，蓋子被工人打開，露出了裏面的原石。嫣然上前一步，揭開切割出來的石片，用纖纖玉手拭擦了一下，仔細一看，回過頭來，對著眾人就是嫣然一笑。

楊總不等眾人有什麼反應，第一個就衝了上去，察看起原石的具體情況來。

畢竟心裏看好是一回事，切出翡翠來卻是另外一回事。金總自然也緊隨其後，只有李詩韻看見這般情景，蹙了一下秀眉。

「怎麼，李姐不一起上去看看？」賈似道倒是有些明白這幾個人為何這般舉動了。嫣然自己並沒有經營任何與翡翠有關的生意，賭石僅僅是喜好罷了。人家的正經工作還是大學講師呢，賭到了好的翡翠肯定會出手。

這不，賈似道等人還沒來得及細看呢，楊總就對嫣然開出了兩百萬的價格，金總出價也不慢，嫣然還沒有表示出要出手的意思，他就在二百萬的基礎上加了二十萬。

一時間，倒是看得賈似道和劉宇飛驚訝不已。即便遇到了一塊好的毛料，也用不著這麼針鋒相對吧？

「看到了嗎，那邊根本就沒有我的位置。」李詩韻對賈似道微微一笑，「即便我上去看了，也沒有我什麼事。」

聽著這話，賈似道只能呵呵一笑，轉頭和劉宇飛對視一眼，再看向金總和楊總在嫣然面前果敢的表現，倒是能體會出一些別樣的資訊了，還是為了博紅顏一笑啊。

賈似道聳了聳肩，湊上前去察看了一下毛料的切面。因為下刀很小心，切得

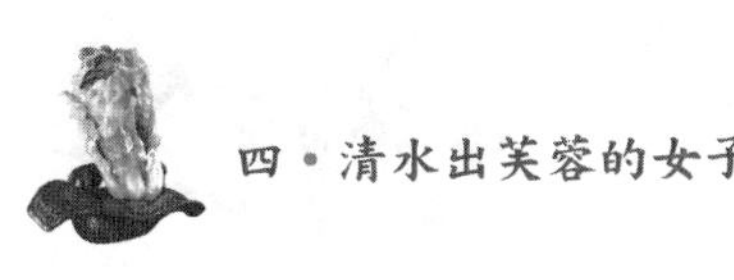

很薄，切面上可以看到的綠意並不是很濃，倒是水頭和質地的表現都還不錯，用手電筒打上光，就可以看到很深的位置，而且沿著切面的一角，隱隱有一條近似豔綠的色帶，在緩緩地向原石的內部滲透。

如果這條綠色帶足夠長，並且有變粗的趨勢的話，那麼這塊原石無疑不是幾百萬就能夠買下的價格了。楊總和金總即便激烈地爭搶著，在出價上卻也不算太過冒險。

就憑這個質地，這塊原石賭漲了，那是肯定的。具體能漲多少，卻還需要再往裏切一些才能夠徹底看清楚。劉宇飛看後，就對著賈似道豎起了四根手指，那意思是，可以賣到四百萬。賈似道笑著問了一句：「那你怎麼不把這塊毛料給搶下來啊？」

劉宇飛的家底，自然要比楊總和金總都要豐厚得多。

「這麼低級的手段，我根本就不屑用。」劉宇飛說著，還瞥了金總和楊總一眼，湊到賈似道的耳邊笑著說：「瞧那倆哥們的模樣，看著實在是有些寒磣，而且年紀和嫣然也太不相配了。所以，他們對於我來說，根本就沒有什麼挑戰性！」

「你就吹吧。」賈似道白了他一眼，正想再說點什麼呢，誰料到劉宇飛嘴上說的是一套，實際行動又是另一套。

在賈似道的詫異中，劉宇飛喊了一句：「我出三百萬，嫣然小姐，不如把毛料讓給我如何？」

楊總和金總、甚至嫣然自己，都有些愕然地看著劉宇飛，不知道這半路殺出來的青年，怎麼就有這麼大的魄力。

「呃！可能剛才小賈介紹我的時候，你們都沒怎麼聽清楚，鄙人現在再自我介紹一次。」劉宇飛很自然地說，「我叫劉宇飛，廣東人，家裏是經營翡翠生意的，嫣然小姐的這塊毛料，雖然種水不錯，但風險還是有的，裏面究竟吃進了多少綠，現在還很難看出來，三百萬算是一個比較合理的價位了。嫣然小姐覺得怎麼樣？」

「我還想再切一刀看看。」嫣然答了一句。既然現在就能出三百萬的價格，那麼在風險比較小的情況下，再切一刀，嫣然無疑可以獲得更大的利潤。

「小賈，看起來你的那位朋友出師不利啊。」賈似道正對劉宇飛很無語地搖了搖頭，身邊的李詩韻巧笑著說了一句，她看劉宇飛的眼神，卻是頗為耐人尋味。

「他？」賈似道看了李詩韻一眼，「沒事，那傢伙的抗擊打能力很強的。」

說著，自己心裏也禁不住暗自發笑。

嫣然已經重新走到了原石的邊上，讓工人開始了第二刀的切割。

「對了，李姐，你和嫣然很熟嗎？」賈似道覺著有些不明白的是，為什麼金總和楊總都去追求嫣然呢？莫非李詩韻已經名花有主了？

「還算比較熟吧。怎麼，小賈，難道你也準備……」說話間，李詩韻的眼神還在賈似道和嫣然的身上來回打量著。

「哪裏。」賈似道矢口否認了一句，他的確對美麗的女子有好感，但要說到追求，賈似道卻覺得還為時過早，且不說他和嫣然生活環境的差距，就是賈似道自己的斂財計畫，都還正在進行中呢。想到這裏，賈似道心裏一動，問了一句：「李姐，聽剛才介紹，你的珠寶店規模應該不小吧？」

「也就是維持生計吧。」李詩韻淺笑著回答，「現在的翡翠原料價格越來越高，而成品的銷售卻越來越困難。那些少數的高端客戶，又都集中在幾家大的珠寶公司手裏。至於中低檔的翡翠產品，只能依靠大眾市場，卻要耗費很大的人力物力，我可沒那份心力。」

「李姐說笑的吧。」賈似道說道。

「怎麼是說笑呢？」李詩韻歎了一口氣，「如果不是沒辦法，我也不會到這裏來賭石了。對於這行，我是個徹徹底底的新人，只能買一些半開窗的明料回去。」

「那李姐你剛才就更應該上去和嫣然商量一下，把原石給買下來了。」賈似道說。

「這個你倒可以放心，現在還沒到時候呢。」李詩韻說了一句，看到賈似道很困惑，她不由得盯著賈似道好一陣打量，問道：「小賈，看起來你和嫣然也不太熟吧？」

「呃，就是見過幾面而已。我也是臨海人。」賈似道說。

「哦，那還差不多。」李詩韻點頭說，「以她的性格，既然切出綠了，如果不把毛料再切開一些，是不會出手的。」

賈似道聞言，這才恍然大悟，難怪李詩韻一直表現得不疾不徐的，甚至還有閒情在這裏和他聊天呢，敢情人家心裏早就有了打算了。而劉宇飛在這個時候，似乎把賈似道給忘了，和楊總、金總一起，伴在嫣然的身邊，有些心焦地等待著切石的結果。

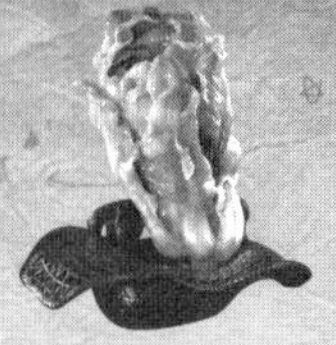

第五章

血本無歸與億萬富翁

賈似道瞥了一眼剩下的那塊巨型毛料。
玻璃種的質地，賈似道是可以肯定的。
但要是無色的呢？又或者裏面只是微微有些綠，
那這一百五十萬，恐怕就要血本無歸了吧？
賭石，對有特殊能力的賈似道來說，
同樣是風險與利益並存的！

切出來的石片，比第一刀來得更薄一些。

當嫣然的手揭開石片的時候，眾人都屏住了呼吸，探著腦袋想在第一時間看到原石的表現。正如大家所期待的那樣，那抹原本還遮遮掩掩的綠意，在沒有了石質的阻擋之後，此時已經完全地顯露了出來，讓人為之心醉！

「五百萬。」劉宇飛毫不猶豫地第一個喊出了價格。就好像是在拍賣場裏競拍一樣，隨後的時間裏，嫣然站在那裏不用說話，楊總、金總兩個人就加入了搶價的行列，原石的價格一路走高。原本李詩韻也想出價的，不過，很快的，三個男人的喊價就超出了她的心理價位。最終到了八百萬的時候，才被劉宇飛一舉拿下。

賈似道瞧著劉宇飛那副洋洋得意的樣子，似乎大有把追求嫣然的兩個競爭對手給徹底打趴下的勝利感覺。倒是賈似道身邊的李詩韻，微微歎了一口氣，在沒有出價以前，她還和賈似道說過，七百萬已經是她的底線了。

最後以超出一百萬的價格成交，無疑讓李詩韻感到，翡翠原料的競爭比起翡翠成品市場的競爭毫不遜色。

「劉少真是年少有為啊，『劉記』的實力也讓我和楊總望塵莫及。」金總競爭輸了，也不知道是羨慕還是妒忌，說了一句：「不如劉少就現場把這塊原石徹底解開來，讓我們過過眼癮如何？」

按說金總這樣的要求算不上合理，不過，劉宇飛注意到嫣然在聽到徹底解開原石的時候，眼神也一亮，劉宇飛便大手一揮，嘴裏說道：「也好。」

趙哥自然也樂得見到劉宇飛在加工坊裏解高檔原石，工人們一陣忙活，按照劉宇飛的要求，把原石固定好，在開始切割之前，劉宇飛還沒忘記先把支票開給嫣然。

只是，等到切片出來之後，這塊被眾人看好的價值八百萬的毛料，它的真實表現卻出乎所有人的預料。

為了儘快看清楚整塊翡翠原石的內部情況，劉宇飛並沒有從原來的切口處繼續切石，而是橫向一刀，去除了原石的上表皮，因為從切口的表現來看，這一面無疑是表皮比較厚的，要是一點點地打磨進去，要花不少時間。

不過，僅僅是這麼薄薄的一刀下去，開出來的卻是白花花的一片，讓人覺著有些晃眼。這還不是最主要的，畢竟原本就沒指望在這邊看到高品質的翡翠，而靠近原來切面的那一頭，竟然還讓人欣喜地出現了不錯的玉質！

只是這樣的玉質所帶來的欣喜，僅僅是曇花一現。從玉質的通透中，打上強光手電筒，就可以隱約看到，原先讓所有人都抱有極大希望的那條蔥郁的綠色帶，長度只在五六釐米左右，而且整條帶狀從切面開始，越是到了裏面就越小。

賈似道推測了一下，整塊翡翠原石的內部，可能只有靠近嫣然切出來的那個切面才是翡翠，其他地方都是石質。

有那麼一瞬間，眾人的眼神都帶有一絲不敢置信。賭石，還真是鬼神莫測，都說「神仙難斷寸斷玉」，果然不假。眼前這塊翡翠原石，更是把「一刀窮一刀富」這樣的名言，血淋淋地展現在眾人的眼前。

哪怕是楊總、金總，原先對於劉宇飛能夠買到翡翠原石有些嫉妒，此時也忘記了幸災樂禍。劉宇飛切垮了，同樣表明，參與競價的他們也走眼了。只是運氣好，這筆虧損沒有落到他們身上而已。

劉宇飛抽出一根煙來點著，深吸了一口，然後咬著嘴唇，搓了搓手，把翡翠原石換了個方位固定好，再切一刀。賈似道瞥了一眼下刀的位置，正是翡翠和石頭交接的地方。一陣「滋滋」的聲響過後，原石被分成了大小不等的兩半。

奇蹟沒有出現。

大的半塊，依然白花花的讓人心慌。小的半塊，從切面上看去，則是翡翠和石頭互相「咬」在一起，甚至在一些玉質的中間，還帶上了不少的草芯子，也就是翡翠中間嵌著許多不透明的白點。唯一好一些的，就是那條綠色帶所在的地方了。

賈似道估算著，做得好，應該可以出兩副飄綠的手鐲。按照市場上成品的價格，價值在一百萬上下。其他的邊角料，製出成品，加在一起只不過有幾十萬，還不算加工費呢。

眨眼之間，劉宇飛就在這塊原石上扔出去六百多萬了！

「衝動是魔鬼啊。」劉宇飛感歎了一句。賈似道也有一種大起大落的感覺。以前賭石價格都沒有這一次這麼高，當真是一刀天堂一刀地獄。

其他人的神色，自然也不會太好，尤其是李詩韻，看到這突然的變化，顯然還有些沒回過味來。倒是趙哥，見慣了賭石切垮了的人，拍了拍劉宇飛的肩膀，算是安慰。賭石一行，講究的是貨款兩清，靠眼力吃飯，盈虧自負，倒也沒有什麼好說的。

時近中午，嫣然一行人自然要離開，線人還安排了帶他們去其他地方看貨。

趙哥拉著劉宇飛和賈似道，在加工坊的附近吃了午飯。劉宇飛埋頭匆匆應付了幾口，就發了狠地去開那批從周老闆那裏拉來的毛料。上午因為嫣然一行人打斷，耽誤了不少時間，成堆的毛料只解開了一小半。

看著劉宇飛突然積極起來的幹勁，賈似道心裏也覺得有些鬱悶。

「怎麼，還在為這塊毛料的事煩心啊？」不知什麼時候，趙哥也蹲到了賈似道的身邊，眼前放著的，是從中午到現在都沒有動過的切垮了的那塊毛料。

「八百萬呢。」幾個月前，賈似道還只是個八千塊都不太能乾脆地拿出來的底層工薪族，這會兒，卻可以見證幾百萬的輸贏了。

「呵呵，賭石，玩的就是心跳。要是沒個輸贏，豈不是大家都成富翁了？」趙哥倒是很看得開，見到賈似道的心思還沉浸在這塊原石之中，覺得劉宇飛交到賈似道這樣一個朋友很不錯，他把話題給扯開了。

「我給你講個故事吧。」

趙哥對賈似道說：「上個世紀九十年代初，在廣州有個姓潘的珠寶商，有一次來到中緬邊境，也就是這裏。」趙哥指了指地面。

「在一戶人家裏看中了一塊其他商人都看不上眼的翡翠毛料，他據自己多年積累的賭石經驗，對這塊毛料進行一番仔細敲擊、審視之後，認為它表面看著雖然毫不起眼，但『外醜必有內秀』，是塊好料子。於是，就花了一萬多塊錢，把這塊毛料給買下了。」

「然後賭垮了？」賈似道不傻，自然知道趙哥在這個時候，斷然不會說和劉宇飛剛才切垮無關的事情。

趙哥淡淡一笑，看了一眼地上的兩塊半截毛料，說道：

「那塊毛料比起這塊要小一些，大概有四十公斤左右。回到家後，潘姓珠寶商連飯也顧不上吃，便開動切割機，對準毛料，在事先預計好的地方攔腰來了一刀。誰知切開後，兩面都是白花花的一片，俗稱『白魔』，沒有一點價值。他很不甘心，拿起其中的半塊，一連切了三刀，刀刀見白，連一絲翠綠也沒有看到，氣得他咬牙切齒地將剩下的一半給扔到角落裏去了。一萬多塊也就這樣打了水漂。」

說著，趙哥長舒了一口氣。要不是那個商人姓潘的話，賈似道都猜測那個人就是趙哥自己了。

「半年多之後，潘姓珠寶商的一位老客戶，來自香港一個珠寶行的周先生到他家拜訪，無意間瞥見屋角放著的那半塊毛料，他蹲下來細看，問道：『這塊毛料賣不賣啊？』

潘姓珠寶商自然是一聲長歎，把事情原原本本地告訴了周先生，還勸他不要買這半塊廢料。可周先生執意要買，於是兩個人經過一番議價，周先生以每公斤千元的價格，買下了這半塊毛料，秤重十九公斤多一點，便湊了個整數，以兩萬元成交。此時，潘姓珠寶商從虧損一萬多到連本帶利淨賺了差不多一萬元，不禁高興地對周先生說了一句：『這可是你硬要買的，不能反悔啊。』

周先生自然說不後悔，還準備當場解開來看一看。解石的時候也沒什麼技巧，對著中間就是一刀。結果，除去原切面處留有大概兩釐米左右的白花之外，其餘的內瓤，竟然全部都是碧綠通透的上等翡翠。據估計，這半邊綠，至少價值兩千萬元。這可還是在九十年代初的估價呢。兩個人自然是一喜一悲，全都目瞪口呆了。」

「不是吧。」即便知道趙哥沒有必要騙他，賈似道還是覺得有些詫異。

「呵呵，賭石中還有什麼是不可能的呢？」

趙哥伸手，抱起劉宇飛切垮的半塊毛料，說道：「說起來，這塊毛料，倒和我說的故事裏的那一塊有點類似。都是一半是白魔，一半是翡翠。只是小劉的運氣不夠好，遇到的翡翠顏色是夠正了，卻嵌進去不少白棉芯子，影響了價值。而且，翡翠的大小也和那塊差了很多。不然，花費的八百萬還是能夠賺回來的。」

再看此時的劉宇飛，似乎經過一段時間的發洩之後，心情倒是好了許多。

「畢竟是年輕啊。」趙哥感歎了一句，說道：「小賈，既然參與賭石了，就別太較真結果。有時候，不是你的眼光不行，也不是你沒有碰到機遇，而是好的翡翠壓根兒就和你沒緣，失之交臂也是常有的事。你可別看小劉現在心情鬱悶，我敢保證，過了下午，那小子就又會生龍活虎的，和平常沒什麼兩樣。」

正說著呢，劉宇飛似乎是切出了什麼好的翡翠來，興奮地向賈似道和趙哥這邊走來。

「看來，我得收回剛說的那句話了，這小子估計現在就已經恢復正常了。」趙哥笑盈盈地對賈似道說。

賈似道聞言，也微笑不語。心裏琢磨著，賭石還真是讓人瘋狂，一會兒鬱悶，一會兒興奮，全都是看著石頭的顏色在變幻臉色。

「你們倆在這裏嘀咕什麼呢？」劉宇飛見自己向二人招手也沒走過去，反而要他親自過來叫，自然是沒好氣地問了一句。

「沒什麼，我和小賈說了一個關於半邊綠的賭石故事。」趙哥解釋了一句，「對了，小賈，雖然故事裏那塊珍貴的翡翠和姓潘的珠寶商擦肩而過，而且就在他的眼皮子底下半年之久，讓珠寶商執著的一個夢想不經意間就破滅了。但對於他的人生來說，也不是沒有收穫。至少，他學會了豁達……哦，忘了告訴你，那個潘姓的珠寶商，是我的舅舅。」

且不說趙哥的一個真實故事帶給賈似道多少啟發和思考，在看到劉宇飛切開來的翡翠毛料之後，賈似道心下便有些了然，為什麼劉宇飛在短時間內，心情就可以完全平復下來了。

眼前的這塊毛料，個頭不大，外皮的表現很不錯，烏沙石皮黑似漆。從切開的切口來看，微微還能見到一些白色的蟒帶，甚至於在蟒帶上還可以依稀見到松花。這樣的原石，算是原石中的極品了。

按照賈似道的估計，周老闆的大批毛料，應該都是來自帕敢地區的，而帕敢場口正是著名的出產烏沙石的場口，也難怪眼前這塊原石可以切出高綠的翡翠了。不過，讓賈似道奇怪的是，按說周老闆也不傻，有著如此表現的翡翠原石，怎麼可能會堆在那裏論公斤來賣呢？

也許是看出了賈似道和趙哥的疑問，劉宇飛摸了摸自己的後腦勺，說了一句：「這塊石頭是當做明料買過來的。」

一時間，倒讓賈似道和趙哥哭笑不得，敢情這個是人家鐵櫃裏的毛料，劉宇飛竟然從好的毛料入手，尋找心理平衡了。

這麼一來，不光是劉宇飛，連賈似道和趙哥的心情都好了不少，似乎從上午以來，切垮的那抹陰影就這麼煙消雲散了。加工坊裏的工人倒是對於這樣的情景司空見慣，只是規矩地按客戶的吩咐來解開原石而已。

賈似道走到其中的一台解石機面前，讓幾個工人把他的十來塊小毛料給拉了過來。

他先是試著解開隨手撿來的那幾塊。事實證明，賭石這一行，順手牽羊就能撞上大運的機率是非常小的。

別看一連切了七八塊毛料，數量是不少了，但解開來之後，全部都是白花花的廢料。賈似道也只能露出一絲苦笑了。

看到賈似道在解石，劉宇飛和趙哥都湊過來看熱鬧。本來還想打趣幾句，見到這番情景之後，兩人便也不好意思再挖苦賈似道了。反倒是劉宇飛，這個早上受過打擊的人，安慰起賈似道來：「小賈，沒事，不就幾塊小毛料嘛，全扔了也不過幾萬塊錢而已。」

「對了，這邊不是還有五塊毛料嘛。」劉宇飛瞥了一眼解石機的一邊，說道：「來來來，反正也是閑著，不如我來免費幫你解一塊好了，說不定，我的這雙手，還可以給你帶來好運呢，到時候別忘了請客。」

說著，劉宇飛就走到毛料堆邊上，先是粗略地打量了幾眼，很快抱起一塊毛料，就去旁邊解石了。賈似道看著劉宇飛的舉動，也不阻止。

趙哥只是在邊上淡淡地笑著，頗有興致地期待著劉宇飛解石的結果。那五塊毛料裏，有三塊是賈似道用特殊能力挑選出來的，解出來之後，應該都是豆種，屬於市場上比較流行的中低檔翡翠。價值不會太高，卻也不會讓賈似道這次的買賣虧本。

果然，就在賈似道還在神思飄忽，琢磨著是不是要把剩下的那四塊都解開來的時候，劉宇飛已經歡呼了一聲。就聽見他喊道：「小賈，快過來看看，你可要請哥們吃一頓大餐了。」

趙哥搶先一步湊上前去看了一眼，回過頭笑盈盈地說：「小賈，小劉的話可沒說錯，你算是沾了他的光了，就這麼一塊，至少把你先前切垮了的那幾塊毛料連本帶利都給賺回來了。」

賈似道雖然心知肚明，卻也還是興沖沖地去劉宇飛那邊察看了一番，果然是豆種。這塊毛料中的翡翠，竟然沁進了一條黃陽綠的色帶，雖然只有七八釐米的樣子，寬度也只有手指粗細，卻使得原本只值十來萬的翡翠，價值立刻翻了兩番。

「怎麼樣？是不是要感謝我啊！」劉宇飛倒沒有任何羨慕的神色，這種幾十萬上下的翡翠對於他來說，吸引力並不算太大。不過，畢竟是賭漲了，還是值得高興的。

「感謝的話，還早著呢。」賈似道沒好氣地說了一句。

賈似道說：「這色帶看上去稍微窄了一些，如果想要做翡翠戒面的話，個頭太小，要是取料大了，邊上的色地又偏差太多，價值不會太高……唉，要是這條色帶再寬一些就好了。」

「行了，你就知足吧！能有一條綠色帶嵌進去就不錯了。」劉宇飛白了賈似道一眼，「你怎麼不說，切出滿綠的翡翠來？到時候你想做戒面就做戒面，想切手鐲就切手鐲，那才叫爽呢。」

賈似道訕訕地一笑。

滿綠的翡翠，即便是豆種的黃陽綠，也是價值不菲，整塊都是品質上等的綠色，的確是翡翠中的珍品了。一般來說，賭石的結果，大多都是飄綠或者金絲綠。綠色的部分比較分散，或者呈絲狀穿梭在翡翠的質地之間。

雖然在雕刻或者設計造型的時候，這樣的顏色無疑多了一絲靈動和花俏，但在價值上，卻是遠遠比不過全部都是滿綠色的翡翠的。

「你們倆也別爭了。還是趁著手氣好，再接再厲吧。」趙哥看著大眼瞪小眼的兩個人，說道：「說不定下一塊，還真就是滿綠的翡翠了呢。」

「就那四塊？」劉宇飛看了邊上的毛料一眼，說道：「我可不覺得那裏面還能切出滿綠的翡翠來呢。不要說這裏了，就是我那邊，」劉宇飛指了指屬於他的那成堆的毛料，「恐怕也沒有一塊滿綠的。」

「不然，我們賭一賭？」趙哥這麼一提議，賈似道和劉宇飛自然回應了。

結果，三個人一陣忙活，把賈似道剩下的那四塊翡翠毛料全解了開來。別說滿綠了，除去其中的一塊還有些黃綠色的豆種之外，其他的連一絲綠色都沒見到。

即便是那塊切出黃綠色的毛料，有色的部分也並不大，還嵌進去不少的黑點，真要取料的時候，還需要花費大量的時間和精力把這些黑色雜質給剔除掉，估計也就是萬把塊錢而已。而且，這樣被沁進黑色雜質的情況，是翡翠在形成的過程中就造成了的。

趙哥一邊看一邊解說著：「賭石，只是一個統稱而已，如果分得更具體一些，還有賭色、賭種、賭裂、賭蘚等等。就好比賭蘚吧，在原石的表面，有蘚的地方，一般都會伴隨有高綠的出現，需要判斷的是這蘚有沒有嵌進綠裏面去，或者是嵌進去多少。拿你這塊毛料來說，看這些黑色的雜質，就說明表皮的蘚已經完全把翡翠中的綠給『吃』了。」

趙哥道：「常有人說『蘚吃綠』，這話果然不假啊。」

句。

「嘿嘿，趙哥，你什麼時候也對賭石這麼瞭解了？」劉宇飛在邊上揶揄了一句。

「去你的，我每天在這裏切石頭，即便不賭，也能看出一點門道吧。」趙哥沒好氣地瞥了劉宇飛一眼，「不過，看起來，即便是不賭石，只和你打小賭，我也只有輸的份。」

賈似道一看，可不是嗎，剛解開的四塊原石，可以說都解垮了。被吃掉綠的那塊不說，賈似道另外用特殊能力探測過的豆種翡翠，切出來之後，顏色卻是灰的，中間間或有幾條無色的翡翠帶，價值不高。

這種無色的翡翠，也是最近幾年才流行起來的，要是放到幾十年前，賭石的人切出無色的毛料，即便扔在路邊都沒有人去撿。

而沒有用特殊能力感應的兩塊毛料，還是和先前的那些一樣，並沒有切出綠來。其中的一塊，甚至連翡翠的影子都沒見著。

「好了，這樣的結果，也還算是正常了。」劉宇飛對賈似道說，「要是這塊毛料沒有被蘚吃進去，你就賺了。賭石，往往就是因為這麼一個微小的因素，就能改變整個結局。」不過，劉宇飛對於自己一開始就能從五塊毛料中挑選出最有價值的一塊先切開來的那份眼力，還是頗為自得的。

賈似道瞥了一眼剩下的那塊巨型毛料，心裏忽然開始有些發虛。玻璃種的質地，賈似道是可以肯定的。但要是無色的呢？又或者裏面只是微微有些綠，甚至被黑色的雜質給入沁了，那麼，這一百五十萬，恐怕就要血本無歸了吧？

而要是有幾條純正綠色的色帶，哪怕不是豔綠這種級別的，也足以讓賈似道晉升到千萬富翁甚至億萬富翁的行列。

賭石，對於擁有特殊能力依仗的賈似道來說，同樣是風險與利益並存的！

切出來的毛料，不論好壞，賈似道全部給了劉宇飛處理。第二天，賈似道便一個人在盈江遊玩起來，既然都到這裏了，要是不觀光一下，也實在是太對不起自己了。何況，不算劉宇飛幫忙切出來的那塊豆種翡翠，賈似道的卡裏也還有一百多萬的餘款，相比起以前，賈似道算是個有錢人了。

畢竟，帶著兩萬多塊錢出門，有了現在這樣的收穫，賈似道心裏還是很滿意的。

劉宇飛倒是和賈似道打過招呼，那塊豆種的翡翠，他會自己留下來，不會出售給當地的珠寶商，因為這樣的中低檔翡翠製作成的翡翠雕件，對於「劉記」翡翠來說，是最走俏的商品。尤其是豆種的陽綠翡翠，色帶雖然不寬，切不出大的戒面來，但是，可以製作成翡翠珠鏈，只要完全按照色帶的走勢，切割陽綠的部分之後，打磨成大小適中的翡翠珠子串起來，光是這麼一串，就有很大的賺頭。

劉宇飛給出的毛料價格，是市場價四十萬，對此賈似道沒有異議。

走在盈江的街頭，因為不如前一天這麼早，倒是讓賈似道欣賞到了更多的花樣百出的翡翠雕件，但是，似乎這裏除了翡翠之外，還是翡翠。走著走著，賈似道還是來到了翡翠毛料的交易市場。

這讓賈似道苦笑不已，原本是打算出來遊玩的，怎麼又來到了這樣的地方呢？

不過，既然來了，賈似道也沒立即轉身離去，反而安下心來，準備在交易市場裏好好看看。他還沒走進去，就遇到了一個熟人。那個人看到賈似道，也頗為高興，笑著打了一聲招呼：「小賈，你怎麼還在盈江啊，我還以為你和小劉早就離開了呢。」

「哪能啊，昨天在趙哥那邊，切了一天的毛料，這會兒，劉兄正在忙著清貨呢。我一個人閑著，就出來逛逛了。」賈似道應道，「對了，老劉，你怎麼在這裏啊？」

「這不正在等買家嘛。」老劉本來就是靠幫人牽線拿提成的，現在這樣的情況，算是比較常見了。翡翠毛料交易市場中的原石，品質上比起一些老行家積壓在家裏的毛料，自然要遜色一些。尤其是現在的高檔翡翠，價格越走越高，導致了翡翠的毛料在價格上也是日漸攀升。大凡有著較好表現的翡翠原石都比較搶手，壓根兒就不需要拿到市場上去交易。

只要有點關係的商人，都會事先聯繫老劉這樣的線人，親自到本地的一些藏家家裏去看貨。至於公開的交易市場，除非是翡翠公盤、拍賣，大多開始逐漸地面向普通的具有獵奇心理的遊客了。

「對了，小賈，要是你有空的話，不如跟著我一道去？」老劉看了看時間，對賈似道提出了一個很有誘惑性的建議。

「這樣不太好吧？」賈似道疑惑著問了一句，他的確有些心動。

「沒事。」老劉說，「我是經常幹這一行的，自然明白規矩，只要你不搶著先出手，看中了其他毛料，又或者等到買家沒有能力收貨了你再出價，就不會出什麼問題。」

「哦。」老劉這麼一說，賈似道倒是有些明白過來。敢情老劉是覺得賈似道的購買力不弱，想要帶他去看看情況。不過，這樣一來，倒也合了賈似道的心意。畢竟以他的能力，完全可以買進一些人家看不上、但內部表現卻又不錯的毛料。一來便宜，二來也不會搶了別人的風頭。

於是賈似道便點了點頭。他和老劉聊了一些翡翠原料的事情，又瞭解了一下賣家的情況。這時賈似道瞥眼看到了幾個熟悉的身影，正是嫣然一行，也由線人帶著，似乎正在和一個擺攤的老闆交流著什麼。隨後，便跟在那個老闆身後，向著另一個方向走開了。

「怎麼，看到熟人了？」老劉順著賈似道的目光看過去，問道。

賈似道淡淡一笑道：「是幾個朋友。」

「應該也是來看貨的吧。」老劉似乎是看到了嫣然和李詩韻這兩個女性，對賈似道露出了善意的笑容：「這個市場上經營翡翠毛料的老闆，我基本上都熟悉，他們中有些人家裏也藏有不錯的毛料，如果你想跟他們那一條線的話，我倒可以幫你去問一問。」

「還是算了吧。」賈似道被老劉的目光看得有些心虛。正好這會兒，老劉等待的買家匆匆地趕了過來，是一個中年人，身邊跟著一個年輕貌美的女子，濃妝塗抹的很時髦。在賭石這一行的人群中，格外顯眼。

就這麼一會兒的工夫，路過的不少人都詫異地打量著他們。

老劉也不多話，只是說了一聲賈似道會跟著一起去看貨。中年人姓方，身材有些發福，典型的商人模樣，他對於賈似道的跟隨也沒有介意，只是多看了他幾眼。而在介紹到他身邊的女子時，只說了是秘書。至於其中的深意，在場的幾個人都心知肚明。

他們一起搭了一輛車。路上，老劉又向方老闆解釋了一下賣家的情況，是一個老實的農民，家裏的毛料是祖上留下來的，有好幾塊。父輩生前交代，要不是急用的話，最好不要出手。最近他的兒子要結婚了，這位農民才決定賣了毛料蓋新房。

打聽到老劉的信譽還不錯，便托人找了他，希望給找個有實力的買家，唯一的條件就是越快越好。

賈似道聽著不禁有些感歎，可憐天下父母心啊！不過，他隨即想到要是自己結婚的話，父母也會忙著張羅房子吧？那一輩的人，總覺得有了房子才能成家。

到了地方，是郊區的一個院子，地方還算寬敞。來之前，老劉已經聯繫過賣家了，姓張。他正在門口等著呢，穿著的也是普通襯衫，有些舊。賈似道便喊了一聲「張大叔」。倒是方老闆女秘書的打扮，著實讓張大叔驚訝了一下。

領著幾個人進了屋，翡翠毛料就擱在屋裏的一個木架上。架子比較低，張大叔彎著腰去抱出了一塊籃球大小的毛料，在架上還有三塊個頭相對小一些的毛料，張大叔也給抱了出來。

「這都是我父親留下的。」張大叔說著話，一口本地腔調：「老頭年輕的時候就好這個，只是運氣不太好，賭漲賭垮的都有，後來忽然想通了，收手不幹。這幾塊毛料，都是那會兒留下的，一直留著。」

說著，張大叔還從桌上拿過了事先準備好的手電筒，問幾個人用不用。

賈似道沒有接過來，示意自己有，然後向著方老闆，做了個「請」的手勢。方老闆也不客氣，仔細察看起來。女秘書這時沒有妨礙老闆的工作，只是對於張大叔家的擺設很好奇。別說是這位女秘書了，就是賈似道，打量了一圈，也覺得挺好奇的。

這還是他第一次進到人家的家裏看貨，給了他不少新鮮感。就在方老闆看完全部四塊毛料，賈似道想要去接手的時候，方老闆卻和張大叔討論起價格了。一句「四塊毛料合在一起多少錢？」讓賈似道停住了上前的腳步。和老劉對視一眼，老劉歉意地笑笑，這樣的結果，不是事先可以預料到的。

而且，張大叔開出的價格是兩百萬，方老闆猶豫了一下，便開始還價。這麼一來，賈似道就更不好插手了。

賈似道歎了一口氣，忽然，他注意到，在原先放置毛料的木架邊上，還有一個木箱，屋內的地面是土的，可能怕受潮，木箱下墊著一塊橢圓形的扁平石頭。

賈似道湊上前去仔細地看了看，嘴角微微露出一絲笑意，沒想到，這裏還擱置著一塊大毛料呢。不過，可能是表皮的表現不太好，形狀又合適，張大叔就把它用來當做墊石了。

看了看自己的左手，賈似道蠢蠢欲動，先是用自己的感應力初步探測了一番，心裏卻是大吃一驚。等到張大叔滿面笑容地和方老闆把價格定在一百六十萬成交之後，賈似道才問了一句：「張大叔，這塊石頭，您有沒有意思出手啊？」

先前，在賈似道剛開始察看這塊被人遺忘的毛料時，老劉就注意到了賈似道的舉動。不過，這原石並不是張大叔自己搬出來的，賈似道越過方老闆前去察看，也不算是壞了規矩。此時，方老闆志得意滿地完成了一單交易，聽到賈似道的問話之後，看了那塊原石一眼，便不再說些什麼，只是眼神中卻帶有那麼一絲不屑。

倒不是說他對賈似道有什麼意見，而是針對這塊原石，要是僅從表皮來看的話，實在是算不得什麼好的表現。方老闆拿下的四塊原石，可都是有著上佳表現的。尤其是最大的那塊，表皮顏色蠟黃，而且還很薄，屬於典型的麻母灣的薄皮水石。

賈似道看過資料，這樣的石頭皮薄如紙，而且其內翡翠的結構細緻柔和，顏色穩定而豔麗，實在是不可多得的珍品。當然，前提是這塊翡翠原石裏可以切出翡翠來。

賈似道猜測，張大叔在出手之前，肯定是找了一些賭石行家察看過，給過他市場上的參考價，要不然，以張大叔的為人是斷然不會開出兩百萬的價格的。

只是被方老闆搶先了，賈似道也就沒有機會用特殊能力去感知這塊原石內部的情況了，錯失這樣的良機，實在是有些可惜。好在賈似道眼前的這一大塊橢圓形毛料，也給了他不少驚喜。

雖然表面上看去原石整體的形狀還不錯，表皮上卻有些坑坑窪窪的，整塊毛料呈現出一種椒鹽黃色，還有些泛白，至於最底下與地面接觸的那部分，暫時還看不太清楚，卻可以看到，那一部分似乎有些發潮了。

用手一摸，可以感覺到毛料表皮的質地很粗糙，出翡翠的可能性還不知道，表皮很厚卻是可以肯定。

但是，當賈似道的特殊能力感知漸漸地深入進去時，忽然間，有一種奇怪的感覺蔓延開來，那赫然出現在賈似道腦海裏的感知，竟然是這塊表皮厚實的原石內部，竟然有著千回百轉的窟窿！

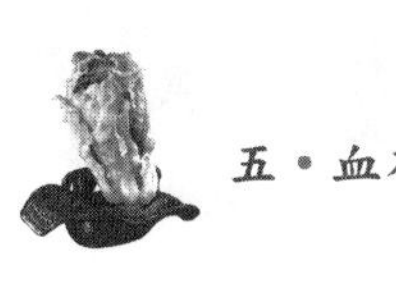

這一下，賈似道是真的被震撼了。

那些大小不一的窟窿，光是在賈似道的特殊能力可以探測到的地方，就有六個之多，入口處都和原石表皮的石質緊密地結合在一起，那些窟窿眼，最大的比賈似道的大拇指還要再粗一些，小的則比小拇指還要細小。如果不是有著特殊感知能力，在沒有切開原石之前，任誰也不會想到原石內部的景象竟會如此怪異吧？

甚至還有一個窟窿眼非常深邃，蜿蜒著向原石的內部逐漸延伸進去。賈似道正想繼續探測下去的時候，卻感覺到有些力不從心，想起前天的精神力運用過度，他便不再勉強，把左手收了回來。而再看著眼前這塊翡翠毛料，心情頗為複雜。

其實，在他感知到內部情況的第一時間，賈似道就想到這塊原石會不會被人動過了手腳。在賭石一行，這樣的情況比比皆是。只是賈似道到現在為止，看過的貨很少，又有著一定局限性，像周老闆的廠房裏，那麼多的毛料，又是按公斤計價，壓根兒就沒有作假的必要，所以他才沒有碰到過作假的情況。

要不然，很多表皮表現不錯、又開過窗的毛料，賣家如果覺得切面表現不好，可能會把切下來的石片，重新黏回去，只要技術好，放在沙土裏一滾，基本上就不太看得出來了。至於僅僅是擦石擦垮了的毛料，作起假來就更加簡單了。

賈似道甚至還知道有把發光的燈泡嵌進原石內部的，以達到買家用強光手電筒看貨的時候，表現出種水好的效果。

可是，賈似道很快就把這樣的想法否定了。他的特殊能力感知，是逐漸滲透進去的，要是原石動過手腳的話，勢必會有縫隙，哪怕是用了特殊的膠水，給賈似道的感知也會是不同的，就像突然出現的窟窿，賈似道就可以很快感覺到。眼前的這塊原石，顯然沒有被動過任何手腳。

所以，賈似道這才頗有意向地詢問了張大叔一句，更多的還是對於這塊原石的好奇。

「你說這塊啊？」張大叔說，「這是翡翠原石沒錯，不過，凡是看過的人，沒有一個說表現好的，就連我的父親生前也不看好這塊毛料，原來還當過外面的台階石呢，後來家裏缺一塊墊石，我就把它搬進來了，用著倒也挺合適。小賈，難道你想要這塊原石？」

「嗯，我覺得雖然表皮不怎麼樣，非常厚，裏面出翡翠的機率也不高。但要是價格低的話，倒是可以試著賭一賭，好不容易跟著老劉來一趟，總不能空手而歸吧。」張大叔的話說得很實在，賈似道也沒那麼多彎彎繞繞，直接問道：「張大叔，你要是有意思出手，就開個價吧。」

「好吧，我也不指望這石頭能開出什麼好東西來。就是在家擱了這麼長時間了，都無人問津，你現在提起來，也算是緣分，你就看著給吧。」張大叔說。

「那怎麼好意思呢。」聽到要自己隨便給錢，賈似道琢磨了一下，說道：「這樣吧，多了的話，我也出不起，」賈似道說的是實話，因為他來的時候沒準備，身上也沒有多少現金，他不像方老闆可以直接開支票，賈似道還沒有支票呢：「我就給一萬塊錢吧，怎麼樣？」

說著，賈似道還在口袋裏摸了摸，裏面有八千塊錢，還是早上取出來的，準備出來遊玩的時候應急用的，再加上本來就隨身帶著的幾千塊，湊足一萬塊還是夠的。

「行，一萬也不少了，一萬就一萬吧。」張大叔倒也爽快。

如此簡易的交易過程，與先前張大叔和方老闆之間的砍價形成了鮮明的對比，那會兒，張大叔可是據理力爭，死咬著價格不鬆口的啊。一時間，倒讓方老闆和老劉、甚至那位女秘書，都看得目瞪口呆了。

交了錢，賈似道讓老劉聯繫了一輛車過來，準備走的時候，張大叔還對著賈似道挺客氣的，說到最後，原來是張大叔覺著賈似道為人不錯，沒什麼心眼，不像是一個狡猾的商人，這才輕易地就把毛料賣給他了。

賈似道慶幸自己人品爆發的同時，再次對張大叔感謝了一番。不過，對於這筆交易，賈似道心裏卻很坦然，一萬塊錢，也不算是投機取巧，讓張大叔吃虧。畢竟那原石裏面究竟能切出什麼來，賈似道自己都還不知道呢。

而且，就這塊原石的表現來看，只要張大叔不是自己切開，任誰看到了，撐死了也就是一萬塊的價格。以至於坐上車之後，老劉還對著賈似道好一陣猛看，問他是不是因為要跟方老闆慪氣，才買這麼一塊毛料的？

賈似道只是訕訕地一笑。這時，賈似道也無須再說些什麼了。原本他還準備給老劉一些仲介費的，就像方老闆和秘書，在出了張大叔的家門之後，就直接給了老劉仲介費，然後離開。

老劉對賈似道卻推辭道：「你在這裏都沒收到什麼好東西，我還怎麼好意思收你的錢啊。」這一行，像今天這樣的牽線，是需要在交易成功之後才有提成的。

賈似道想著一萬元的交易，其實也沒多少仲介費，便也不再堅持。

回到城區，和老劉分開，賈似道獨自回到了「金牌加工坊」，這時劉宇飛和趙哥都在，看到賈似道讓人去搬毛料，兩個人自然非常興奮地跟了上來，劉宇飛

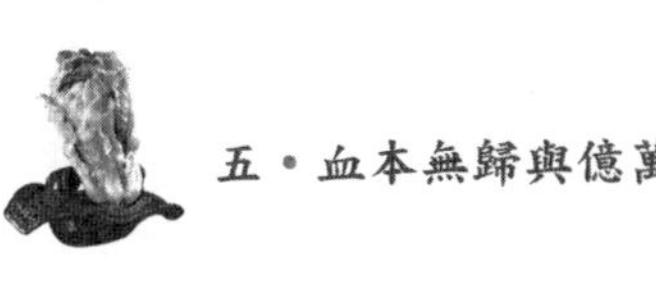

的嘴裏還嘀咕著：「小賈，你還真行啊，隨便出去一趟就能帶回一塊毛料來。」

不過，在見到毛料之後，兩個人的臉色卻顯得有些怪異。劉宇飛看著賈似道，還小心地問了一句：「小賈，你今天沒覺得頭暈吧？」

「你才頭暈呢。」賈似道沒好氣地說。不就是不看好這塊毛料嘛，也沒必要懷疑他腦子清醒不清醒啊，真要是等到把這塊原石切出來，裏面的景象一定能嚇死他們，賈似道狠狠地腹誹著。

當然，這番揣測也僅僅只是放在心裏想想而已，賈似道並沒有選擇立即切石。

下午，劉宇飛把那些明料處理後的賬和賈似道清算了一下，然後就各自找托運，把餘下的毛料給運回家去。論起數量來，賈似道雖然只有兩塊原石，甚至其中的一塊還是剛買回來的，但是另外的那塊巨型毛料，卻花了賈似道不少運費。

劉宇飛還打趣道，要是賈似道沒有十足信心的話，還不如直接在這裏解開了，至少能省下一大筆運費呢。

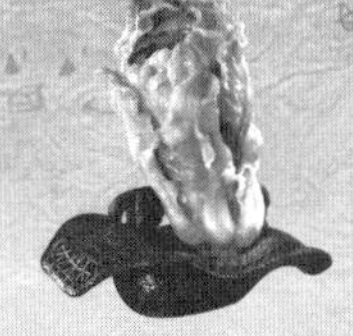

第六章

罕見的稀珍玉蟲

這些蟲有白色的、深褐色的、黃色的，
大多有手指粗細，遍佈在整塊原石的各個地方。
有的爬在原石表面，有的從窟窿裏往外鑽，
甚至有的一半身體還隱藏在樹裏。
形態更是千奇百怪，有的彎曲，有的筆直。
這六十六條蟲，也夠賈似道統計和觀賞的了。

本來，賈似道和劉宇飛是準備當天傍晚就回騰沖去的，在盈江該辦的事情也都辦了，該逛的也都逛過了。不過，趙哥卻說兩個人好不容易在這邊一聚，這幾天都忙著生意，晚上便請兩個人到家裏好好地盡一下地主之誼。賈似道和劉宇飛對視一眼，便同意了。

賈似道和劉宇飛見到了趙哥的媳婦，還有一個兩歲大的孩子，小臉蛋圓圓的，眼睛瞪著大大的，水靈靈的樣子看著讓人很喜歡，他們逗弄著這個小傢伙，趙哥和趙嫂就催賈似道和劉宇飛都趕緊找個媳婦，自己生一個。

賈似道和劉宇飛對視了一眼，異口同聲道：「還早著呢。」

賈似道說的倒是真話，他連對象都還沒有，何談馬上結婚？而劉宇飛，賈似道則猜測，他這會兒花花日子正過得舒坦呢，也沒聽他說有女朋友，估計也和賈似道一樣是單身吧。

不過，趙哥和趙嫂那故意表現出來的親密勁，倒是狠狠地把賈似道和劉宇飛給刺激了一下。

第二天，兩個人回到騰沖之後，賈似道取了酒店裏的那一小塊翡翠毛料，也不多做停留，和劉宇飛道了別，把毛料帶在身邊，返回了臨海。

這一趟賭石之旅，算上來回的時間將近一周，賈似道單位裏的工作算不上忙碌，賈似道請假的時候也只是說了個大概時間，有什麼事都交給同事小六打理了。不過，就在他剛返回到騰沖的時候，小六卻給他來了個電話，想問賈似道什麼時候回去，那話裏的意思，似乎是單位裏有點事。

賈似道琢磨著是不是最近領導安排有別的任務，小六一個人有點應付不過來。於是，回到臨海之後，他把翡翠毛料往家裏一擱，就匆匆地趕到了單位。

「小賈，你回來了？」剛進辦公室的門，老楊就衝著賈似道喊了一聲，並且做了個招手的動作，讓他走過去，似乎有話要說。

賈似道也不介意，他和老楊也很熟。他探頭一看，辦公室裏沒有其他人，靜悄悄的，小六都不在。他心裏生出一些好奇，這會兒才剛到下午呢，如果單位有事忙碌的話，從老楊的臉上卻是一點兒都看不出來。

「這次請假這麼久，都去幹什麼了？」老楊問道，「該不會是回老家相親了吧？」

「哪能啊，幾個朋友約好去了一趟雲南。」賈似道走之前，可沒敢說自己是去賭石的，要不然怕把老楊給嚇著：「小六還給我來過電話，這不，剛一回來，我就趕過來了。」

「不是相親就好，我可告訴你，小賈，我都和你嫂子說好了。她正幫你相人來著，你到時候可別不去啊，那可丟咱爺們的臉。不過，你小子氣色看起來不錯，玩得還高興吧？」老楊瞥了一眼小六的座位，隨後卻把話題扯開了，他說：「要是有機會的話，我也準備帶著你嫂子出去旅遊呢，就是不知道去啥地方好。小賈，不如你給介紹一下？」

「這個就要看你自己的意思了，是一家人自己出去呢，還是跟著旅遊團。這大熱天的，還是找個能戲水的地方比較好。」賈似道說，「三亞還不錯。我有個哥們就去過，拍回來的照片可把我們給羨慕壞了。」

「去看海？」老楊詫異地看了賈似道一眼。其實臨海距離海邊挺近的，最東邊的鎮就靠著海，要不怎麼有臨海市這麼一個名字呢？只是海邊的風景實在是不值一提，海灘淤泥一片。海風倒是有，卻氾濫著一股腥味。和想像中的那種湛藍海景，實在是差距太大。

「嗯，去看看大海也好，可以考慮一下。老哥我這一輩子，還真沒怎麼出過遠門呢。」老楊感歎了一句，「對了，小賈，小六和你說過單位的事嗎？」

「沒有，他就讓我儘量早點回來。」賈似道應道，「怎麼，還真有事？」

「也沒啥事，就是近段時間以來，單位的效益不怎麼好，上面的意思，好像是有點想要減員。」老楊歎了口氣，接著說道：「我倒是無所謂，肯定不關我的事，但是……」說到這裏，老楊再次看了賈似道一眼，轉而又瞟了一眼小六那空著的位置。

賈似道頓時明白了。他和小六的工作，說起來，還真是只需要一個人就夠了。即便忙的時候，只要稍微加一下班就可以搞定。要是真要減員的話，他和小六勢必要走掉一個。

難怪小六在電話裏說話的語氣有些猶豫，他是不知道怎麼開口呢。

「老楊，小六下半年就要結婚了吧？」想明白之後，賈似道看似不著邊際地提了一句。老楊似乎明白了賈似道的決定，淡淡地苦笑了一下，點了點頭，說道：「誰說不是呢，成了家以後，這日子可就……」

說著，老楊抽出兩根煙，一人一根點著了。

「行，到時候，咱們好好鬧騰他一頓。」賈似道拍了拍老楊的肩膀。

既然單位裏沒有什麼急著要處理的事，賈似道便回自己的住處了。躺在床上，他恍恍惚惚地琢磨著，第二天，他寫了一封辭職信，交了上去。

騎著破單車出了單位的時候，賈似道深吸了一口氣，卻倍感輕鬆，再看一看自己騎的車，不禁摸了摸自己的鼻子，琢磨著這騎單車的日子似乎也該告別了。

回到住處後，和賈似道合租房的陳姐正準備出門呢，忽然看到賈似道回來了，她好奇地問了一句：「小賈，你今天不上班啊？」

「是啊，不但今天不上班了，以後都不用去了。」賈似道淡淡地笑了一下，既然單位裏要減員，與其讓單位開除，還不如自己先把單位給開除了。再看一眼這裏租住的房子，賈似道昨晚已經決定了，這日子還真不能像以前那樣過了。

這時工作沒了，也是一件好事，可以讓賈似道有更多的時間來從事古玩這一行。如果還住在這裏的話，勢必會有很多不便。算了一下自己手頭的存款，賈似道下定決心，趕緊給自己買一套房。唯一需要做思想工作的，就是家裏的父母了。

「怎麼，你被開除了？是不是在單位裏做錯了什麼事啊？」陳姐有些關心起賈似道來，這讓賈似道的心頭暖暖的。畢竟他在這裏也住了好幾年了，和陳姐一家人相處也挺融洽。

「也不是做了什麼錯事，因為我有了其他更好的發展，辭職不幹了。」為了不讓陳姐擔心，賈似道只能這麼說了一句。隨後他約了阿三出來，向他打聽一下，哪裏有切石的工具出售。

對於這些事情，賈似道可真是一點兒都不瞭解。

「你該不會是把那套瓷器給賣了，然後花了大價錢賭了毛料回來吧？」阿三聽賈似道問的時候，心裏有些吃驚。從賈似道報出來的切割機名稱來看，可不是小打小鬧。這些資訊都是賈似道從趙哥的嘴裏問出來的。

「那套瓷器還在，我可指望著它來入行呢，怎麼可能賣了啊。」賈似道知道，自己以後肯定還有很多地方要讓阿三幫忙，便解釋了一句：「在騰沖的時候，我運氣好，賭了一塊好料，賣了兩三百萬，這不，趁著手氣不錯，我便帶了幾塊翡翠原石回來，想要自己切開來看看。對了，我還準備找個地方，用來放這些原石和做切割呢，你有什麼安全的地方沒有？」

「工具我倒是可以幫你搞到手。」阿三和「周記」的關係，比起賈似道來顯然要熟得多，弄一套解石的工具還是不在話下的：「不過，安全的地方可不太好找。想來想去，你這兩三百萬的身價，也只能是去銀行了。」

賈似道不禁沒好氣地白了阿三一眼，銀行裏還能讓你解石？解開之後，送到銀行存著，倒是個不錯的主意。

「呃，說笑、說笑而已。」阿三有些訕訕地說，「其實，不就是切幾塊石頭嘛，我覺得現成的就有個挺方便的地方，你直接拿到『周記』去就可以，要是解出好的翡翠來，還可以當場出手，工具也省了，多划算啊！」

「我以後會繼續賭石、解石，難道每一次都去麻煩周大叔？」賈似道不是沒有考慮過去「周記」，但是像巨型毛料那樣的體積，要是真解出高品質的翡翠來，惹人注意那是肯定的。古玩街那個地方，消息傳得太快了。賈似道可不想今天切出翡翠來，明天整個臨海市的古玩圈子都知道了。

而且，經常在別人的地方切石，賈似道的特殊感知能力難免會露出馬腳，那就是賈似道更不願意看到的了。不過，這樣的原因，賈似道不能明說，只能隨便找了個理由搪塞。

阿三覺得賈似道說得也有理，他便建議可以先找個廠房租下來，只是這方面的門路阿三也不太熟。賈似道只能是暫時作罷。

約好了月中的時候一起聚一聚，自然是賈似道請客了，用阿三的話來說，賈似道現在是個大款了！賈似道笑著應允。阿三走後，賈似道倒是想起了老楊，不管是租廠房還是買房這樣的事，找老楊就算是找對人了。

這麼一想，賈似道又再次回到了單位。

老楊在，小六也在。小六對賈似道自然很感激，不過，男人之間，沒什麼太多感謝的話，到時候請一次客，就算是謝過了。再說，小六也的確需要這份穩定的工作。他的父母都是工薪階層，他又馬上準備結婚了，工作一丟，勢必會很麻煩。

小六只是在賈似道的肩膀上捶了兩下，所有的謝意盡在不言中。和老楊說了自己的打算，老楊當即就應承了下來，說幫忙看看，不出兩天，就能有消息。他說：「不過，小賈啊，你該不是中彩票了吧？又找廠房又買房的。」看到賈似道搖頭，老楊立即語氣一變，用曖昧的眼神看著賈似道，問了一句：「和老哥哥說說，你傍上哪個富婆了？姿色怎麼樣？」那口氣，似乎賈似道真做了什麼見不得人的事一樣。

一陣打鬧之後，賈似道正準備離開，老楊忽然想起了什麼，一拍腦袋，說道：「對了，小賈，忘了和你說，你上次讓我找的那個老太太，前兩天就回來了，不知道你的朋友還在不在，如果還在臨海，倒是可以去看看。那個老太太人還不錯，鄰里對她的印象很好，就是看她一個人住著怪可憐的。」

「真的？那我找個時間去看看吧。」要是老楊不說，賈似道差點都忘了這回事了，聞言有些心動，他說：「我那個朋友暫時不在臨海了，反正我也閑著，我去看看老人家也一樣的。」

「那倒是，看望老人家是應該的。」老楊說著，從辦公桌裏翻出一張紙遞了過來，說：「拿著，這是地址，上次沒給你，我特意讓人抄下來的。」

賈似道微微一笑，上次他在古玩街從那個老太太手裏撿漏了清宮五供，他還盼著在老太太的家裏再找出點好東西來呢。所以他找了個藉口托了老楊，說是他在外地的一個朋友要找一個在臨海但不知具體住址的遠房親戚，把老太太的口音、特徵告訴了老楊。老楊是個包打聽，社會上三教九流的門路很多，果然這麼快就幫他找到了老太太的下落。

按照老楊給的地址，賈似道先搭車到了古玩街的邊上，在街口的水果攤上買了一些蘋果，然後找到了巷口，往裏走去。小巷看著有些冷清，老太太的房子在小巷的最深處，獨門獨院的，大門上的油漆已經有些斑駁，讓賈似道感覺到一股清冷，即便在夏天也有一絲涼意。

他伸手叩響了大門上的銅環，院子裏卻沒反應。

莫非老太太出去了，還是沒聽到聲音？賈似道猶豫了一下，用力推了一下，門「吱呀」一聲開了，卻沒見裏面有人。他正琢磨著要不要先進去看看，邊上的一戶人家倒是打開了大門，走出來一位中年婦女，看到賈似道的舉動，微微一愣，問了一句：「你是來找洪奶奶的？」

「呃，是的。可是，好像家裏沒人。」賈似道示意了一下自己手裏拎著的蘋果，這時心裏倒是慶幸起來，要是沒有禮物做掩飾，還不知道人家鄰居會怎麼想呢。

也許是看賈似道的態度還不錯，又是本地口音，那個婦女說了一句：「這個時間，洪奶奶一般都不在家，應該在社區的老年活動室那邊。對了，小夥子，你是洪奶奶什麼人啊？這幾年，可沒什麼人來看望過老人家。」

她的語氣著實有些不善。如果真是親戚，這麼久沒來看過，也實在是太不應該了，更何況賈似道還是本地人呢。賈似道念頭飛轉，說道：「阿姨，是這樣的，我有一個在外地的朋友，上一輩的人和洪奶奶有點親戚關係，屬於遠房了。但是一直都沒怎麼聯繫，前陣子剛得到洪奶奶在臨海的消息，就托我先過來看看。這不……」

說著，賈似道一攤雙手，表示自己也是第一次來。

「哦，有點印象，難怪前幾天還有人到處打聽洪奶奶來著。」中年婦女想了想，便也釋然了：「那你去活動室那邊看看吧。老人家怕寂寞，經常在那邊待著。」

「謝謝！」賈似道把大門重新關好，轉身離開了。不過，就在那一瞬間，透過門縫，賈似道看到院裏門前的台階上，間隙中冒出了幾棵青草，看上去像是沒什麼人打理一樣。而就在台階的邊上，不知道是原來的石板太短，還是後來缺了一角，此時擱了一塊方形的瓷磚，剛好有一個台階那麼高，青花的顏色給賈似道留下了很深的印象。

用青花瓷來做磚頭？恐怕是現代產品吧。只是那一抹藍色，剛入眼那一會兒，給賈似道的感覺很玄妙，總覺得那個顏色有點兒眼熟。不過，賈似道想了好久，也沒有想起來以前哪個朝代有過瓷地磚。即便是到了現代，把瓷磚燒出青花的圖案，也大多是那種薄薄的貼在牆壁上的。這樣方方正正、和民國年代的那種大磚頭一樣大小的青花瓷磚，還真沒有見過。

賈似道撓了撓後腦勺，沒想明白，乾脆就不去想了。

出了小巷，往南邊走了一段，應該就是那中年婦女所說的老年活動室了，是古城區開辦的，裏面的設施全部是免費開放。古城區靠近古玩街這一側，所居住的也基本上都是老年人。賈似道以前就曾在古城區的臨海中學上初中，對於這一帶幾個出名的地方還是略知一二的。在紫陽街道上，就有個魯迅紀念館，賈似道還去參觀過呢。

只是對於賈似道這樣的年輕人來說，這一帶的環境，無論是房子還是街道都太老舊了，不會過來走動。

他正想著呢，阿三一個電話打過來，興奮地說，他現在在半島咖啡館，剛聯繫到了一個加工廠的老闆，打算轉行，正琢磨著要把廠盤出去，讓賈似道馬上就過去見面。賈似道看了看手上拎著的蘋果，又看了一眼不遠處的老年活動中心，臉上露出了一絲苦笑。兩邊權衡了一下，賈似道就調頭走向邊上的路口，攔了一輛計程車。

見到阿三的時候，他還在興奮中。在阿三的眼裏，這可是個千載難逢的機會。賈似道不是想要租個廠房嗎？阿三聯繫的那個老闆，以前就是經營藝術品雕刻的。不是那種露天的石雕或城市園林雕塑，材料是石料、木料、塑膠都有，走的是小巧精細的路線，以木雕為主。一直以來生意都還不錯，最近木料的價格漲了，利潤薄了，便準備與人合夥在省城搞個賓館，臨海這邊的廠房，空著也是空著。賈似道聞言，知道自己算是碰到一個好機會了。

那個老闆看上去年紀不大，三十來歲，本地人，和阿三以前就相熟，三個人坐著，先是一陣閒聊，喝著咖啡。賈似道問了一句貴姓，結果也姓衛，差點沒把賈似道給嗆著，難怪阿三的消息如此靈通了。

賈似道的眼神在阿三的身上打量了好久。阿三有些不好意思地介紹了一下，眼前這位，算起來還是他的一個表親呢。

這麼一來，接著的事情就好辦多了。

隨後，賈似道跟著衛老闆一道去看了廠房，位置有點偏，在城東的郊區，不過，這一片市裏正在全力開發，光是地皮，只要壓上幾年，價格就可以翻倍地往上漲。賈似道原本還打算把廠房給買下來呢，這下只好徹底死心了。

廠房的規模一般，房子比較新，長方形，長有近三十米，寬五六米左右，共有兩層，白牆平頂，全部水泥結構，倒也結實，至少租下來之後，賈似道不用擔心安全問題了。一層的空間裏，有許多雕刻的設備還留著，看上去似乎是剛歇業不久。

「怎麼樣？還可以吧？」阿三看著賈似道的神色頗為心動，便在一旁有些得意地問了一句。

「還行。」賈似道點了點頭，沒有必要說違心的話。再說，他也需要儘快把地方給騰出來，要不然，明天或者後天，那塊巨型毛料也該到了，別弄得到時候沒地方放，要費一番周折。

「不過，是不是太大了一點兒？」賈似道想著，自己切石解石，其實用不著這麼大的地方。難道要和盈江的周老闆一樣，來個大批量的翡翠毛料經營？即便是賈似道想這麼幹，在臨海這樣的小地方，也沒這麼大的市場需求。

按照賈似道原本的計畫，應該找一個小型的廠房，甚至是三兩間房連在一起的那種。這樣的廠房在臨海還是比較多見的，有些民營企業剛開始的時候，甚至把自家新房的一樓改建成廠房呢。

「還好吧，你想想，如果找一間二三十平方米的房，就你準備引進的那種切割機，估計光是這麼一台放進去，就占不少空間了。再加上其他一些雜七雜八的工具，再放幾塊毛料，肯定顯得擁擠。」阿三說，「再說，你又不是切割出來之後馬上就能轉手出去的。既然你真準備在賭石上玩了，以我看來，以後這裏堆放的毛料不會少。」

「那倒也是。」賈似道琢磨著。

「呵呵，小賈，阿三也和我說過了，既然是玩賭石的，至少還得準備幾個保險箱吧？尤其是翡翠那玩意兒，如果種水好的話，你甚至還要買最高安全級別的那種，要不然，別看這裏圍牆還挺結實的，有心人真想進來，還是擋不住的。」衛老闆一直在邊上站著，不怎麼說話，這時說了一句，算是經驗之談了。

不要說是種水好的翡翠毛料了，就是種水一般的，只要綠色稍微純正一點，就起碼值幾十上百萬的，隨便丟一塊都是不小的損失。雖然可以全部存進銀行去，但畢竟不如自己買一個保險箱來得方便。

沒想到衛老闆做木雕生意的，竟然對於翡翠毛料還有不少認識，實在是出乎賈似道的預料。他隨即想到衛老闆和阿三的關係，心裏也就釋然了。

賈似道考慮了一下，提出租用的時間至少要簽五年。不然，一年就換地方的話，很多設備安裝起來就很麻煩了。衛老闆自然同意，而且有阿三在中間斡旋，租給賈似道的價格也還算便宜。好歹是熟人，這點方便還是會給的。

看著那份租房合同，再看看卡裏的錢，賈似道心裏升起一個感覺。沒錢的時候，總覺得有個幾萬塊，小日子就能過得不錯了，真有百來萬的時候，卻又感覺這些錢還是不經花。人需求得越少，得到的自由就越多。

「我的理想呢，就是過最簡單的生活，中午吃一碗手工麵，晚上能吃上老婆親手做的美味飯菜。飯後在家裏坐坐，也不經常上網、不喝酒，閑來泡一壺茶，寫幅字，畫幅畫，擺弄一下象棋。最幸福的，莫過於枕在老婆的腿上看看書，就是神仙一樣的日子了。」

當然，這一切的前提，是得有錢。

相比起以前來，賈似道這時算是有錢人了，但是錢到用時方恨少，這些景象依然只是他的理想。不要說媳婦了，就是拜託老楊去看的房，回來之後報出來的價格，也讓賈似道覺得有些無所適從。只夠首付的，賈似道也不能把卡裏剩下的所有存款全部拿去買了房，阿三那邊聯繫的切割機和其他工具，都還沒付款呢。賈似道心裏琢磨著，還是等到再開出一塊好的翡翠來，出手了，再考慮買房的事情。反正現在租住的地方住著也挺舒坦的。陳姐夫婦每天遇到他的時候，都打個招呼。尤其是賈似道辭職之後，他們生怕賈似道受了什麼打擊，在見到賈似道的時候，表現得遠比平時來得更加關心。

接下來的幾天裏，賈似道忙著把托運到的翡翠原石給運進了新租下來的廠房，基於臨海這一帶賭石的風氣並沒有雲南那邊那麼濃，即便是賈似道往廠房裏運石頭，別人看到了，也只會以為是搞大型石雕的。誰讓那塊巨型毛料從外表來看，確實就是一塊尋常石頭呢？

賈似道在廠房的周邊轉了一圈，這一片幾乎都是工廠，印刷的、針織的、生產鋼管零件的都有，形成了一個不小的工業園。整個工業區的大門口，還有幾個保安站崗，搞得有模有樣，倒讓賈似道對於安全問題放心了不少。

這時，他也沒有多少閒錢去裝備高檔的保險櫃，只弄了一個簡易的。真要遇到了專業的盜賊，賈似道估摸著也沒多少用處，無非是圖個心安罷了。而且，切出珍品翡翠來，賈似道肯定會送到銀行的保險櫃裏去。反正現在賈似道的手上也只有三塊原石而已。

等到阿三拉著一些雜七雜八的工具來到廠房的時候，賈似道正在對著三塊原石仔細打量呢。阿三明顯不太看好最大的巨型毛料。甚至以阿三的眼光來看，另外兩塊表現得也不怎麼樣。

但是賈似道已經賭回來了，阿三也只能發表一下意見了。瞧他那個神情，賈似道就能看出來阿三究竟是什麼意思了。

兩個人指揮著小工把工具擺放好，除去最大的切割機下了訂單還沒有到之外，其餘的設備倒也算是齊全了。前天，衛老闆把所有的木雕車床全部清理了出去，留下一個空曠曠的廠房。這會兒看著，倒也有了幾分生氣。

看著眼前這些各式各樣的工具，賈似道琢磨著只要不是切割巨型毛料，要是僅僅單獨解開另外兩塊原石的話，還是綽綽有餘的。

「怎麼，現在就準備切一塊來試試手氣？」阿三看著賈似道的神情，不由得問了一句。要是真的解石的話，他倒是願意留下來搭個幫手：「這第一次解石，你可得挑好了，如果能切漲的話，也算圖個吉利。」

畢竟，這是新的廠房、新的工具，又是初次上手，要是第一刀就有個好彩頭，還真是一件讓人心情愉快的事。

「還是算了吧，讓我再想想。」賈似道應了一句，雖然心裏有底，但是阿三在邊上，賈似道也不好暴露自己在賭石方面的眼力，尤其是眼前這三塊原石，賈似道知道裏面不是有著翡翠，就是有著連他都還不瞭解的怪異情況，自然要更加小心一點。小心駛得萬年船嘛！

阿三也不在意，賭石的人，在切石甚至在擦石之前，總是神神叨叨的，而且琢磨來琢磨去，哪怕是切開了之後，讓人雕刻、打磨，有些行家也會考慮個一年半載、甚至幾年之久，針對原石內部的翡翠結構來進行設計。這樣的情況，阿三見得多了。他和賈似道告了別，便和那些運送工具的人一起離開了。

整個廠房裏就只剩下賈似道一個人。

賈似道的嘴角這才泛起一絲淡淡的笑意，心中的那份衝動，無法抑制地噴薄而出，他先去把廠房的大門關上，然後拿起一架角磨機，試了試，還比較順手，就開始在原石上小心地開動起來。

最先被賈似道選中的，自然是讓他最為好奇的那塊橢圓形毛料了。既然用特殊感知能力都探測不出裏面的窟窿究竟是什麼東西，最直接的辦法，莫過於把外皮的石質部分全部磨掉，露出它們的真面目。只有親眼見到了，才能明白其中究竟隱藏著怎樣的玄機。

賈似道的解石手藝算不上高超，像現在這樣提著角磨機，一點一點地在原石上開動的動作，要是被行家看到了，一定會嗤之以鼻。真要是有好的毛料，按照賈似道這般切法，不切偏了都算是幸運的了。

要是那些靠皮綠，又或者是帶綠的翡翠原石，一陣切割下去，就什麼都沒了，綠色完全有可能被徹底地「解跑」，整塊原石切垮那是肯定的。只有一些廢料，才會給賈似道這樣的新手練習。

不過，賈似道也有著自己的優勢。動作不夠嫻熟，那是沒經驗。但是對於整塊翡翠原石的構造，恐怕再沒有一個人能比他更瞭解了。就在即將要打磨到賈似道原先感知到的最大窟窿眼的時候，賈似道手上的動作幅度無疑要小了很多。

即便是慢一點，多耗一些時間，賈似道也不願意一個不小心把窟窿眼給打磨掉了。整個窟窿有四五釐米深，這一點，賈似道心中了然，因此，越是臨近窟窿眼出現的地方，賈似道的動作就越小心，連呼吸都不知不覺地屏住了。

整個空曠的廠房裏，只剩下角磨機打磨的聲音，顯得格外清冷的同時，又充滿了機械的韻律。

忽然，賈似道收住了手。在他的眼前，赫然出現了一個黑乎乎的孔洞，手指粗細，形狀不太規則，仔細看去，倒和尋常的石頭中隱藏著一個窟窿沒有多大的區別。他察看了一下孔洞的四壁，可以確定是天然形成的。其他的，卻再沒有什麼出奇的地方了。這讓賈似道心中的期盼多少有些落空。

莫非整塊原石徹底剖開來之後，都是這樣的情景？

帶著這樣的懷疑，賈似道停止了繼續切割表層石質部分的打算，用自己的左手中指抵在原石上，開始了又一輪的探測。最初的感知，和在盈江的時候一樣，也是很快就探測到有幾個窟窿眼存在，但是，隨著注意力逐漸滲透進去，賈似道把腦海中的感覺與以往探測其他玉石時，相互一比較，臉色卻是有些怪異。

原石內部的材質質感，是他從未遇到過的。感覺很複雜，什麼感覺都有，混亂成一片，而且有點纖維狀的感覺。至少原石的內部不可能出現純淨的翡翠，那是肯定的了。

當初想要買下來的時候，他僅僅是好奇石頭裏面怎麼會有窟窿。一時間，他倒也沒有特別注意到原石整體的材質。這時看到窟窿，只是簡單的窟窿而已。

賈似道只能自認倒楣，心中鬱悶不已。說起來，除去在周老闆那裏賭來的按公斤算的毛料之外，賈似道賭石還從沒有失過手。這下倒好，破紀錄了。

賈似道卻不知道怎麼的，反而感覺自己的心頭輕鬆了不少。再看看自己的左手，驀然倍感親切，彷彿這隻原本「點石成金」的神奇左手，到了這時，才又重新實實在在地屬於他了。

反正閑著沒事，賈似道繼續開動角磨機，慢慢地把原石的外層石質一點點磨掉，幸運的話，說不定還可以在打磨掉原石的全部外皮之後，看到幾處翡翠呢。

因為用特殊能力感知時，原石內部的感覺實在是過於混亂，但一瞬間，賈似道似乎有種熟悉的感覺，好像是在有一些地方，還有著手指那麼粗細的翡翠存在，質地應該也還不錯。

只要把那些翡翠小心地掏出來，即便是顏色稍微差一些，值回個幾千塊錢應該還是可以的，也算這一趟賭石沒有太虧本了。要是顏色純正一點，綠色蔥郁一些，興許還能小賺一筆呢。

抱著這樣的想法，賈似道手上的動作自然不慢。

一陣搗鼓之後，原石上的窟窿眼卻越來越多。而且，相比起整塊橢圓形翡翠原石的表層來說，賈似道切開來的，還僅僅只是一小部分的表皮。天知道照這麼開下去，還能開出多少個窟窿來呢。

賈似道不禁一陣苦笑。不就是好奇心作祟，想要看看石頭裏的窟窿眼嗎？這下倒好，可以看個夠了。

不過，賈似道仔細觀察過每一個窟窿之後，一個奇特的現象引起了他的注意。這七八個窟窿，竟然都有一個共同的特點，那就是在每一個洞口的邊緣，都呈現深褐色，與周圍其他地方帶有一些白皙的原石顏色不同，洞口處的痕跡也是參差不齊，好像什麼東西，被強行給切斷了一樣。

難道是自己的切割水準不夠，打磨的時候不小心，才造成這樣的結果？

賈似道手上的動作，不由地變得更加小心起來。而且，再次動手的時候，也不再直接奔著那些窟窿眼去了，而是按照整塊原石表皮的起伏開始打磨。哪怕是沒能開出好的翡翠來，練練手也是不錯的。

忽然，一抹淡黃色在賈似道的眼前出現，就像冰天雪地中，那間暖風拂面而過一樣，讓賈似道的心中一下又有了期盼。

他小心地把這抹淡黃色周邊的雜質一點點地剔除，黃色的部分顯然不大，應該只有手指粗細，長度也只有三四釐米左右。

賈似道皺著眉頭琢磨著，這可能就是自己先前所期盼的翡翠了，雖然是淡黃色的，色澤不怎麼樣，但是取出來之後，至少也能值點錢。正準備把這麼一小塊如同是貼在原石上的翡翠給單獨切出來時，賈似道又有了新的發現。

為了證實自己的猜測，他換了一把小巧的打磨機，甚至還有小型的砂輪機，輪換著一點一點地把淡黃色的部分周邊的雜質清理得更加乾淨。直到整段翡翠的形態清晰透徹地呈現在眼前。

他越看越覺得，怎麼像是一條玉質的爬蟲呢？而且，那模樣還活靈活現的，竟然十分逼真動人。要不是親眼看到是從原石中切出來的，賈似道都不敢置信。玉石上長蟲，誰也沒聽說過啊。

賈似道愣愣地看著眼前的這塊原石，一時間感覺自己的腦袋有點發懵。

無論賈似道曾經對於這塊原石有什麼想法，都沒有預料到會是現在這樣的結果。

不過，他好歹弄明白了，這塊原石究竟能開出什麼東西來，完全地滿足了賈似道的好奇心。

這些玉蟲，賈似道猜測著，應該能值不少錢吧？這可是天然形成的，沒有絲毫人工雕刻痕跡，現在的市場上，倒也有一些用翡翠刻意雕琢成蟲的樣子的雕件，不要說是蟲了，什麼樣的動物造型都有。但是和天然形成的比起來，少了很多原生態的魅力。而且，賈似道看著眼前出現的這條小蟲，倒是更接近於化石的感覺。

於是，賈似道倍加小心，開始全面地打磨整塊原石。結果，也正如賈似道所預料的那樣，既然開出了第一條，勢必有第二條、第三條……

花費了三天的時間，賈似道白天就在廠房裏細心地打磨著這塊原石，到了晚上休息的時候，就上網查資料，想要弄明白自己賭回來的這塊原石究竟是怎麼形成的，或者其他人有沒有類似的發現。只是，他找了好久，也沒看到有相關的資訊。賈似道歎了一口氣，只能暫時作罷。

網路雖然便捷，但網路上的內容魚龍混雜、眾說紛紜，也不見得一定正確。資訊的傳播在速度上是足夠快了，但很多生僻的東西，要是沒有人上傳過，卻也很難尋找，並不十分齊全。尤其是一些行業的秘聞，或者是小眾的偏門知識，想要短時間內找出來，真不是一件容易的事。看來，只能去找個內行人來看看了。

賈似道想著，自己也沒結識什麼賭石的行家，唯一算得上的恐怕就是廣東的劉宇飛了，也許他會對這塊原石有點興趣吧？

賈似道給劉宇飛打了一個電話，具體地說了一下情況，劉宇飛二話沒說，只回了一句：「你小子運氣還真不是蓋的，我明天就到，等著。」就掛了電話。賈似道還想要詢問究竟這些蟲是什麼東西，都沒有機會。他搖頭苦笑了一下，似乎劉宇飛無論遇到什麼事情，都很有決斷力，再想想自己，和劉宇飛一樣年紀，還有些忐忑和猶豫。這境界上的差距，實在是有些大啊。

賈似道沒有秤過這塊原石毛料的重量，至少他一個人是抱不起來的。完全解開來後，原石還有半米來長，微微有些彎曲，兩頭的截面更是不太規整、參差不齊，就好像是樹幹突然被折斷了的感覺。

一想到樹幹，賈似道站得稍微遠一些來看，整塊原石現在的形態，還真就像一截半米來長的樹幹，稍微比樹幹的滾圓來得方正一些，大小和廠房邊上放著的飲水機上的礦泉水桶一般粗細。

當然，原石的表面自然是無法和礦泉水桶相比了。不說上面爬著許多玉蟲，再加上先前開出來的大大小小的窟窿，原本是橢圓形的光滑原石，此時表面乍一看去，簡直是慘不忍睹，混亂一片。賈似道仔細地數了數，可以看到六十六條玉蟲。這些蟲有白色的、深褐色的、黃色的，大多有手指粗細，遍佈在整塊原石的各個地方。有的爬在原石表面，有的正準備從窟窿裏往外鑽，甚至有的一半身體還隱藏在樹裏。至於形態，更是千奇百怪，有的彎曲，有的筆直，有的似乎正在撕咬著什麼，不一而足。這六十六條蟲裏，沒有任何兩條是一樣的，也夠賈似道統計和觀賞的了。

這期間，阿三曾經來到廠房裏找過賈似道，他見到原石中切出了如此奇異的景象，也嘖嘖稱奇，大贊賈似道的運氣真好，不要說賈似道這是第一次去雲南賭石了，即便很多人玩了一輩子賭石，恐怕也難得有這樣的機遇。

只是阿三也說不出個所以然來，倒是在仔細看了這些玉蟲之後，阿三信誓旦旦地保證，這些玉蟲肯定很值錢。

「去你的，就知道說些沒用的。」賈似道剜了阿三一眼，問道：「你說，把這塊原石搬去給衛老爺子看看，怎麼樣？」

「我看還是算了吧。」阿三卻搖了搖頭，「隔行如隔山，如果是瓷器，即便你不說，我也會建議你去讓老爺子給掌掌眼的，哪怕不是瓷器，書畫一類也行，但是玉器的話，除非是古代軟玉一類的，老爺還多少知道一點。」

「『周記』裏的周大叔，就是我二爺爺的記名弟子，人家玩的就是軟玉。」阿三說，「雖然沒有玩出什麼名氣來，但是，他的藏品中還是有幾件不錯的東西的。等你有機會上『周記』二樓的時候，倒是可以去看一下。」

「那現在怎麼辦？」賈似道看了看原石，又看了看阿三，說道：「豈不是就這麼束手無策了？」

「也不一定哦。」阿三眨了一下眼睛，打趣地說了一句：「你不說，我倒是忘了，你要是真想弄明白這塊原石的價值甚至是成因，倒是可以拿去給拍賣行看一下。他們的關係網比較廣，應該可以找到專業的人來鑒定。不過，前提是你得出一大筆錢，或者委託他們來拍賣。」

「拍賣？」賈似道琢磨了一下，這種玩意兒可不是經常能碰到的，如果可能的話，還是不要出手為好，放在自己手上，哪怕現在弄不明白，以後總有弄明白的機會。何況，劉宇飛馬上就要到了，從他電話中的語氣來看，他知道的肯定不會少，想到這裏，賈似道便搖了搖頭，說道：「還是以後再說吧。我暫時沒有出手的打算。」

「隨便你。」阿三說，「不過，說真的，這樣的好東西，自己留著也是一筆財富。要是你什麼時候弄清楚了，到時候可別忘了告訴我一聲。嘿嘿，你小子，還真行。這運氣，連我看著都嫉妒了。」

可不是，僅就阿三所知道的，賈似道就在「周記」賭石小賺了三萬，然後清宮五供撿漏，緊接著又是雲南那邊兩三百萬的賭漲，再到現在的玉蟲，僅僅過了一個多月的時間而已。要不是阿三是看著賈似道一點一點地在這一行成長起來的，他真要懷疑賈似道有什麼特異功能了。

不過，阿三一句無心的話，倒也提醒了賈似道。他的風頭的確有些過了。阿三從小見慣了古玩，知道其中的價值，自然是沒什麼話說，僅僅是感歎賈似道的運氣而已。不然，光憑知識、眼力的話，賈似道能有現在的成績，壓根兒就不需要在這裏向他請教相關的知識了。

但是，其他的人，卻不會想到這麼多。單位裏的老楊也好，小六也罷，對於賈似道的突然富有，總會抱著懷疑的態度吧？就像中彩票，你買了一次大獎，大家即便心裏有些豔羨，表面上肯定是祝賀。但你一而再、再而三地中獎，不要說周圍的朋友了，就是彩票公司，估計都要懷疑你動了什麼手腳。

看看這塊切出玉蟲的原石，賈似道決定，以後還要更加小心一些，而且儘量財不外露，悶聲發大財才是正道。

第七章

平凡的墊腳瓷磚

賈似道用自己的感知能力探測了一番，
裏面的每一處給他的感知都很統一，非常均勻。
很難想像，在古代可以把一塊瓷磚燒造到如此程度。
這和現代超市裏的瓷器感覺，又有些微不同。
一時間，賈似道倒是有些弄不明白這塊瓷磚了。

吃過晚飯，賈似道還在住處，琢磨著是不是趁這時候騰出空來，去洪老太太家走一趟。這幾天可把賈似道忙壞了，一個人小心翼翼地解開原石，新手的他生怕切壞了一條玉蟲，那份小心和緊張，以及手裏長時間地提著角磨機，累得雙手都麻木了。

好不容易閑下來，他才想起了洪老太太家還沒去拜訪呢。只是，他還沒走到樓下，劉宇飛的電話就打了過來，說他人已經在臨海汽車站了。

賈似道有些吃驚，這速度也太快了吧？賈似道到了車站，見到劉宇飛的時候，他還直抱怨，臨海這竟然連個機場都沒有，害得他還要從寧波轉道坐車過來，不然他應該可以趕得上在臨海吃晚飯了。

賈似道沒好氣地白了他一眼：「你不就是想要我請你吃頓晚飯嗎，走吧，現在也還不算太晚。」

「誰告訴你我要先去吃飯的啊？」劉宇飛更是沒好氣地白了賈似道一眼，「你還是先帶我去看看你說的好東西吧，不然我哪有心思吃飯啊。」

按照劉宇飛的意思，兩個人直接來到了廠房，打開大門，對於裏邊的佈置，劉宇飛看了看，微微地點著頭，覺得賈似道在這麼短的時間內就能做到這個程度，已經算是不錯的了。

「你就別在這裏寒磣我了，你家的加工廠，我雖然沒有去過，但是用腳趾頭想想也能知道，絕對不是我這樣的小打小鬧比得上的。」賈似道在這一點上還是很有自知之明的。

「沒有可比性。」劉宇飛淡淡地說了一句，「我們家是生意鋪開了，沒辦法。你想啊，這麼多工人，這麼多家人，可都指望著加工廠吃飯呢。你就不同了，自己幹自己的，多輕鬆啊。我倒是很羨慕你這樣的生活。」

「切，誰信啊。」

「不信就算了。」劉宇飛說著笑了起來，「我本來就沒指望你能相信。」

賈似道指了一下原石，說道：「吶，就在那邊，你自己去看吧。」

「你就把這東西，這麼隨便地擱在這兒？」看到隨便地擺在廠房一角的原石，劉宇飛吃驚地看了賈似道一眼：「你們臨海的治安也太好了吧？在我們那兒，在街角隨便扔塊石頭，不到五分鐘就會被人撿走。」

這話雖然誇張了一點，但是賈似道知道，最近幾年，廣東的平洲、揭陽等地區，賭石市場的興起早就超過了雲南騰沖等地，已經形成了很大的規模。

在這樣的地方，想要找一個不知道賭石的人恐怕都很難。

劉宇飛蹲下身，仔細地打量了一下原石毛料，尤其是上面的玉蟲，左左右右、前前後後地看了又看，伸手摸了又摸，一副愛不釋手的模樣。那熱乎勁兒，可比賈似道這個原石的主人要熱切多了。

不過，賈似道的目光在劉宇飛身上打量著，即便劉宇飛再怎麼欣喜若狂、如癡如醉，也漸漸地察覺到了一些不對勁。劉宇飛轉過頭來，見到賈似道微微有些驚訝的眼神，這才醒悟過來，自己表現得過於興奮了。

「咳！咳！」劉宇飛不禁有些不好意思地咳嗽了幾聲。然後，他一本正經地問了一句：「你應該還不知道這塊原石究竟是什麼吧？」

賈似道總覺得劉宇飛的語氣裏，還有著一些揶揄的意思，只能沒好氣地點了點頭，重重地應了一聲：「是！我正等著劉公子你的解釋呢。」

「嘿嘿，其實我不用問就知道，你肯定不知道這玩意兒是什麼。」劉宇飛得意地一笑，說道：「要不然，你小子才不會打電話給我呢，對不對？」

「哪來這麼多囉唆的話，趕緊給我講正題。」賈似道有些懊惱。

「好吧。既然你這麼想知道，也虧得你問的是我，要是別人的話，還真不一定能說出點什麼來呢。看在你能想到我的面上……」劉宇飛說著，看到賈似道惡狠狠的眼神，立即話鋒一轉：「其實，這種原石俗稱『七彩樹玉』，沒聽說過吧？」

見到賈似道點了點頭，劉宇飛才接著說道：「說白了，這塊原石其實是一種珍稀的遠古樹木化石。年代應該是一億五千萬年前，恐龍橫行的侏羅紀。那時地殼運動，導致大片森林被埋藏在地底深處，然後經過了高溫、高壓、缺氧以及各種侵蝕作用，對了，你高中的化學學得怎麼樣？」

「還行，至少你現在說的，我暫時都還可以聽得明白。」賈似道應道。

「那就好。其實，我高中的時候，有機化學學得一點兒都不好。埋在地底下的樹木中的有機物，經過剛才說的那些變化，逐漸地轉變成了二氧化矽，再加上地底複雜的地質條件，以及千萬年的演化，就形成了你看到的這個模樣了。」

說到這裏，劉宇飛指了指地上的原石，最後總結了一句：「所以，這玩意兒就是一塊樹木化石。用科學界的說法，就是矽化木，又稱為石化木。怎麼樣，我的解釋你還滿意吧？」

「矽化木？石化木？」賈似道皺著眉頭嘀咕了一句。

「這個，你根據字面來理解就行了。就像你現在看到的這樣，這些已經石化了的樹木的木頭部分，變成了氧化矽，還有地層中原本的方解石、白雲石等等，因為氧化矽的成分占主導，自然就叫矽化木了。」劉宇飛娓娓道來。

「我其實想問的是，這矽化木，值錢不？」賈似道很俗氣地問了一句。

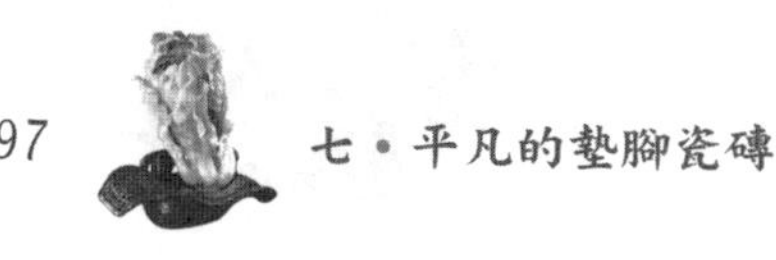

「如果單單是這麼一截矽化木的話，價值並不大。這種樹木化石類的東西，市場上流通的數量並不算太多，這並不是缺少這樣的樹木化石，相反，其數量還很龐大，只不過因為收藏價值不高，收藏的人也就不多了，倒是在一些研究所裏還比較多。」劉宇飛說到這裏，歎了一口氣，再看向地上的原石，說道：「而且，光是說到材質的話，其實還算不上是翡翠。二氧化矽的礦石，一般被稱為瑪瑙。這個稱呼，你應該知道了吧？」

「這是當然，瑪瑙是這一類礦物的統稱，屬於玉髓的一個種類。」賈似道翻看過的資料，雖然不是很系統，但對瑪瑙還是有所瞭解的，他還知道，瑪瑙多彩的顏色其實就是各種顏色的二氧化矽的膠溶體所造成的。

只是，瑪瑙的顏色雖然繁多，論起價值來，和翡翠卻有著很大差距，也難怪劉宇飛說其價值不是很高了。

「說到這裏，你是不是覺得，這塊原石沒有達到你的理想目標啊？」劉宇飛呵呵一笑，「沒關係，咱倆誰和誰啊，只要你願意出手，我以高價收購，怎麼樣？你要是同意的話，就開個價吧。」

「不賣！」賈似道很乾脆地拒絕了。

「竟然沒騙到你。看來，小賈你的心理承受能力還不是一般的強啊，我想在你這裏趁機占點便宜，都沒有機會。」劉宇飛對賈似道淡淡一笑，這時，他倒是認真了許多：「其實，即便你鬆口願意出手，我也真不敢接過來。你也知道，剛去雲南折騰了一場，而且還切垮了一塊八百萬的毛料，我手頭的資金還是有點緊的。」

「不會吧，你那麼大的家底，還拿不出這麼一點小錢？」賈似道倒是有些詫異地看了劉宇飛一眼，猶疑著說：「不應該吧？」

「小錢？你說得倒好聽。你知道，這麼一塊原石值多少錢嗎？」劉宇飛很乾脆地指了指地上的原石，然後把一根食指豎了起來，在賈似道的眼前晃了晃。

「一百萬？」賈似道琢磨著，這塊原石能賣一百萬的話，他也算是狠狠地賺了一筆了，畢竟，他的買入價格才僅僅一萬塊而已，要不是對這塊原石上面的玉蟲很有興趣，賈似道還真準備出手，不過，想到劉宇飛的話，便問了一句：「你該不會是連一百萬都拿不出來了吧？」

劉宇飛聞言，不禁對賈似道連翻白眼，很無語地搖了搖頭：「我現在算是知道了，有時候把知識掌握得像我這麼到位，一點兒用處都沒有，根本就拚不過你小子的運氣！一百萬，你要是真願意一百萬賣給我，我立馬付錢走人，以後咱們老死不相往來。」

似乎是覺得自己這話說得有點太狠了，劉宇飛又笑了笑，說道：「這樣吧，不如我們這就交易了，簽一份合約？」

「滾，快點給我說實話，這東西到底能值多少錢？」賈似道聽著劉宇飛說話的語氣，自然知道這原石恐怕還另有乾坤！

「你知道剛才我為什麼能說出這麼多知識？」劉宇飛忽然問賈似道。

「你該不是在我打電話之後，特意背下來的吧？」賈似道猜測道。

「我才沒這麼無聊呢。」劉宇飛聳了聳肩，「就為了和你說這些，我還能匆匆忙忙地趕到臨海來？這些知識，可是早幾年就記在我腦子裏的。因為在幾年前的昆明，就曾經出現過一塊有六條玉蟲的神奇玉石。」

「什麼，已經出現過了？」賈似道這下倒真是好奇起來。

「這有什麼好奇怪的。只要是關注賭石一行稍微有些年頭的人，應該多少都知道一點。」劉宇飛說了一句，「我父親那時正好與那塊玉石失之交臂，回來之後，還有些後悔呢，無意中和我提到過，我才努力地找了這些資料來看，不然你以為我閑著沒事幹啊。」

「呃，那倒是，你的時間基本都花在找美女上了。」賈似道說了一句。

「切，你知道就放在心裏就好了，不要說得這麼直接嘛。」劉宇飛撇了一下頭，然後接著說：「當年，那塊玉石還是被拍賣出去的，落槌價是一百三十三萬元人民幣。要知道，那可是好幾年前啊，到了現在，恐怕沒有一百五十萬絕對買不下來。」

「那你剛才的意思，是說我這塊原石，值一千萬嘍？」賈似道轉念立即想到了自己的原石，人家才六條玉蟲而已，這塊石頭上，可是有六十六條玉蟲啊。

「你說呢？」劉宇飛反問了一句，「不過，話又說回來了，據我父親的說法，那塊原石本身的材質，肯定要比你這塊好上一些，扣除這其中的價值，以玉蟲的單位數量來說，應該在十來萬一條吧。在那次拍賣會以後，很長的一段時間，寶石行裏，可是盛傳過『一蟲十萬』的說法，而且，對於那塊原石的來源，也猜測是來自緬甸。」

「來自緬甸還是很有可能的。」賈似道也沒什麼好隱瞞的，說了從張大叔家發現這塊原石並且以一萬元成交的經過，直把劉宇飛給羨慕得在心裏狠狠地責怪老劉。

不過，劉宇飛也知道，即便老劉找到他，讓他第一時間見到了這塊原石，他也不會出價購買的。在盈江的時候，劉宇飛和趙哥都見到過這塊原石，還不是照樣不看好？運氣以及機遇，還要看能不能抓得住，要不然，擦肩而過也是常有的

事。

當然，按照「一蟲十萬」的說法，賈似道的這塊原石上面，外表皮上就有六十六條玉蟲，劉宇飛仔細觀摩了這麼久，心裏肯定有數，之所以不是定價為六百六十萬，而是給出了一千萬的價格，還是因為，此類的玉蟲本身就很稀少。尤其是這麼大規模的成群玉蟲，集中在一塊原石上，能夠完整地保留下來，實在是非常難得。

完全可以想像，在一億多年前的某一天，一些小蟲子正在樹上慢慢地蠕動著，尋找和享受著新鮮的樹葉。而這些形態大小各不相同的蟲，牠們都不知道，接下來將要發生的可怕事情。火山爆發或者是其他的大規模地殼運動，突如其來的災難在一瞬間就把蟲和樹木一起埋藏到了地下。蟲子們被徹底永遠地固定在自己巨大的餐桌上，那些牠們在樹幹上蛀咬出來的蟲洞，就變成了原石中的窟窿眼。

也正是因為這樣的窟窿眼，讓賈似道把這些蟲從盈江的一戶農家帶回了臨海，讓牠們在演化成玉蟲之後、在億萬年後重現天日。這樣的事情完全可以書寫成一個傳奇，只是想想都讓人興奮不已。

「小賈，如果你真要打算出手的話，不如轉讓給我如何？」劉宇飛對著這些玉蟲感慨了一番之後說，「當然，我只出得起一百萬的價格。」

「你說呢？」賈似道反問了劉宇飛一句。

劉宇飛頓時無語，這打擊報復也來得實在太快了一些，角色的轉換讓劉宇飛鬱悶不已。

「不過，說真的啊，我還真想知道你是怎麼打算的。」劉宇飛說，「我父親前幾年可是對這玉蟲念念不忘啊。不如你就切出其中的一小段，上面只要有那麼一兩條玉蟲就可以了，然後轉讓給我，怎麼樣？」

賈似道還沒回答呢，劉宇飛自己卻歎了一口氣，搖了搖頭說：「還是算了吧，這麼一整塊的東西，要是切掉一些，實在是太可惜了……對了，小賈，老實說，你要是準備自己收藏呢，就儘量保持它的原狀好了，不然也太暴殄天物了。如果想要出手，只要緩過這一陣子，你隨時都可以來找我。」

「行！」對於這一點，賈似道倒是很乾脆地點了頭。

「那就這麼說定了。」劉宇飛拍了拍自己的手，然後拿出手機，對著賈似道晃了晃，說道：「我現在先拍幾張照片帶回去，做個紀念，沒什麼問題吧？」

「那是當然了，你隨便拍。」雖然很多藏家一般不太樂意別人有自己藏品的照片，畢竟好東西自己藏著偷著樂就好了，或者就是幾個有共同愛好的老朋友之間互相交流一下，這才是藏家。

劉宇飛對於賈似道來說，交情顯然算得上很不錯的了，而賈似道的收藏覺悟，也還沒有升級到行家的地步，自然點頭同意了。

看著劉宇飛在那邊對著原石一陣猛拍，賈似道忽然想起了什麼，開口問道：「對了，劉兄，說到現在，這玩意兒具體怎麼稱呼，我還不太明白呢。總不至於以後介紹的時候，就直接說是玉蟲、矽化木吧。」

「呵呵，這樣也可以啊，矽化木說出來還顯得你有見識、夠專業呢。」劉宇飛開玩笑似地說了一句，「不過，說白了，你這一次賭回來的，就是一棵巨大的『瑪瑙樹』。這種樹木化石，尤其是上面還佈滿了這麼多玉蟲的，整段矽化木保存得又比較完整，無論是觀賞性和收藏價值，都是非常大的。」

要不是怕破壞了這棵「瑪瑙樹」的完整性，恐怕劉宇飛也不會放棄從中切割出一部分來的打算。

從廠房裏出來之後，已經差不多是深夜了，賈似道準備陪著劉宇飛先去吃點東西。大餐是沒有了，即便賈似道願意請，劉宇飛也不一定就願意去。山珍海味吃得多了，總覺得差了一點味道。劉宇飛在廠房裏侃侃而談，絲毫沒有肚子餓的感覺，但是一出工廠的大門，他就嚷嚷著要去吃臨海的特色小吃。

在盈江時，賈似道可沒少誇過臨海的小吃。像麥蝦、麥餅、食餅筒什麼的，賈似道就經常掛在嘴上，到了現在，連劉宇飛的嘴裏，也能蹦出這麼幾個詞了。特別是麥蝦，劉宇飛提到的頻率最高。劉宇飛實在是很難想像，怎麼用麵粉做出來的麵疙瘩，能被賈似道形容得那麼好吃呢？

賈似道心裏有些好笑，便帶著劉宇飛去他常去的「李記」麥蝦店。不說二十四小時營業吧，至少到半夜一兩點鐘的時候，「李記」的生意都還是不錯的。他們點了兩碗麥蝦，再叫了幾盤螺絲、龍蝦，倒也讓劉宇飛吃得心滿意足。

吃完之後，劉宇飛去住賓館。賈似道想，他回不回租住的地方都無所謂，便也留下了。第二天，劉宇飛本來還想好好在臨海遊逛一逛的。說起來，臨海的地理位置的確很不錯，氣候也適宜，很有點江南的感覺。奈何這大熱天的，賈似道沒有這麼高的興致陪劉宇飛在臨海城轉悠。

他直接丟了一句：「你要是真想逛啊，我給你找個導遊，女的。」

別說劉宇飛這樣從廣東那邊初來臨海的人了，就是上海的一些旅遊團，都有專門安排到臨海來旅遊的線路。誰讓臨海有個江南古長城呢？世人皆知北京的明長城，卻很少有人知道，明朝修長城的時候，是參考著臨海的長城來的。賈似道記得自己在初中上體育課的時候，就爬過這段長城，尤其是北固山的西麓那一段，還有一個叫「江南八達嶺」的地方，印象頗深。其他的景點，還有古城區的巾山，一山四塔，山下的幾個寺廟。

不過，看著劉宇飛鬱悶的神情，賈似道心裏一動，想到了一個好去處。不但可以讓劉宇飛觀看一些臨海城的風光，還能幫自己完成一個計畫，實在是一舉兩得的事。

「這就是你說的臨海特色？」看著周邊的一片老房子，劉宇飛轉頭對著賈似道好奇地詢問了一句，而且頗有些哭笑不得的意思。

「怎麼，難道這還體現不出臨海這座古城的特色？」賈似道指了指邊上，說道：「你看看這樣的小巷，如果不是在臨海的話，恐怕你就得去名氣比較大的那幾個江浙古鎮才能看得到了。而且這石板、牌坊，甚至這房牆，說不定哪一處就是能出個古董來呢。」

當然，賈似道自己也知道，這話說得誇張了一點。臨海的古城區有很多的古舊房是沒錯，但是地面上鋪的青石板以及一些牌坊都是現代重新修繕的，哪怕是保存得相對比較完善的紫陽街，兩邊的大部分木質結構的老房，也都是用新的木頭修繕之後再用噴槍烤過，刻意營造出一種黃灰的古色古香。

「古董我是不想了，我看吶，我還是趁著今天天氣好，下午趕緊去揚州得了。」劉宇飛沒好氣地白了賈似道一眼，說道：「就你這樣招待朋友，難怪你到現在都還是單身呢。」

「瞎說，誰讓你是個男的。如果是一個美女來看我，說不定我就會很有興致地陪她在臨海城裏好好逛逛了。」賈似道指了一下前面不遠處的高大城牆，說了一句：「不然，你自己爬上去，在城牆上走走？」

「算了，一個人去什麼城牆啊。」劉宇飛蹦出一句，這城牆看過就算了，真要爬上去，天氣太熱不說，還特別累人，實在是不划算。劉宇飛還小聲嘀咕著：「看來，想要指望你介紹一個江南美女是沒指望了，下次我要是還來臨海，我就自己帶一個過來……」

這話說得賈似道無語：「對了，你去揚州做什麼？」

「還不是因為你。」劉宇飛剜了賈似道一眼，看得賈似道很莫名其妙，不由得問了一句：「這和我有什麼關係？」

「上次我不是說過嗎，我想買你那個觀音墜，結果你愣是不出手，這不，我就得趕到揚州去找一戶人家，他那裏還有一個類似的。」

「不是吧，找個碧玉觀音吊墜，你還能不遠千里地趕到揚州去？」賈似道琢

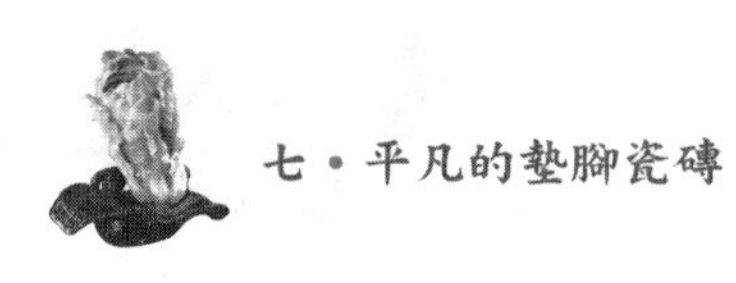

磨著，即便不經過臨海，從廣東那邊直接到揚州去，路上的花銷算在一起，也足以抵得上一個吊墜的價格了。

「這有什麼辦法？」劉宇飛卻頗為感歎，「收藏嘛，只要是自己喜歡的東西，不要說是揚州，就是黑龍江，我也會趕過去。這講的可不僅僅是收藏的東西，還有收藏的過程，以及過程中那點點滴滴的樂趣。」說完了他還轉頭上下打量了一下賈似道，「你還太年輕，才剛入行，你是不會明白的……」那話說得似乎他已經是一個老行家了。

不過，想到劉宇飛的藏品——多達千件的碧玉雕件，賈似道也可以想像得到劉宇飛對於碧玉的癡迷了。忽然他想到阿三說過「周記」的周大叔也喜歡軟玉，尤其是碧玉。而且，聽阿三的口氣，「周記」的二樓，可是有著幾件很不錯的藏品呢。

「劉兄，你不急著去揚州吧？」賈似道問了一聲。

「約好了明天下午，我現在提前趕過去，這不是未雨綢繆嘛。」劉宇飛淡淡地應著，好奇地問道：「你問這做什麼？」

「我只是在想，是不是該帶你去見一個喜歡碧玉的同道中人呢。」賈似道做一副思索狀，瞥了劉宇飛一眼：「不過，既然你下午要走，我看還是算了吧。」

「別呀。」劉宇飛倒是來了興致，「和我說說，那個人是誰？說不定還是我認識的呢。」

「你在臨海這地方，除了我，還認識誰啊？」賈似道沒好氣地說了一句，他便把周大叔的情況介紹了一番，劉宇飛當即興匆匆地就要拉著賈似道一起到「周記」去。不過，兩個人是搭車來到古城區老街，這會兒都已經走到了洪老太太家門口的小巷了，賈似道自然不會放棄。

再說，這可是他帶著劉宇飛出來逛的最終目的呢。

叩響了洪老太太家的大門，這回家裏倒是有人，大門一打開，賈似道就見到了老太太。只是老太太不記得賈似道了，她看著門口站著兩個青年，不禁疑惑地問：「你們有什麼事嗎？」

「洪老太太，是這樣的。」賈似道說，「前一陣子，您在古玩街出手過一套瓷器，您還記得吧？」

「哦，你這麼一說，我倒是想起來了，你就是那個小夥子啊。」洪老太太的臉上微微有了一些笑容，這麼一來，皺紋顯得深了一些：「該不是那套瓷器出了什麼問題吧？」

「瓷器沒出什麼問題，那東西挺不錯的，我還小賺了一點。這不，我這回來，就是想看看您的家裏，還有沒有什麼其他好東西。如果可以的話，我準備再收上幾件。」賈似道解釋了一句。本來，他還存著撿漏的心理，畢竟，用極少的代價買進一些高價的藏品，對於追求利益的商人來說，實在是最基本的原則。

不過，自從打聽到洪老太太現在一個人生活的情況之後，賈似道那份撿大漏的心思倒是淡了不少。對於賈似道來說，收藏瓷器甚至以後喜歡其他的一些古玩，這樣的老玩意兒實在是太少了，尤其是精品，更是難得一見。

賈似道無非就是鍛煉一下自己的眼力，為自己的生活添一點樂趣。在這一點上，倒是和劉宇飛癡迷碧玉有些類似了。

要是真想要獲取高額的利潤，賈似道覺得還是賭石比較合適。從賭石中賺錢對於他來說，比較保險一些，也更容易一些。所以雲南那個地方，賈似道勢必會騰出時間來再去一趟，廣東那邊的翡翠市場他也一定會去。

當然，要是真的遇到了品相比較好的瓷器，洪老太太又願意出手的話，賈似道給洪老太太的價錢自然不會像第一次那樣低廉了，現在的他不缺這些錢。只是，要想賈似道拿出幾十幾百萬來收購一件瓷器，他暫時也沒那個眼力。

進到老太太的屋裏，陳設的都是木質傢俱，顯得挺老舊，老太太收拾得還算乾淨，看著倒也頗為舒心。劉宇飛跟在賈似道的身後，屋內的光線還有些微暗，進到屋裏之後，他就越過了賈似道的身子，一個人上前，在客廳裏打量了一番，一邊看還一邊點頭嘀咕著：「這會兒倒是有點江南的感覺了。」

可不是嘛，東西雖然有些陳舊，卻也還是體現出江南一帶的風情。

像那幾把紅木製的椅子、茶几，賈似道察看了一番，雖然和紫檀還相去甚遠，但那份厚實厚重中透著靈秀的氣韻，著著實實地顯現出一種江南水鄉的雅致。屏風上面綴滿了小巧的裝飾，雖然看著不太顯眼，甚至還損壞了不少，也無損其泛出的古雅氣息。

「老太太，您家裏以前生活應該很不錯吧？」這樣的老屋，哪怕賈似道是個道道地地的臨海人，也沒有見到過，恐怕只有衛老爺子的書房能比得上。

「還行吧。」洪老太太回答得很平淡。

歲月的風霜，生活的沉澱，積累到一定的程度，老人家總是那般淡定、波瀾不驚。劉宇飛對於這些傢俱很是欣賞感慨，老太太也只是在邊上看著，招呼兩個人坐下。

賈似道估摸著，光是這些木製傢俱，老太太要是願意出手的話，肯定能值不少錢。而且，老太太一個人生活得很簡單，也沒有必要把清宮五供拿到古玩街去賣吧？

只是這話賈似道不好問出口，只能在心裏猜測著。

木質傢俱賈似道看不懂，不好亂說。而且看老太太說的意思，似乎她丈夫在世的時候，對於家裏的傢俱比較在意，絲毫沒有要出手的意思。

劉宇飛還特意詢問了一下老太太有沒有玉器一類的老東西，結果老太太搖了搖頭，說家裏沒有玉器。倒是賈似道提到的瓷器，洪老太太從一個櫃子裏捧出一個碗來。

賈似道看著，眼睛不由得一亮，光是那清晰的蟹爪紋，就足以讓他心動了。說那個是碗，其實也不十分正確，只是乍一看去有點類似罷了，比小碗來得要矮一些，更像是一個小盤。當洪老太太拿到賈似道眼前的時候，可以看清楚，這應該是一個筆洗。

唯一可惜的是，筆洗上有過碎裂的痕跡，已經修補過，只是那修補的水準實在是不怎麼樣，難怪洪老太太是用雙手捧著出來的呢。

「這東西的年頭，應該比那套瓷器還要早一些，不過打碎過。那時候老頭還健在，老頭說這東西即便碎了也能值不少錢，便找人補了一補，只是補得不太好，這不，後來擱在櫃裏就沒怎麼動過了。」洪老太太對賈似道說，「要不是你提起來，我還真想不起來有這麼一件東西來。你看看，還中意不？」

賈似道沒有直接去接，尤其是看到這筆洗是修補過的，就更加小心了。

老太太把筆洗放在了茶几上，賈似道才上手。

筆洗是用骨膠修補的，底座的一邊還缺了一小塊，骨膠的黏痕有些扭曲和凸起，這樣的修補技術還不如不補，簡直有些慘不忍睹，十分難看，甚至有些刺眼。

連劉宇飛站在邊上，看著賈似道專注的眼神都有些看不過去了，禁不住有些懷疑地嘀咕了一句：「不是吧，這樣的一件破瓷器，你也看得上眼？」

在劉宇飛看來，眼前這件瓷器，根本就沒有仔細去看的必要。暫且不說是不是有作舊的嫌疑，就拿現在市場上一些修補過的瓷器來說，就賣不出太高的價錢。別說是修補過的了，哪怕是完整的器物，釉色也還不錯的，除去幾個特別的種類之外，大多都是值不了幾個錢的。

眼前的這個筆洗，劉宇飛覺得顏色還是挺漂亮的，倒也符合他的審美觀。整體看上去，上面還佈滿了細小的裂紋，劉宇飛沒有對瓷器研究過，但也多少知道一些，這可能就是傳說中的蟹爪紋了。只是劉宇飛並不看好這樣一件破玩意兒，那是肯定的。

「要是元青花的話，即便是殘破的，倒也值得仔細看看。」劉宇飛接著歎了一聲氣，「至於眼前這件，難道你還以為是五大名窯？就是五大名窯，價錢也賣不過元青花吧。」

「錢錢錢，你就知道錢。難道你收藏的那些碧玉，在價錢上就能賣得過元青花了？」賈似道沒好氣地回了一句。一時間，劉宇飛倒是不知道說什麼好了，只能訕訕地笑著，乾脆觀賞客廳裏的傢俱去了。賈似道也不在意，連劉宇飛這個不收藏瓷器的人都知道元青花的昂貴，正如劉宇飛所說的那樣，即便是宋五大名窯的瓷器，在價格上也賣不過元青花呢。

在拍賣市場上即便不是元青花，一些諸如清朝康、雍、乾三代的瓷器，其價值也要遠遠高出五大名窯。但是，賈似道這個收藏的入門者，卻是對於宋代的瓷器情有獨鍾。

這倒不是說賈似道的見識怎麼樣，或者收藏的覺悟達到了什麼樣的級別。賈似道只是覺得，五大名窯的器型，無論是形態、顏色，後世都有廣泛的仿造，就好比現在比較受追捧的清三代瓷器，其中仿宋朝官窯的也為數不少。

這麼一來，在賈似道的心中，五大名窯的分量無形中就重了一些。再打量起手裏的這件筆洗，看著應該是一件老東西，至於具體怎麼樣，賈似道也說不上來。

也許是看到賈似道把玩了好一陣子也沒吭聲，而且眼神似乎總在瞄著那一個缺口，洪老太太似乎又想起了什麼，她走回到那個櫃子旁，伸手在裏面一陣摸索，取出了一塊瓷片，正是缺失的部分。

賈似道心裏有些欣喜，問了一句：「老太太，這東西我看著還行。可惜修補過了，一共碎成了六塊，而且您也看到了，就現在這品相，瞧著實在是不怎麼樣。您要是願意出手的話，價格可能不會很高。」

「小夥子，這東西我是不懂，家裏面除去這些桌椅，其他的要是你們想要，只要價格合適，我倒是都願意出手。」洪老太太說，「不過，老頭生前說過，這碗雖然碎了，卻也還值點錢。你就看著給吧。」

賈似道心裏一樂，這老太太倒也精明，自己不瞭解價格，只拿老頭子的話出來說事，完了還讓賈似道給價格。好在賈似道為人還不錯，並沒有故意往低開。要是賈似道開的價格實在是太低，老太太不滿意的話，到最後，賈似道還不是同樣收不上手？

讓賈似道比較尷尬的是，其實他自己也不太懂，只是比老太太稍微好一些，在瓷器的收藏上，算是摸著了一點兒邊。

「這樣吧，您上次讓給我的那套瓷器，我也小賺了一筆，這次是一件，而且還是碎了的，我還給您上次的價格，怎麼樣？」賈似道琢磨這樣的價格，即便是打眼了，也就當是支援老太太的生活了。

「小賈，你上次在這裏買過瓷器？還小賺了一筆？」好久沒關注這邊的劉宇飛這會兒問了一句，眼神裏有頗多不可思議。

「上回是我自己拿到古玩街去賣的，遇到了這個小夥子。」洪老太太對於賈似道給的價格也還算滿意，畢竟，不管東西究竟值多少錢，老太太不瞭解，沒有那個意識，當成尋常的古董，能賣個幾千塊的，她就覺得是很不錯的了。

賈似道當即付了錢，小心地把這個筆洗連同那塊掉下來的瓷片一起用紙包了起來。臨走的時候，剛出客廳，忽然想起了上回看到的那一抹深藍色。他便走近到台階，仔細看了看，還彎下腰去把那塊瓷磚抱了起來，用手摸了摸，入手還挺沉。其中的一角，也許是磕到了哪兒，有些殘碎，碎片自然是找不到了的，畢竟是擱在地上當台階用的東西，想要老太太把碎了的一角如同剛才那個筆洗一樣珍重地收著，實在是希望渺茫。

不過，倒是可以從斷面看得清楚瓷磚的胎很厚，大概有兩三釐米的厚度，上面還沾有一些泥土，用手把泥土拍去，沿著胎質露出來的缺口摸了一下，感覺質地很是細膩。

賈似道還特意地用自己的特殊感知能力探測了一番，那感覺和探測一塊精密的玉石一樣，裏面的每一處給他的感知都很統一，非常均勻。很難想像，在古代可以把一塊瓷磚燒造到如此程度。

這和現代超市裏的瓷器給賈似道的感覺，又有一些微微的不同。一時間，賈似道倒是有些弄不明白這塊瓷磚了。

「老太太，您知道這是件什麼東西嗎？」賈似道問了一句，從品相上來看，這玩意兒的確像賈似道猜想的那樣，是塊磚頭無疑，起碼單單從形態上來說，和賈似道在長城上看到的那種長城磚類似。

上面的青花圖案，似乎是一種纏枝的花卉，只是圖案看上去並不完整。但是賈似道左右上下地把這塊瓷磚瞧了個遍，除去邊上磕了去的一小塊，其他地方並沒有什麼殘損。著實是有些奇怪，這究竟是一個完整器物呢，還是某個器物的一部分？

「這我就不知道了，以前家裏好像沒有這件東西，我沒什麼印象。後來因為台階上的石板有些窄，我想著找個東西墊一墊，給弄得寬一點的時候，才發現了它，放著一試，正合適。就這麼一直放著了。」老太太回想了一下，「都有好幾

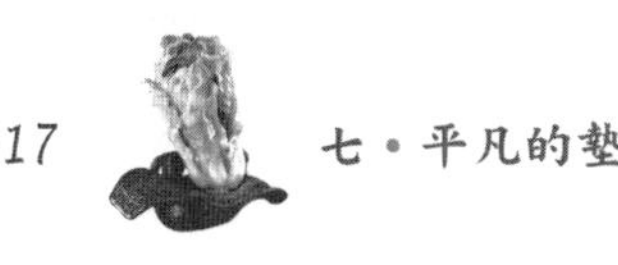

年了。」

「這也是件瓷器吧。」賈似道猶疑了一下，看著上面的青花顏色，覺得要比上次遠看的時候更讓自己心動，很多時候，古玩的真真假假，第一眼看去，就能大致有個判斷，於是，賈似道便問：「如果您願意的話，這件也賣給我得了。至於這個台階，我明天找個人來，幫您弄得平整一些。」

瓷磚終究是瓷磚，放在邊上擱著，再怎麼合適，和一整塊長條的石板比起來，還是有些不平整的。尤其是以洪老太太的年紀，萬一踩著瓷磚的時候重心偏了，也不能說沒有危險。

「這東西，你要是要，就拿去吧。」洪老太太倒是對這塊瓷磚不看好。

「這怎麼好意思呢。」賈似道再三推脫，好說歹說，最後塞給洪老太太三百塊錢，說是明天請小工過來的時候算作工錢，老太太才收下了。

出了洪老太太家的大門，劉宇飛看著賈似道手裏的瓷磚，倒是很形象地說了一句：「我怎麼覺得我們像是泥水匠啊，沒事拿著塊板磚玩！」

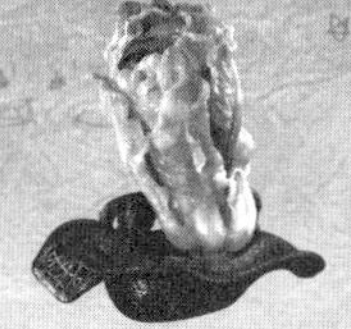

第八章

賭徒

究竟先切開哪一塊原石好呢？
對著眼前一大一小的原石，賈似道心裏猶豫。
就好比一個賭徒，面對著既定的賭局，
想要博得最大的利潤，也只能聽天由命了。
此時心中的忐忑不安，
和其他那些賭石玩家沒有絲毫的區別。

賈似道先把兩件瓷器帶回了租住的地方。這是劉宇第一次來賈似道在臨海的住處，他的表情就如同阿三第一次來的時候那麼驚訝，劉宇飛覺得以賈似道現在的身價，竟然還住在這麼一個地方，實在是讓人難以置信。

「你平時該不會是自己做飯的吧？」劉宇飛看著廚房裏有很多東西顯然有最近使用過的痕跡，便隨意地問了一句。

「是啊，你中午是不是還準備嘗一嘗我的手藝啊？」賈似道不禁有些得意，他可不覺得自己做飯是件丟人的事。因為時間接近中午，賈似道和劉宇飛正說話的時候，陳姐恰好回來。看到家裏還有客人，她不禁一愣，隨即笑著問了聲好，便開始忙活起來。陳姐的丈夫還在小商品城裏看著攤位，等著她送中飯呢。

「敢情有人給你做飯啊。」劉宇飛看著陳姐忙碌的身影，頗有深意地看了賈似道一眼。那意思是，陳姐做的飯裏，應該有賈似道的一份吧？

「說什麼呢。人家是做小買賣的，一家人租住在這裏，也不容易，可比不得你這個大老闆。我怎麼好意思老吃人家的啊？」賈似道解釋了一下，準備和劉宇飛一道出去吃點東西。臨海的速食還是很多的，味道不錯，價格也挺實惠。

「可是，這裏不是有三個房間嘛。另外那間是誰住的啊？」劉宇飛倒是好奇這麼一個合租的居所。光看賈似道和陳姐的年齡差距以及職業的差別，就足夠他探尋這裏面的樂趣了。或許在劉宇飛的眼裏，這樣的合租，應該是充滿了別樣的樂趣吧？

「她？反正你也沒機會看到她，和你說了也是白搭。」賈似道的話音剛落，客廳的大門就打開了，進來的人，正是在那個房間裏住的年輕女孩小吳。

賈似道一時間有些哭笑不得，一身休閒裝束的小吳只是看了賈似道一眼，至於邊上的劉宇飛，就像是沒有看到他的存在一樣，然後和陳姐打了聲招呼，就進到了自己的房間。

出門的時候，劉宇飛看著賈似道，眼神很怪異，嘴裏說著：「小賈，還真沒看出來，你一點都不老實啊。快老實交代，你和剛才那女的是什麼關係？我說你出門的時候，怎麼都表現得這麼正經呢，而且回到臨海，還住在這樣一個地方，原來是為了追求美女啊。」

那搖頭晃腦的模樣，看得賈似道都懶得解釋了。真不知道這樣的巧合為什麼會發生，連他自己都只是三天才難得見到一次的小吳，竟然會在這個時候回來，還剛好被劉宇飛碰到了。其實他和小吳很少說話，連她是做什麼工作的都不知道。

「不過，說真的，你的眼光還真是夠毒的，運氣也不錯。上回在盈江遇到的那個女的，咱就不說了，這次家裏這個，瞧那長相，也是絕對一流。」劉宇飛感歎了一句，似乎這樣的女人沒有讓他遇上，實在是可惜了。賈似道裝著什麼都沒有聽到，轉頭看向一邊去了。

簡單地吃過中飯之後，賈似道先找了一個小工，讓他去把洪老太太家的台階給修好了，才帶著劉宇飛來到了古玩街。

因為不是週末，人流量比不得大城市裏的古玩街那種熱鬧景象，賈似道和劉宇飛直接奔著目的地「周記」走了過去。

周大叔倒是在，而且聽了賈似道的介紹之後，周大叔對於年紀輕輕的劉宇飛也沒小看，尤其是在簡單地交談了幾句之後，他的眼中頓時放出了光彩。簡直就是知音啊！劉宇飛也是一樣的神態，兩個人大有相見恨晚的感覺，完全把邊上的賈似道給忽略了。

賈似道搖了搖頭，就在邊上待著，聽劉宇飛和周大叔討論有關碧玉的事以及收藏中的趣事，也是一種不錯的享受。

偶爾，賈似道把自己的眼神往二樓方向瞟上那麼一眼。那裏，才是賈似道帶著劉宇飛來到「周記」玉器店的最大目的。

賈似道不信周大叔會不帶劉宇飛上樓去，到時候，賈似道這個引見的人，自然也有機會大開眼界了。

不過，瞧兩人說得起勁的樣子，似乎完全沒有拿實物來探討一下的意思，賈似道卻心裏漸漸就有些焦急起來。

該不會是白忙活一場吧？要不要提醒一下兩個人呢？

正琢磨著呢，忽然聽到周大叔開始說起自己的藏品來，言語中還帶著幾分誇耀的意思。賈似道不禁立即豎起了耳朵，那也算是周大叔的得意之處了，尤其是他花了二十塊錢從一位收破爛的老人家手裏淘來了一口玉碗，那經歷就和書裏寫的一樣，玄之又玄。即便賈似道知道周大叔是斷然不會胡亂吹噓的，心中依然有些懷疑。

「周大叔，您能領我們去看看你所說的那口玉碗不？」賈似道情不自禁地脫口而出。

好像是到了這時，兩個人才注意到了賈似道一樣，周大叔微微一思索，便點頭同意了：「行，今天是小劉第一次來，遠來是客，我的確應該好好招待一下。走，我們上樓說。」

說著他便站起身來。因為阿麗不在店裏，周大叔先關上了店門，三個人踏著木樓梯上到了二樓。

二樓的景象，和賈似道想像中的有些差別，乍一看上去，絲毫沒有玉器店的感覺，更像是一個會客廳。周大叔隨手做了個請坐的手勢，劉宇飛一點兒都不客氣，一下就坐了下去。

這裏全部都是木質傢俱，木桌、木椅、木櫃，連樓層也都是木質的，顯得格外古樸。

和洪老太太以及衛老爺子兩家比起來，洪老太太家中顯得簡單大方，衛老爺子家中有書香門第的氣息，而「周記」的二樓，則給人歷史的厚重感！整個客廳的色調，也許是紅木的深沉顏色以及光線的問題，有些偏冷，一些木質傢俱上，木材的年輪清晰可見，更添了一些滄桑感。

周大叔走到邊上，打開一個壁櫃，木門之後，掩藏著的赫然是一個鑲進牆體的保險箱。

想來也是，好東西自然是需要特別保護的。賈似道看了這番景象之後，更下定決心，回去之後，就給自己的廠房那邊也安裝一個最高級別的保險箱。

周大叔小心翼翼地捧出一件又一件玉器，劉宇飛的心思很快就被吸引了過去。而賈似道更關注這個保險箱裏究竟有多少好東西，趁著周大叔還沒徹底關上保險箱大門的瞬間，往裏瞟了瞟，看到裏面的擺設還挺多，甚至保險箱不大的空間裏還分成了上中下三層。

劉宇飛正看著的玉器，顯然是從最上層取出來的。

注意到賈似道好奇的目光，周大叔也能猜到賈似道在想些什麼，更何況，上二樓還是賈似道最先提出來的呢：「小賈，你該不會是想從我這裏收幾件東西回去吧？我可告訴你，這裏面的東西可不便宜。」

說著，周大叔還意有所指地示意了一下保險箱。

「沒有，我就是好奇，想要多見識見識。」賈似道訕訕地笑著說。讓他現在就玩這種高價位的藏品，賈似道自覺自己的身家還不夠豐厚，哪天把巨型原石開出來，如果裏面的翡翠水頭足、顏色純正的話，倒是可以考慮考慮。

周大叔聞言，微微一笑，也不再多說，轉而把注意力投到了劉宇飛的身上。一個藏家的藏品，要是在同行面前能夠得到贊許，對於他們來說，就是一件快樂的事情。

賈似道打量了一下劉宇飛手中的玉器，是一支碧玉如意，樣式和上次賈似道在拍賣會上見到的嫣然拍賣掉的那一支差不太多。而中間的長條形茶几上，還擺放著三件玉器：一個墨水匣、一口玉碗以及一塊玉雕。

暫且不說前面兩樣，最先映入賈似道眼睛的，是那塊碧玉雕刻，器型不大，略大過拳頭，並且稍微高挑一些。

上面是幾個古代侍女，但是因為是在碧玉上雕刻出來的，在賈似道看到的一瞬間，腦海裏驀然閃過「小家碧玉」這麼一個詞來，實在是再貼切過不了。

「真是好東西啊。」劉宇飛把玩了一會兒手中的碧玉如意之後，不由得贊了一句：「周老闆的這支如意，無論是品相、材質，甚至工藝，都算得上是精品了。」

「哪裏哪裏，剛才聽小賈說，小劉你家裏的藏品那才是包羅萬象，有數千件之多，相比起來，我這幾件，有些小打小鬧了。」周大叔說話的語氣謙虛，但是臉上的神情卻還是頗為驕傲的：「如果有機會的話，我還準備去你那邊走走，到時候……」

「沒問題，如果周大叔您到了揭陽，只管來找我，到時候，咱們再好好交流一下。」劉宇飛很乾脆地應了一句，放下手中的玉如意，拿起了賈似道先前看上的那塊玉雕，對著上面的人物一陣讚歎，整個人完全癡迷了進去。

這個時候的劉宇飛，倒是讓賈似道有些羡慕起來。

能夠面對著一件藏品，把自己的心神完全沉浸進去，這種境界，可是現在的賈似道所達不到的。除非那東西是自己的，又或者其價值達到了讓賈似道詫異的程度。不然，就連賈似道開出了價值千萬的瑪瑙樹，他的心神都沒有如劉宇飛現在這般沉醉。

一來，賈似道對於瑪瑙樹缺乏足夠瞭解；二來，賈似道自己也還缺少收藏方面的經驗積累。

不過，這件碧玉的雕件，不用劉宇飛說，賈似道遠遠地這麼看上一眼，也能感受到雕件上的那幾個女子的淡淡風情，尤其是碧玉的材質，更把女子之間的閨趣淋漓盡致地顯露出來。

很久之後，劉宇飛也注意到了自己的失態，咳嗽了兩聲，以掩飾尷尬，看到賈似道那有些玩味的眼神，他不由得眉毛一揚，對著賈似道問了一句：「小賈，不知道你看見這麼件好東西，有什麼感觸呢？」

從開始到現在，都是劉宇飛和周大叔在說，對話中隨處流露的都是豐富知識的積累，而賈似道只是覺得看著挺漂亮的，能說出啥來？

而現在劉宇飛這麼一問，連周大叔都有些期待地看著賈似道，這不是讓他出醜嗎？

賈似道在心中狠狠地鄙視了劉宇飛一下，隨後，又看向這個玉雕，說了一句：「如果是用白玉來雕刻的話，上面的人物可能會更加豐腴一些，更顯得雍容華貴。而現在用的是碧玉，看上去，這幾個女子就多了幾分小巧雅致，充滿了靈動和秀氣。」

「說得不錯。」劉宇飛還沒有開口，周大叔先贊了一句，光是賈似道的這種直白的感覺，至少說明，賈似道是仔細欣賞過這件玉雕的。收藏一行，不懂不要緊，但是態度一定要端正：「小賈的一番話，雖然有些外行，但是，卻也把這塊碧玉雕件的意蘊說了出來。尤其是和白玉的比較，相當精彩。幾乎把白玉和碧玉的區別給說了出來。看來，小賈在這方面下了不少工夫啊。」

俗話說，不怕不識貨，就怕貨比貨。賈似道只能用白玉來比較，碧玉之中的一些細微差別，是專家們才能說得清楚的，最起碼也要劉宇飛這樣的愛好者才能深入瞭解一些。

有時候，古玩這東西，看得多了，上手多了，感覺就漸漸出來了。

「哪裏啊，我只是憑著感覺隨便說說而已。」賈似道謙虛了一句，卻看到劉宇飛嘴角的笑容有些肆意。

「小賈，說真的啊，還真沒看出來，你光憑感覺就能說得如此到位。看來，你很有成為一個收藏家的潛質啊。」劉宇飛把玩著手中的雕件說，「其實，這塊碧玉雕件最大的特點，就體現了一個詞：小家碧玉。小賈剛才這一番話，倒也說到點子上了。」

「這個我倒是知道，小家碧玉，大家閨秀嘛。」賈似道接了一句，「大凡形容一個女子，長得溫婉、秀麗、惹人憐愛的時候，大家就會說此女子是小家碧玉；要是女子容貌端莊、高貴、家庭背景不凡的話，大多會稱為大家閨秀。」

「沒錯，但是，說是這麼說了，那你知道『小家碧玉』一詞出自哪裏嗎？其中又有什麼樣的典故？中國古代的女子有著什麼樣的情懷？」劉宇飛一連串的問話，讓賈似道啞口無言。

「呵呵，說起來，我對碧玉的喜好，也已經好多年了，小家碧玉這個詞也經常用，但是說到出處，就連我，也還真是不知道呢。」或許是為了緩和討論的氣氛，周大叔不禁在邊上樂呵呵地說了一句：「小劉，既然你知道，不妨說說，讓大叔我也長長見識。」

「哪裏，我不過是有空時隨便翻了翻典籍而已。」劉宇飛先是謙虛了一句，臉上卻現出了嚮往的神色：「說起來，我喜歡收藏碧玉，其實也就是這幾年的時間而已。」

「你才多大年紀啊。」賈似道嘀咕了一句。

劉宇飛也不在意，繼續說：「我家裏的長輩，也就是我爺爺那一輩的人，還有幾個是喜歡軟玉的，只是近年來翡翠市場火爆，加上其豐厚的利潤，像我父親那一輩的人，整天都摸爬打滾在翡翠的世界裏，對於古玉，就像是碧玉、白玉一類的，倒是很少關注了。」

這話說來，也屬於很正常的情況。高古玉的價格，雖然不低，但是數量實在是太少，算得上精品的更是只有那麼幾件，大多在博物館裏陳列著了，普通人想要上手，實在是很困難的事，更別說擁有了。

而翡翠就不同了，靠賭石暴富發家的，賈似道聽到的就不止一兩個。雖然大部分的人都倒在賭石的道路上，傾家蕩產甚至家破人亡，但是其中的高額利潤依然讓很多人趨之若鶩。畢竟，人活著，總要穿衣吃飯，誰又不是為了利益在奔波著呢？而且，翡翠同樣是不可再生資源，最近幾年的價格一路走高，要是現在手頭有一塊極品翡翠，哪怕不馬上出手，自己留著，也能富及子孫後代！

思緒回到劉宇飛的話中，賈似道看到劉宇飛的神情，他說到了這裏，目光格外有神。

「至於說到『小家碧玉』這個詞究竟是從何而來的，這就要從我一次無意中翻看古代詩歌集的時候說起，那個時候，我對古文比較感興趣，看到過這麼一首小詩：

碧玉小家女，不敢攀貴德。
感郎千金意，慚無傾城色。

這應該就是『小家碧玉』一詞的最早來源了。寫這著詩的是一個女子，她是南朝——也就是南北朝的時候——汝南王的一個妾，她的名字就叫碧玉，姓劉。至於這首詩說的是什麼意思，就不需要我解釋了吧？」

周大叔聞言，把這首詩又重複地讀了一遍，似乎是在回味著其中的意趣。

賈似道的文言文水準也不低，如此直白的詩歌，大概的意思自然是能明白的，就是說我劉碧玉是個普通人家出來的女孩子，不敢高攀汝南王。但是我心裏卻很感謝郎君——也就是汝南王——對我的如千金般重的情意，只是很慚愧我沒有傾國傾城之色，是很自謙的一種說法。

「另外，在《紅樓夢》裏也有一段。賈寶玉曾經把晴雯比作小家碧玉，也是從剛才說的這個汝南王這個劉姓小妾的典故，賈寶玉在感歎晴雯的時候說了『汝南淚血，斑斑灑向西風』這句話，他把自己比作汝南王，把晴雯比作當年汝南王的那個妾，也就是劉碧玉。」說著，劉宇飛還咂巴了幾下嘴，看向賈似道的時候，問了一句：「怎麼樣，是不是很浪漫啊？」

不等賈似道回答，劉宇飛接著感歎了一句：「還是古代好啊，到了這會兒，美麗又如此有才情的女子，很難碰得到了。」

賈似道呵呵一笑，說了一句：「你劉大公子還愁找不到中意的女子啊。」他對劉宇飛的感歎嗤之以鼻。不過，話說回來，這麼一個常用的詞語，就能說出如此一段典故來，而且，劉宇飛還能在談話間信手拈來，足以看出，他對於碧玉的喜好和研究是如何專業了！

而賈似道的收藏之路呢？不要說賈似道了，就連邊上聽著的周大叔，此時也有些沉吟。正如他所說，普通的收藏，偶爾弄上手那麼三兩件，只不過是玩玩而已。就好比周大叔的藏品一樣，雖然不少，但其中很大一部分，肯定是要出手的。真正自己歡喜的東西，可能就是現在茶几上擺放著的四件了。

和劉宇飛這樣的藏家比起來，自然有些相形見絀，哪怕還沒有親眼看到劉宇飛究竟藏有什麼，那些藏品會給人如何的驚喜，光從他的言談舉止來看，劉宇飛是個執著於自己喜好的人。不然，誰會為了一個詞，去追根究底地找尋它的源頭？

劉宇飛說得輕巧，是無意中看到的，但研究積累的過程絕對不會像他所說的那般雲淡風輕。

而且，對於古詩，即便是看到了，要是不花點心思，也不太會記得住。就像賈似道，想要隨口吟出幾句來，除了大家都知道的那幾句，恐怕也沒有其他的了。

這個時候，賈似道倒有些羨慕起劉宇飛的興趣愛好來了，一邊是家中經營的翡翠生意，一邊是對於碧玉的追逐。從「天下收藏」的論壇上看到一枚玉佩就能馬上打電話向賈似道詢問，為了一枚掛件可以親自從廣東趕到揚州，再到現在的侃侃而談。雖然往日裏，劉宇飛的表現總是有些玩世不恭，但偶爾出現的專注，卻倍加顯現他的人格魅力。

當然，這些想法，賈似道也只是放在心裏想想而已，斷然不會說出來。

隨後，三個人又品評了那個碧玉墨水匣和玉碗，賈似道和劉宇飛便告別周大叔離開了。

一出「周記」的店門，劉宇飛那正兒八經的樣子立刻消失得無影無蹤，彷彿換了個人似的，賈似道只能搖頭苦笑了。

「對了，劉兄，既然你都解釋了小家碧玉了，那『大家閨秀』應該也有個出處吧？」賈似道似乎不經意地這麼問了一句。

「大家閨秀？」劉宇飛一愣，他拍了拍賈似道的肩膀，半真半假地說：「本人對於大家閨秀並不感興趣！所以，這個翻查古籍的任務，就交給你來完成了。對了，找到之後，別忘了告訴我一聲。」

「既然你都不感興趣了，那你還要知道做什麼？」賈似道沒好氣地說。

「這你就不懂了吧？」劉宇飛很淡定地說了一句，有些狡黠地問道：「剛才，我在裏面說的那些話，老實說，是不是把你給鎮住了？」

儘管有些不情願，賈似道還是點了點頭。

「這就對了。」劉宇飛雙手一拍，說道：「你想啊，連你這個準備入行玩收藏的人都能給鎮住了，那麼，我再用這些知識、典故去追求那些知性美女的時候，自然是如虎添翼、手到擒來了……」劉宇飛拍了拍賈似道的肩膀，「所以說，知識這東西，玩收藏的時候用得到，生活中，更是大把時候能用到，誰會嫌多啊。尤其是這種帶有浪漫色彩的，情啊愛啊的，更能充分體現出我劉宇飛的知識涵養！」

「得了吧，就你那樣，還涵養呢。」賈似道開始反思起自己剛才準備向劉宇飛學習的決定，是不是錯誤的。

「怎麼不是？要是在古代，我肯定是個風流才子，名滿天下，要是趕上和唐伯虎同個時代，也許就沒他什麼事了。」劉宇飛很大言不慚地說了一句，「不過，話說這劉碧玉還真是我的偶像。」

「僅僅是因為你喜歡碧玉？」賈似道好奇地問了一句。

「那倒不是。其實說起來，我喜歡碧玉，更多的是喜歡碧玉這種外秀而不過於濃厚，內清卻別具一格的特點。」劉宇飛思索著說，「尤其是像碧玉一樣的女子，更是讓人充滿了嚮往。儘管翡翠在色澤等方面，要比碧玉來得更豔一些，但我卻覺得它太冷。只有在家中，每一次看著那滿目的碧玉時，我才感覺找到了我生活的意義。」

看到賈似道似乎對於他的抒情有些心不在焉，劉宇飛換了個話題：「再告訴你一首關於劉碧玉的詩，怎麼樣？不想聽？不聽你可要後悔的啊。」

「說吧！」賈似道瞥了劉宇飛一眼，不就是一首詩嗎，不知道就不知道了，他還能後悔？

賈似道回答得如此直接，倒是有些出乎劉宇飛的意料，他猶豫了一下，才說道：「其實在《樂府詩集》裏，就有好幾首關於她的詩，不過，我最欣賞的，是這一首：碧玉破瓜時，相為情顛倒。感郎不羞難，回身就郎抱。嘿嘿，是不是感覺特別美，而且，很性感啊？」

賈似道略一琢磨，還真是這麼一回事，這可是中國古代的女子啊，也難怪以劉宇飛這樣個性的人，會如此心神嚮往了。

把劉宇飛送上去往揚州的車之後，賈似道一個人回到了住處，往床上一躺，睜著眼睛看著天花板，有些出神。

下午發生的事，雖然很尋常，但對於賈似道來說，觸動卻不可謂不大。他的生活遇到了一個坎，工作辭了，錢也有了，時間一大把，他還要追求一些什麼呢？

仔細看了看自己的左手，中指上那一圈印跡，是當初觸電後，在原來戴戒指的地方留下的印跡，依然清晰。他腦子裏一會兒想著像周大叔一樣開一家店，安穩地過日子；一會兒又想著像劉宇飛一樣，執著於自己的喜好，在全國各地忙碌著。

漸漸的，對於自己以後的發展，賈似道頭腦中倒是一點點地清晰起來。嘴角正翹起呢，手機鈴聲響起，賈似道才回過神來，看了一下號碼，眉頭不由得一舒展，嘴角的笑意更加濃了。

和想清楚了自己今後的發展那一瞬間的會心微笑不同，此時的賈似道，臉上是純粹的快樂笑意。他按下接聽鍵，裏面傳來軟軟的一聲：「小賈哥哥，你在做什麼啊？」話語裏，竟然還透著一股埋怨。

賈似道明知道對方看不到，依然是情不自禁地搖了搖頭，說道：「在睡覺呢。」

「這麼早就睡覺了啊……天還沒黑呢，你沒騙我吧？」似乎很是懷疑，電話那頭的人可能探頭看了一下外邊的天色，停頓了一下，才輕聲嘀咕了一句：「要是午睡的話，也不該睡到這麼晚啊。」

雖然是輕聲嘀咕，不過手機沒有挪開，或者是故意說給賈似道聽的，賈似道很清晰地聽到了這句話，他不禁「噗哧」一笑，說道：「好了，果凍小朋友，你這回找我又是為什麼啊？我可告訴過你了，那套瓷器我不打算出手。」

果凍，是賈似道在「天下收藏」論壇上遇見的另一個古玩愛好者，因為當初賈似道把從老太太那裏收購的清宮五供香爐瓷器拍照傳了上去，小姑娘還窮追不捨了幾次。

「不許叫我小朋友。我叫李甜甜。」電話那頭的果凍，恨恨地反駁了一句。不過，話是這麼說，賈似道硬要這麼稱呼，她也沒有辦法。想要掛上電話吧，說起來，還是她先找的賈似道呢。

隨著她太爺爺九十大壽的日子臨近，這小丫頭想送給太爺爺的禮物到了今天

也還沒準備好。在第一次給賈似道打過電話、想收清宮五供未果之後，果凍在網路論壇上找了不少看著喜歡的玩意兒，大多是瓷器。不過，小姑娘的用心很好，結果卻很無奈，一件也沒收上來。

中間的一段日子裏，賈似道還曾告訴過果凍，她人在上海，可以去城隍廟那邊看看，小姑娘倒是興沖沖地去了，回來的時候，也帶回了一件瓷器，是一個抱月瓶，乍一看上去還挺漂亮的，待到小姑娘拍了照片傳到論壇上讓賈似道一看，那玩意兒就是個一眼假的東西。

唯一值得慶幸的是，小姑娘還算聽話，賈似道告訴過她，買東西的時候，喜好是一方面，出手的價錢最好不要超過兩三百塊錢。反正是送給老人家的東西，自己眼力不夠，表表心意也就可以了。

花兩三百塊錢，獻一份孝心，想必老人家也不會見怪的。相反，還會覺得小姑娘的用心良苦。

只是賈似道這麼想，果凍可不這麼覺得。她得知之前買的抱月瓶是現代仿品，而且還僅僅是一般的仿品之後，那個鬱悶就別提了。她就繼續把主意打到了賈似道的那套瓷器上。誰讓小姑娘忙活到現在，也就是賈似道還算和她聊得來呢？

「小賈哥哥——」那聲音甜膩得幾乎讓人發軟。

「好了，不就是不讓喊你小朋友嗎，行，那就喊小丫頭好了。」賈似道回了一句，不管電話那頭抗議聲聲，他無奈地問道：「說吧，這回究竟有什麼事要我幫忙啊？」

上次小姑娘這麼喊的時候，賈似道就有些吃不消，只說了一句：「你的聲音還真是甜甜的啊，讓人感覺有些膩了，該不是和誰說話都是這樣的聲音吧？」誰知道，小姑娘很沒心沒肺地問了一句：「你怎麼知道我的名字啊？」

那會兒賈似道正喝茶呢，差點沒嗆著。

幾次電話通下來，賈似道倒也摸出規律了，只要小姑娘一發嗲，聲音一軟，接下來肯定就是請他幫忙了。

果然，就在賈似道的話剛一出口，果凍就重重地應了一聲：「嗯，還是小賈哥哥最好了……」

「行了，說正經的。」賈似道想著，似乎除了讓他出讓那套瓷器，又或者請賈似道幫忙給她尋找一件壽禮之外，應該沒什麼別的需要幫忙的了吧？

「其實，這回不是我要找你幫忙的，是我太爺爺。」果凍說了一句讓賈似道頗為驚訝的話。

「你太爺爺？他又不認識我，找我做什麼？」賈似道很疑惑。

「他是不認識你，不過，我把你那套瓷器的照片給他看了啊。」果凍很認真地說，「太爺爺開始的時候，還誇我的眼光好呢。」

賈似道的腦門開始出汗了：「我說小丫頭，你該不會是先斬後奏了，跟你太爺爺說，要把這套瓷器送給他吧？」以果凍電話中的表現來看，說不定她還真能做出這樣的事情來。

「怎麼可能啊。我送給我太爺爺的禮物是要保密的。再說了，我太爺爺的生日還沒到呢。」果凍很不屑地說了一句。

賈似道聽了一陣無語，心說，就你那麼積極地滿世界找瓷器，你太爺爺又不笨，猜不到你要送什麼才怪呢。

當然，這話賈似道是不會說出來的，生怕傷了小丫頭的心，便裝著好奇的樣子，問了一句：「那你知道你太爺爺看了瓷器之後，為什麼要找我嗎？」

「不知道。」果凍很老實地答道，「本來太爺爺還挺高興的，可是看著看著，就有些激動了，還抓著我的手問我這圖片哪來的，我只好全部坦白了。我本來還琢磨著，讓太爺爺看看東西是不是真的呢……」

「然後你太爺爺就跟你說，想要見我？」賈似道心裏的疑惑更重了。如果說，那位太爺爺是看到清宮五供之後，心裏很喜歡，想要收藏的話，也不該有這樣的表現啊。從果凍的隻言片語中，賈似道完全可以想像，那位太爺爺至少應該是衛老爺子這個級別的收藏愛好者，犯不著為了一套清宮五供就如此激動。

放下心裏的疑惑，想到果凍的最後一句話，敢情小丫頭一直以為這五件瓷器是一般的東西，值不了幾個錢啊，這才去找她太爺爺掌眼！難怪在知道是真品之後，這回通話中，絕口不提自己準備收購那套瓷器了。

對於小丫頭的心思，賈似道只能是在心裏覺得有些好笑。不過，年輕嗎，不就應該是這樣？正琢磨著呢，耳邊再次傳來一聲「小賈哥哥——」，頓時讓賈似道的耳朵都有些嗡嗡作響。

又來了，賈似道不知道是享受還是痛苦，說道：「我說甜甜小姐，你又怎麼啦？」

「我太爺爺都快九十歲了，走動起來可不太方便呢，你看是不是……」賈似道聽著聽著，覺得小丫頭的聲音越來越小了。略一思索，他就明白過來，估計是為了完成約見賈似道的任務，並且給她太爺爺方便，小丫頭這會兒是想要賈似道到上海去呢。真是個孝順的小丫頭！

「行了，我明白你的意思了。如果你太爺爺不著急的話，我過陣子就抽出時

間去一趟上海好了。」本來賈似道還準備和那位太爺爺通個電話的。不過，既然果凍並沒有提出來，那應該就是電話裏說不清楚的事情了。小丫頭看著迷糊，實際上可精明著呢。

就像剛才，小丫頭不直接說讓賈似道去上海，而是拐著彎地說起她太爺爺行動不便。比起一般的說辭，這話無疑透著一股機靈。

接下來，果凍先是贊了賈似道一句，臨掛電話卻狠狠地惱了賈似道一句，說賈似道到現在為止，都沒有主動給她打過電話，小丫頭心裏老大不樂意了。

好在賈似道這會兒，心裏還在琢磨著那位太爺爺的心思呢，他看了看窗邊的櫃檯上，放著早上剛從洪老太太那邊收過來的一個筆洗和一塊瓷磚，心裏一動，是不是可以把這兩件瓷器也帶到上海去，請那位太爺爺看看呢？

如果在臨海的話，賈似道也只能去找衛老爺子掌眼了。這麼一來，阿三肯定會知道。如果是兩件打眼貨，那也就罷了，沒什麼好說的。如果又撿漏了什麼好東西，到時候反而解釋不清了。財富這東西，稍微顯露一下，人家會說你富有。而富到一定程度，卻會說你在炫耀，遭人嫉妒。收藏恐怕也是如此吧？

賈似道的嘴角露出一絲苦笑，別人都是愁自己收上來的東西真品太少了，而他遇上真品反而不敢拿出手。

到了晚上，賈似道先是好好地吃了一頓，然後再美美地泡了一個澡，才一個人來到城東的廠房裏。那份隆重，就像是要去相親一樣。當然，這時廠房裏絕對不會有美女出現。但是賈似道的心情，卻要比去見美女更加激動和期待！

究竟先切開哪一塊原石好呢？對著眼前一大一小的原石，賈似道心裏微微一猶豫，就選擇了先把小的那塊切開。不管是垮是漲，就這麼直接切開了。凡是被運到了廠房裏的原石，賈似道都用自己的特殊感知能力探測過。要是沒有一些吸引賈似道的地方，他也不會出手購買。所以，現在這個廠房裏，如果還進行擦石，對於賈似道來說，完全是多餘的。

這個時候的賈似道，就好比一個賭徒，面對著既定的賭局，想要博得最大的利潤，也只能聽天由命了。此時心中的忐忑不安，和其他那些賭石玩家沒有絲毫的區別。

好在翡翠的質地他是可以預先知道的，所以，在準備切石的時候，完全可以按照質地的走勢來進行。賈似道恐怕是世上最好的切石工了，對於一塊原石的內部結構，再沒有誰會比賈似道更加瞭解。

不過，在切石之前，賈似道還是對著邊上那塊巨型毛料看了又看，眼神中有

些無奈。要不是沒有趁手的切割機，賈似道還真準備現在就把這塊巨型毛料給切開來。相比起小一號的灰卡玉石，賈似道對於巨型毛料的期待無疑要更大一些。

畢竟，灰卡玉石切開來之後，質地是冰種，那是肯定的，相對於巨型毛料的玻璃種來說，價值就要低一些，再論起個頭，巨型毛料的賭性自然要大許多。

再一次仔細地看了看即將要切開的原石，以賈似道現在的眼光來看，也多少能看出一些門道來。表皮的斑駁、松花的鬆散，無一不顯示著這塊毛料內中的情況不容樂觀。

但是，誰能想到，就在這樣表現不好的原石中，裏面的質地會是冰種呢？

為了保險起見，賈似道又特意運用了一次特殊感知能力，還好，感覺和在騰沖的時候一模一樣。賈似道自嘲地笑了笑，難道這原石內的翡翠質地還能在這麼幾天的時間裏生出變化不成？看來，即便切的是小塊的毛料，賈似道心中的那份緊張，同樣是存在的。

他拿起小型切割機，在灰卡玉石的表皮上慢慢地開動。僅僅一刀，以賈似道對於原石結構的瞭解，就可以直接把翡翠的部分給切出來，然後通過這個切開來的窗，就可以清楚地看到整塊原石內部的情況了。

只要窗口位置合適，不要說冰種了，就是一般豆種的透明度，打上強光手電筒之後，在一些賭石行家眼裏，原石內部的結構同樣是無處遁形！這也是開了窗之後的毛料，被稱之為半賭毛料的原因。

這樣的毛料，賭性雖然還有，但比起全賭的翡翠毛料來說，卻是小了很多。

當然，還有一些所謂的明料，就是直接把翡翠原石給全部切開來，再把石質部分完全剔除，留下純粹的翡翠。這個時候，只要根據翡翠的質地、種水以及形狀大小，就可以去規劃製作成品了。這樣的全明料，價格無疑是最高的。

當然，相比起翡翠的成品銷售來說，像劉宇飛家的「劉記」這樣手裏掌握著設計師、頂級打磨工匠資源的珠寶公司，只要是在合理的價位之內購買全明料，也還有很大的利潤。

賈似道要做的，就是出售全明料的買賣。

看著眼前的翡翠原石的一角完全被切開了，賈似道迫不及待地湊上前去觀察起來。

猛一入眼，卻是沒有什麼綠意，相反，還有些黃，而且黃得很不純粹。水頭也有些乾，看上去有點澀。如果以這樣的色彩、水頭來製作翡翠成品的話，恐怕只能是普通的價格了。當然，這裏指的是A貨。至於那些B貨C貨，賈似道是完全不屑於做的。

說到底，那些大眾化的東西，是用來蒙人的旅遊產品，並沒有什麼收藏價值，僅僅是戴著好看而已。一趟雲南之旅回來，賈似道的鑒賞眼光提高了很多，翡翠收藏的起點也提高了不少。哪怕是眼前這樣的冰種翡翠，顏色、水頭都不太好的話，在賈似道眼裏，同樣不具備任何收藏價值。

在價錢上，從購買這塊原石的花費上來說，賈似道賺上一筆是沒有什麼疑問的了。

不過，就在賈似道有些灰心，想當然地認為整塊翡翠都是這樣的時候，不經意的一瞥，卻給了他一點希望。在平整的切面上，幾乎大部分都是不太好的黃色，甚至還有些斑雜。但是，就在切面的一角，隱隱地顯露出一絲綠意。雖然不是很濃翠，卻有些喜人。

賈似道找來手電筒，打上光進去看了看，原石內部靠近出現綠意的一側，果然出現了更多的綠色。到了這會兒，賈似道的心裏有底了，花了半個多小時的時間，用角磨機把靠近綠色翡翠那一側的原石外表皮一點點地切除。

雖然切面很粗糙，但是淋上一些清水，一條漸行漸粗的綠色帶赫然出現在眼前。

黃陽綠！賈似道心頭一喜。

整條色彩從最初的切面開始，僅僅還是一條線，但是漸漸的，卻慢慢變到手指粗細，再出現急劇增大，有嬰兒的手臂大小，而且更為重要的是，隨著這一條綠色帶的出現，翡翠的水頭也越來越好，原先的那種乾澀徹底消失不見，轉而出現的是清透。應該能值不少錢了吧？

賈似道嘴角笑意滿盈。他小心翼翼地把整條綠色帶部分給切了出來，越看越愛不釋手。賈似道還是第一次這麼長時間地把玩著純天然的、沒有經過任何雕刻的翡翠呢。翡翠的冷豔咄咄逼人，魅力無法阻擋。

至於邊上的淡黃色以及附著雜質和斑點的翡翠，賈似道卻是有些看不上眼了。儘管這些部分要是全部賣出去，倒也能值幾萬塊錢。

賈似道眼珠一轉，把這些顏色不太純淨的翡翠也給全部切了出來，和邊角料一起堆放著。腦子裏盤算著，把這些東西賣到「周記」去，倒是不錯的。

這樣可以堵上阿三這些熟人的嘴，至少賈似道這一次雲南的賭石之旅，還是沒有全部賭垮，好歹還切出了一些翡翠來。而對於賈似道現在的身家，也是一個很好的掩護。

手上的這條長度有二十釐米左右、一頭細一頭粗的黃陽綠翡翠，讓賈似道感覺到有些難辦。如果現在阿三聯繫到的大型切割機運送過來了，付了錢之後，賈

似道就是個窮人了。別看卡裏原來有一百五十萬，機器一買，廠房一租，就不剩下多少了。

賈似道都還沒買房呢，缺錢啊！看了看時間，有點晚了，賈似道想了一下，先安心地睡上一覺，到了第二天早上，才給省城的李詩韻打了一個電話。也不知道這麼幾天過去，她們一行人是不是已經從雲南回來了。

聽李詩韻電話裏的口氣，似乎情緒不太高。賈似道假裝關心了一下，多問了幾句。李詩韻倒沒有什麼隱瞞，說這一趟雲南之行，除了嫣然賣給劉宇飛的那塊原石著實賺了一把，後面上手的原石卻是垮了的居多。

楊總、金總這樣的行家都紛紛切垮，到了最後，他們都不敢再在盈江直接切石，而是托運回自己公司再行處理。李詩韻這個新手，只能帶著兩塊表現一般的毛料回到了杭州。

「那這兩塊翡翠毛料已經切開了嗎？」賈似道急切地問了一句，轉而明白過來，說道：「瞧我問的，李姐出馬，自然是賭漲了。」

「哪有你說得這麼好運氣啊。其中的一塊就是廢料，那兩萬塊錢算是白花了，還貼了不少運費呢。」李詩韻有些無奈地說。不過，既然已經切開來了，那麼肯定是兩塊原石都解開了。李詩韻並沒有提另一塊原石是什麼情況，賈似道也不會無趣到主動去問。

如果不是李詩韻對賈似道的印象還不錯的話，想必連這一塊切垮了的消息都不會和賈似道說吧？

「對了，李姐，我也從盈江那邊帶回來一些毛料。」賈似道看似無意地說了一句。

「真的？」李詩韻心裏一動，馬上就明白了賈似道的意思：「你姐這邊，銷售的一般都是中高檔的翡翠飾品，以中檔為主。不過，你老姐倒是有心想要向高檔翡翠市場衝一下。」

她的意思不言而喻，就是一般品質的翡翠她完全可以自己搞定，無非是缺少一些極品翡翠原料而已。由此，賈似道也得到一個資訊，李詩韻的另外一塊毛料，即便賭漲了，質地也不會太好，興許也就是豆種陽綠翡翠之類的了。

市場上可是有「十青九豆」的說法。

如果原石的個頭足夠大，接下來的一段時間裏，李詩韻的珠寶行倒是不用擔心中檔翡翠的原料問題了。想到這裏，賈似道的臉上浮現出一絲淡淡的笑容。中檔翡翠原料不需要沒有關係，冰種的黃陽綠，可算得上是高檔翡翠了。

畢竟，市場流通的玻璃種滿綠翡翠實在是少之又少。偶爾出現，最後也都到了一些藏家的手上，就像曇花一現，就被藏家們鎖進了保險櫃。這也是沒辦法的事，一副手鐲就是幾百上千萬的價格，足以讓普通的富翁望而卻步。

而翡翠中真正值錢的，真正有收藏價值、保值價值的，無疑又都是這些極品翡翠。

賈似道剛切出來的這段翡翠，只要李詩韻的手下有好的設計師，有好的雕工，冰種黃陽綠的手鐲是切不出來了，但是其他的一些產品，比如冰種黃陽綠的翡翠珠鏈、手鏈、項鏈，在材料上都是足夠的，甚至還可以製作胸針、耳釘，價值也是頗為可觀的。

賈似道粗略地估計了一下，設計得好的話，做出的成品，光是一條翡翠項鏈，恐怕就能值個百來萬。當然，賈似道出售毛料的話，卻斷然沒有可能賣到這個價格。估計能出手七八十萬就算不錯了。難道要自己開工，把翡翠項鏈做出來再賣？

很快地，賈似道就搖了搖頭。如果只是一件兩件的話，賈似道還能做得出來。憑藉著特殊能力的感知，在切割打磨的過程中，賈似道無疑有著得天獨厚的優勢。只要花點時間，學習一些技巧，應付手鐲、戒面這樣的簡單雕工還是可以的。

但是，銷路卻是賈似道的一大障礙。東西有了，賣不出去也是白搭。而且，賈似道現在需要的是快速的資金回籠。

平靜了一下情緒，賈似道便約上阿三，把那些準備好的翡翠一股腦地打包到了「周記」玉器店。

在臨海這樣的地方，高檔的翡翠成品成交量還是很少的。尤其是像「周記」這樣開在古玩街的玉器店，一個月半個月的能有一筆較大的交易就算是不錯了。倒是「周記」二樓的幾件藏品，會被一些收藏愛好者惦記著，經常到「周記」來和周大叔聊一聊。

不過今天周大叔不在。賈似道和阿三、阿麗一商量，便按照市場價格成交了。反正賈似道也指望在「周記」能賣到多少錢，倒是阿麗對於賈似道能夠賭出冰種翡翠來非常好奇。阿三聞言，笑著在邊上解釋了一句，賈似道可是高價買回三塊原石的，其中甚至還有一塊重達三噸，阿麗就釋然了。

賭石和其他行業一樣，高價收購原石，賭性自然要大一些，開出一些冰種翡翠來也很正常。尤其是賈似道拿過來出售的翡翠原料，雖然質地還不錯，種水和顏色卻很一般，阿麗只付了五萬塊錢。如果這樣的情況都還要被人懷疑的話，那賈似道乾脆不要玩這一行好了。

也許是看到阿麗那釋然的笑容，賈似道的心中淡定了不少。這不正是他想要看到的結果嗎？

隨後，賈似道也和阿三、阿麗說起了此次的雲南之旅，特別說到嫣然賭來的一塊毛料經過擦石和開窗之後，從一百萬漲到了八百萬。雖然說得平淡，卻也著實讓阿三和阿麗狠狠地羡慕了一把。

說到這裏，賈似道還留了個心眼，看了阿三一眼，卻發現他已然完全走出了追求嫣然無果的影響，表情上並沒有特別的變化。賈似道也只能是感歎一句，有些人對於感情上的事，的確要比他看得開。

當他接著說到那塊八百萬的原石，最後切出來卻價格大跌，只能收回一百幾十萬塊錢時，阿三和阿麗先前興奮的神情就如同毛料切垮一樣，瞬間跌回到現實中來，只能感歎著賭石的神奇和不可預測了。

阿三本來還準備留在「周記」裏幫阿麗一些忙，聊聊天也好，不然阿麗一個人在玉器店裏待著也實在是無聊。不過，阿麗卻推了阿三一把，還別有深意地看了阿三一眼。

阿三二話不說，匆匆地跟在賈似道身後出了店門。

「我說阿三，你不是說好留下的嗎，怎麼又變卦了？」賈似道聽到身後的腳步聲，有些玩味地問了一句。

「那個……」阿三略一猶豫，就說：「我是想提醒一下你，過兩天就是月中的聚會了，到時候你可不要忘了。」

「怎麼會，我人都在臨海，又不去哪裏，還不是一個電話的事？」所謂的月中聚會，其實就是同城的幾個大學裏的同學校友在一起吃頓飯、唱唱歌，保持聯絡。

「說的也是。」阿三自覺也有些過分操心了，神情一滯。賈似道覺得這傢伙有點想說些什麼，又不好意思說的感覺，他用疑惑的眼神看著阿三，正想問呢，阿三被看得有些不舒服，說道：「賈兄，你既然把原石都解開來了，那你租的那個廠房，還有什麼其他的打算嗎？」

「你怎麼問起這個？」賈似道心裏一動，說道：「剛才，還要謝謝你呢。」

「哪的話啊。」阿三瞥了一眼身後的「周記」，自然明白賈似道話裏所指的是他沒有說出瑪瑙樹的事：「你拉我一起來，不就是為的這個嗎，我明白，財不外露嘛。」

「對了，你問起那個廠房，是不是你那個親戚變卦了？」既然阿三這麼問了，賈似道直接說到正題。

「那倒不是。」阿三說，「我那個親戚已經去杭州了。不過，就在昨天，周大叔也收到了那個廠房要出租的消息，昨晚來找過我。聽說是你租用的，大概地問了一下你的情況，我也照實說了。今天，我看阿麗的意思，似乎是想讓我幫忙問一下，你是不是有轉租的意向……」

「周大叔租廠房想做什麼？」賈似道問。

「還不是和你一樣。」阿三看了賈似道一眼，說道：「只是他賭翡翠毛料很少，家裏的其他石頭倒是蠻多的。也許是想要開個加工廠吧。而且，『周記』的中低檔玉器，口碑還不錯，我看周大叔的意思，似乎是想進一些翡翠原料自己加工。這不，他早上就去揚州了，準備找幾個雕工回來。」

「自己開加工廠？」賈似道嘀咕了一句，點了點頭，要是有一家店鋪，自己開個小型加工廠倒是不錯。不過，周大叔還賭其他的石頭？賈似道的腦海裏頓時閃過第一次在「周記」賭石的時候，看到的那間小小的加工室，裏面的石頭就不是翡翠毛料，他不由得好奇地問了一句：「阿三，你知道周大叔店裏還有些什麼石頭嗎？」

「我當然知道了。」阿三大大咧咧地說，「別看周大叔經營的是玉器生意，不過，四大名石一類的，他也很上心的。『周記』後面的加工間裏，就堆著不少雞血石，怎麼，你不知道？」

「昌化雞血石？」賈似道倒是知道這個，好歹他是浙江人，四大名石裏的昌化石、青田石，可都是在浙江境內的啊。而且，福建的壽山石產地，離浙江也很近。有點遠的，就是產巴林石的內蒙古了。

阿三點了點頭：「有機會去找周大叔要實物來看看吧，那可是完全不同於翡翠的石頭，很有特點。我要是手頭有點錢的話，都準備弄幾塊回去呢。」

賈似道不禁莞爾！回到住處之後，賈似道琢磨著有機會的話，倒是可以去這四個出產名石的地方看一看，但是現在，還是先把巨型毛料給切出來吧。阿三最後說，切割機可能還要再過一周才能到，賈似道缺錢，可等不了這麼長時間。

而且，到了這會兒，賈似道也算摸著一些門道了。像他這樣，一回到臨海就又是買切割機又是租廠房的，實在是有些興師動眾，惹人注意也是難免的。不如搞個地下室偷偷地進行，更加隱蔽一些。

當然，這一切的基礎，還要建立在賈似道的手頭有足夠的流動資金。事情轉了一圈，還是需要賈似道去賭那一塊巨型原石中翡翠的成色。不過，好事多磨，這幾天的經歷，從最初的衝動到現在的沉穩，賈似道倒是覺得自己越來越有收藏愛好者的樣子了。

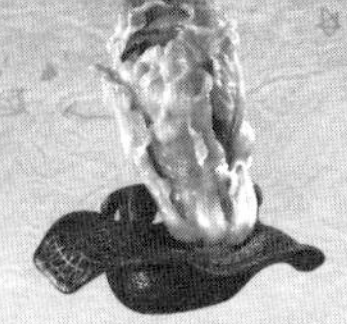

第九章

價格不菲的翡翠

李詩韻看得分外驚喜，
打量這翡翠的粗細和大小，心中一盤算，
應該能切出十來副大小不一的玻璃種豔綠手鐲。
其整體的價值足以讓李詩韻望而卻步，
這可不是幾百萬或者上千萬的價格就能拿下的。

為了切開巨型原石，下午的時候賈似道還特意睡了一覺，到了這會兒夜深人靜的，賈似道的精神從未有過的充沛。看著眼前的這塊巨型原石，賈似道盤算著，如果解開來出現綠色，那麼這一百五十萬賺上幾倍，是肯定的了。要是沒有出現綠色，只要上面不摻雜太多的棉點或者被沁入黑色斑點，同樣可以小賺一筆。畢竟，這可是玻璃種的翡翠，體積還是如此巨大。

要是能出現幾條類似先前那塊冰種翡翠中的黃陽綠色帶，賈似道都不敢想像，這樣的一塊巨型原石究竟可以價值幾何！

唯一需要擔心的，就是賈似道的精神力，足不足以支撐他把這塊巨型原石完全地探測一遍了。不過，好在賈似道今天晚上並不打算把原石全部切開來，一來他沒有這樣大型的工具，二來他實在是不敢冒這個險。

特殊感知能力可是他以後發展的根本，要是因為精神力使用過度而出現什麼後遺症，賈似道都不知道自己以後還能不能再去賭石！

深吸了一口氣，賈似道根據自己的印象，知道巨型原石稍小的一端玻璃種的質地明顯要差上一些，儘管這一端的外皮上出現了一些淡淡的綠意，內在的實際情況卻僅僅是靠皮綠而已。

質地最為突出的莫過於在原石大頭的那一端以及中間部分，尤其是大頭一端到中間約三分之一位置的地方，那種清純透徹的感覺，賈似道至今仍然印象深刻。上一次也就是探測到那一段的時候，他的精神力消耗殆盡，腦袋也有些暈。

這一次，賈似道站在大頭這一端，把自己的左手中指放到原石的表面。他集中注意力，緩緩地開始了新一輪的探測。

最先的感覺依然是一片石質，而且厚度還不小，約莫過了七八釐米才漸漸地開始出現一些翡翠的感覺，只是微微有些怪異。賈似道略一比較，就明白過來，這部分的翡翠應該屬於那種石頭與翡翠交錯咬在一起、不分彼此的那種。

再往內延伸一些，卻是豁然開朗，玻璃種的感覺再度浮現在賈似道的腦海裏。而且，幾乎是成團的形狀，這種質地佈滿了翡翠原石的內部。要是單純從質地角度來看，除去外皮稍微有些厚之外，找不出任何缺點來。

心裏有底之後，賈似道便收回了左手，從旁邊拿起了小型切割機，開動砂輪，在巨型原石上切割起來。因為知道這部分的外表皮比較厚實，賈似道也無需太過小心，大膽地切割著，直到距離深入了五釐米左右，才小心來。

別看賈似道幹得大刀闊斧挺起勁的，此時手臂卻已經開始痠了。

他停下來，苦笑著甩了甩右手，看著白花花的切面，休息得差不多了，才再度開工。沒過多久，石頭與翡翠交錯的情景就赫然出現在眼前。淋上一些清水，打上手電筒，往內照了一下，通透度還算不錯。綠意微微有一些，卻不太濃翠。雜質也多了一些，而且白棉的比例有些大，石頭和翡翠之間更是錯綜複雜。至少以賈似道的切割水準來看，想要把這些鑲嵌在石頭中的翡翠給乾淨地挖出來，那是不可能的。

賈似道只能再度依靠自己的特殊感知能力，對原石又進行了一次探測，這回不是去感知其中的翡翠質地，而是需要精確地判斷出石頭和翡翠相交的部分究竟有多厚。

這些部分要是單獨切割出來，拿到「周記」去賣，可以換回來不少錢，絕對不會比上午的五萬塊少。想想這都抵得上以前工作時兩年的工資了，賈似道也就不得不耐著性子去切割了。

好在這部分的厚度只有三四釐米而已，相對於整塊翡翠原石來說，實在不算太厚。賈似道在原石上比劃了一下切割機砂輪的大小，想要一刀切下來是不可能的。想要繼續往裏面切割的話，要麼把這部分一點點地剖掉，要麼就把原石支撐起來，用砂輪在這個切面往內三四釐米的地方繞上一圈。

不過，怎麼樣才能把重達三噸的原石給支起來呢？

「啪」的一下，賈似道拍了拍自己的腦門，嘴角流露出一絲自嘲的微笑。這部分又不是極品翡翠，即便切割成幾個小塊也無損其價值。

想通了之後，賈似道手腳快了起來，在上半部分繞了個小半圈，然後再從中間橫切一刀，攔腰截斷。這麼一來，這部分的翡翠被分成了兩個半圓。賈似道還來不及把下半部分切割出來，巨型原石中極品的玻璃種質地就已經完完全全地顯露了出來。

猛一入目，感覺就一個字：綠！

賈似道的眼前，有那麼一瞬間，被一整片的綠色映滿，並且那綠意如此深邃，幾乎要從原石中透體而出，直逼賈似道的眼底。

他迫不及待地淋上清水，那份綠意就更加咄咄逼人了。

更讓賈似道欣喜的是，這份綠意幾乎遍佈整塊翡翠，綠成了一片。如果說在賭石的時候，看到原石的表皮有成片的綠色的話，買家還會小心地判斷這是不是靠皮綠。但是，當原石切割開來之後，任何一個買家，無一不會希望看到一整片的綠。

畢竟，成片的滿綠相對於原石中只出現幾條綠色帶，無論是在價值上還是在成色上，都要高太多了。當然，前提是這成片的綠色在純度上要和綠色帶的綠色處在同一個級別。

賈似道雙手有些顫抖地把下半部分石頭和翡翠交錯的緩衝帶切割下來，再往切面上一看。果然如先前猜測的那樣，除去周邊的一圈石質，中間的翡翠部分，竟然全部都是喜人的綠色。以賈似道的眼光來看，這顏色絕對比他見過的任何一塊翡翠都更純正、自然、深邃！

不知不覺間，賈似道的腦海裏就浮現出了「帝王綠」三個字，也就是市場上通常所說的祖母綠。

這可是翡翠中的極品啊！更何況眼前出現的這一塊，還是玻璃種的質地。至於翡翠的水頭，根本就不用仔細分辨，光是看著那盈盈而動、咄咄逼人的綠意，就足以感受到它是如何通透了。

他下意識地用手電筒去照，可以看到翡翠的質地很細膩、很均勻，光線的穿透也很深。賈似道按捺下心頭的激動，仔細地觀察了好久，在心裏估算了一下，這樣品質的綠色應該可以向內延伸到整塊原石的三分之一部分。

一時間，賈似道的心頭熱乎乎的，先前切割時的勞累早就不翼而飛了。

這塊翡翠能值多少錢呢？一億？肯定不止。一副帝王綠的翡翠手鐲，幾百萬都是低估了。賈似道雖然不清楚翡翠市場的具體行情，但是好歹流覽過那麼多帖子。那些標出千萬以上價格的手鐲，比起眼前這塊原石所切出來的翡翠材質來說，都相差甚遠。

難怪，極品的翡翠只有那些真正的大富豪才能擁有！

哪怕那些標注的價格有著很大的水分，就算打個七折五折，賈似道也覺得自己這回是真的賺大了！

因為是大頭的一端，截面的寬度最寬處有將近三十釐米，最長處有一米多，不算周邊的七八釐米原石表皮的話，裏面的翡翠部分，在寬度上並排切出兩隻翡翠手鐲來絕對是綽綽有餘。至於長度，這麼一列下來，恐怕可以排出不下十隻手鐲。

也就是說，光是可以清楚看到的，這個切面就可以切出二十來隻手鐲。而且這部分的翡翠是滿綠，手鐲中間挖空的部分，就不能稱之為邊角料了。切出完整的幾個戒面，又是幾百萬……

算著算著，賈似道感覺自己的腦袋有點懵了！

賈似道很快就強迫自己冷靜下來。難怪在盈江的時候，周老闆說，和這塊巨型原石一同開採出來的表皮表現較好的那塊只有一百五十多公斤的毛料，礦主就敢開出八千萬歐元的高價呢。如果其內部也如同眼前這塊原石一樣開出了帝王綠，水頭也如此好的話，八千萬歐元的價格一點都不算高！

再看眼前的巨型原石，賈似道越看越喜歡。那厚厚的多達七八釐米的外皮，也分外可愛起來。要不是有它們存在，賈似道又怎麼可能僅僅以一百五十萬的價格就把整塊原石收入囊中呢？

面對如此極品的翡翠，賈似道不敢再輕易下手，要事先規劃設計好具體的用途，比如是用來切成方形的一小段，全部做成翡翠手鐲，或者是保留最大的體積來雕刻大型擺件，都是不錯的選擇。

前者可以為賈似道很快地得到現金，後者卻能對這塊巨型原石更好地利用。畢竟，帝王綠的翡翠手鐲不用這樣巨型的原料，其他偶爾出現的原料中也能做得出來，但是，巨型擺件要是沒有如此巨型的原料，根本就是空談！

這其中的差別，賈似道自然很清楚。要是他現在隨便來上一刀，或許這塊巨型原石的用途就被固定了。賈似道猶豫了好久也沒敢下手。

轉到巨型原石的另一端，賈似道用切割機慢慢地打磨進去，直到出現了玻璃種的翡翠才停下手來。他淋上清水，打上強光，往裏面察看。

這邊出現的翡翠，質地同樣沒得說。玻璃種！透明度也還不錯。雖然和另一端沒得比，卻也屬於極品了，讓賈似道放心不少。不過，唯一可惜的是，這邊的翡翠是無色的玻璃種，而不是滿綠。

賈似道小心地再把邊上的外皮給一點點切割掉，露出更多的翡翠，並沒有出現白點、黑斑。這樣一來，哪怕無色的也能值不少錢。而且，對於賈似道的交際圈來說，這樣品質的原料更容易出手。

畢竟，這些原料製作成雕件之後，最終的去向肯定是那些頗有實力的藏家，或者富豪的太太們。不然，誰會捨得戴幾百上千萬的手鐲？

即便是劉宇飛的「劉記」這樣的大型珠寶公司，每年頂級的翡翠成品出手的次數也不會很多。另一端的帝王綠翡翠原料，賈似道即便真要切成手鐲的大小來出手，一次也只能切出一小段，最好是四五隻手鐲的樣子。

不然，再好的東西，要是一次性投放市場太多，勢必會影響價格。而且，近年來翡翠成品的價格，尤其是高檔翡翠的價格正在逐年攀升，極品翡翠原料自然也就水漲船高了。只要手裏有錢花，賈似道倒覺得多留一些原料在手裏也是個不錯的策略。

而眼前的這部分無色玻璃種，相對來說價格沒有那麼高昂，買家自然也就會稍微多一些，哪怕是切一小段出來，賣給李詩韻的珠寶店，她也能吃得下。這才是最合適賈似道的方案。

量好大小，畫好線，賈似道舉起切割機，沿著切面往裏切出翡翠手鐲大小的

一段無色玻璃種翡翠來。因為是初次切割，圓柱形的外圈很不平整，好在賈似道預先就估計到了自己的手藝還不夠精，預留了位置，往大了來切割。

切下來的原料形狀呈方形，放在手裏掂了掂，感覺還挺沉，厚度大概可以出六七隻手鐲。賈似道把它和昨晚的那塊冰種黃陽綠原料放在一起，裝在一個包裏，準備帶到杭州去出售。

他看了一下時間，竟然已經是清晨了。專心工作起來，還真沒什麼時間概念。賈似道一抬頭，廠房頂棚和牆壁之間特意裝上的小窗，已經微微透進來魚肚白。

好在是夏天，臨海的清晨也有一股暖意，再加上賈似道一直在幹活，反而還感覺有些熱。收拾了一下工具，賈似道便準備回去補個覺，連夜開工，剛才還不覺得怎麼樣，現在停下來了，就覺得有些疲憊了。

看著放在地上的原料，賈似道的心裏卻有些發愁。

如果說，在解開第一塊原石、切出瑪瑙樹的時候，賈似道還覺得這個廠房足夠安全，解開第二塊冰種的黃陽綠翡翠，因為最貴重的那幾條含有綠色帶的部分體積比較小，賈似道完全可以放到保險箱裏去，也可以隨身攜帶，那麼現在這天價的巨型翡翠怎麼辦呢？難道就這麼擱在地上？

好在這巨型原石的個頭足夠大，讓人望而生畏，要是不開動叉車的話，即便多來幾個人，也是沒有辦法輕易把它搬走的。但就這樣一直放在廠房的空地上，也不是辦法。

想來想去，賈似道也沒有想出個好主意。送到銀行去？那樣最保險，卻也很麻煩。

不過，現在臨海的城東正在大力開發，學校、工廠都往城東這邊搬遷，與此同時，很多生活區也在這邊興建。

臨海市北面是山，西面和南面被靈江圍繞，而且在河的對岸同樣是山。原本的小小的古城區，勢必不能滿足城市日益發展的需要。

賈似道現在所在的廠房，就是在城東大洋社區的邊上。更往北面一些靠山的地方，有著好幾個居民社區、學校，市政府、法院也都在那一帶。賈似道琢磨著，是不是可以找一個帶地下室的別墅呢？

如果放在以前，別說是別墅了，就是一套三居室套房，首付都不是他能承受得起的。賈似道琢磨了一下，手頭除去支付切割機的錢款之外，也只剩幾十萬了。不過要是買了別墅的話，正好可以把現在這個廠房轉租給周大叔，至少能拿回先前的那份租金。再者，包裹的翡翠，也可以在去了一趟杭州之後轉變成現金。

只是，這兩塊翡翠的價值，相對於別墅來說，還是顯得有些捉襟見肘。

想到這裏，賈似道轉身回到巨型原石邊上，看了看帝王綠翡翠，想下手，又縮了回來，轉到另一端，看著這一邊的無色玻璃種，賈似道琢磨著是不是再切出一部分來出手給劉宇飛。這樣的話，應該能湊足別墅的錢吧。

剛準備動手，賈似道忽然覺得眼前有一點朦朧的綠意閃過。他仔細檢查了一下，沒有發現什麼，打上強光，這才隱隱約約地在無色玻璃種翡翠的深處看到了一絲綠意。莫非是另一端的帝王綠一直延伸到了這邊？

賈似道打量了一下整塊巨石毛料，搖了搖頭。成片的帝王綠能夠鑲嵌進去幾十釐米，就已經是幾億甚至幾十億的天價了。要是綠到這一頭，這中間長達兩米多的距離，也太驚人了一些。

當然，無色玻璃種翡翠的部分出現了綠色，總是好的。

賈似道放下收拾好的包，再次拿起了切割機，進行新一輪的切割工作。這一次，主要是把切面部分的無色玻璃種部分全部切割出來，以便進一步察看內部的綠色情況。而且，為了保證切割下來的翡翠原料可以做成翡翠手鐲，賈似道可沒少花費心思。雖然他可以在下刀的位置上掌控得很精確，但在手法上還有待繼續提高。

最開始的那幾段無色玻璃種原料切割出來之後，賈似道自己看著都覺得有些汗顏。

不過，巨型原石的切割工作又不好讓別人來代勞，而且，賈似道覺得，往後一定還會有更多需要自己親自動手解剖的原石，還不如趁現在有時間磨煉一下自己的手藝呢。

要是別的解剖玉石的工人知道賈似道開始練習的時候，是拿玻璃種翡翠毛料來練手，肯定會露出驚訝和羨慕的神情！

經過一番努力之後，原先的那抹出現綠色的地方終於清晰地呈現在賈似道眼前。色澤很蔥翠，比起帝王綠來雖然有些淺，卻多了一絲飄逸的感覺。這不正是豔綠嗎？

儘管在稀有程度和價值上，豔綠排在了帝王綠和陽綠之後，但是眼前赫然出現的豔綠，讓賈似道的心頭似乎被注入了一股綠色的清泉，在感覺到清新的同時，還有一股雅致。如果說帝王綠的翡翠是咄咄逼人、淋漓盡致地展現出翡翠的冷豔的話，那麼豔綠在純正度上比帝王綠稍微淺，綠意也就多了點柔和，讓人看得更加舒心。如果是一個女人，一定會愛上豔綠，也不會喜歡帝王綠！

這股綠色，是如此喜人，充滿了親切感，不深沉，很靈動。尤為難得的是，這些豔綠不是漂浮或者點綴在無色玻璃種翡翠上的。雖然在交接的地方還有一些絮狀，但是，這時賈似道完全可以透過交雜在一起的部分看到內部的情況，是四條手臂粗細的豔綠色帶纏繞在一起，盤旋著向著原石的另一端延伸過去。而且越是往裏，純正的綠色也越是深邃，逐步向帝王綠靠近。

如此一來，整塊巨型原石即便只切開了兩端的部分，其中所蘊含的翡翠成色，賈似道已經了然於胸。唯一需要判斷的，就是這綠色帶和成片的帝王綠交接的那一部分是什麼景象了。

這綠色帶的出現，無疑為賈似道的杭州之行增加了一個巨大的砝碼。而且，原先對於成片的滿綠玻璃種帝王綠翡翠部分的規劃，賈似道也不用再去考慮究竟要不要切割出來製作成手鐲了。

光是眼前的這四條豔綠玻璃種色帶，觀其形態大小、色澤水種，還有比這更適合製作成翡翠手鐲的嗎？賈似道只需要照著色帶的大小進行切割，一切就水到渠成。

賈似道一口氣把周邊的那些無色玻璃種翡翠全都一段一段地切割下來，形狀雖然有些不規則，但中間的豔綠色部分卻很完整地呈現出其原本的形態。大的地方比賈似道的手臂還要粗一些，小的地方則只有幾根手指合起來那麼細了。

賈似道小心翼翼地切下其中一條色帶的最外端有一段，大概有三十釐米左右，形狀有些彎，呈「S」形。而為了不破壞邊上纏繞在一起的其他三條綠色帶，僅僅是切這麼一段，也費了賈似道很大的心血，再加上還要剔除邊上的無色玻璃種翡翠，等到賈似道完工的時候，竟然已經是中午了。

不過，賈似道的臉上卻非常欣喜。他把這一段玻璃種豔綠翡翠一起裝進了包裏，把工具往地上一擱，關好廠房的大門，匆匆在外邊吃了速食，回到住處倒頭就睡。

晚上，賈似道給阿三去了電話，說杭州那邊有事，每月的聚會這一次暫時不去了，下個月一定由他來請客。

阿三說周大叔已經回來了，正準備找賈似道談談呢。想到廠房的事，已經有了打算的賈似道自然很爽快地答應下來。只是在時間上，卻需要等他從杭州回來。反正周大叔也不是很急，開個加工廠，事前的準備遠比賈似道這樣的小打小鬧麻煩得多了。

臨掛電話前，阿三還打趣地問賈似道是不是去杭州約會呢。想到李詩韻，賈

似道微微一笑。

第二天一早，賈似道拎上大包，坐上了去往省城的客車。他先給李詩韻去了個電話，對方似乎接聽電話有些不太方便，說話也是有些支支吾吾的。

賈似道心裏一愣，不是昨晚就說好了的嗎，難道自己要白跑一趟？

賈似道倒是不著急自己的翡翠原料的出手。他和李詩韻是熟人，也還算談得來，當然，更因為對方是個美女，相比起和一些大腹便便的商人做交易，賈似道覺得對面坐著一個麗人是不錯的享受。

但這並不表示，賈似道的翡翠原料就一定要賣給李詩韻。

比起劉宇飛這樣的老手，賈似道並不是很清楚翡翠原料的具體價格，只能知道個大概，甚至賈似道對於毛料價格的認識，是通過原料可以切割出什麼樣的翡翠成品來判定的。

比如，市場上一隻豔綠的玻璃種翡翠手鐲值多少錢，賈似道的原料又可以切出多少只手鐲，然後再按照一定的折扣來計算，就能初步判斷翡翠原料的價格了。這樣的計算方式，無疑是最為原始的，也是最為低廉的。

簡單地說，賈似道即便賣出了翡翠，比起其他的一些翡翠經銷商，價格肯定會低上一些，不過賈似道不在乎。要是能有個長期穩定的出售管道的話，即便現在稍微吃點虧，賈似道也是樂意的。與其現在斤斤計較，還不如打開銷路之後多去賭幾塊原石呢。

當然，因為和李詩韻相熟，賈似道覺得交易的時候倒是不用太擔心對方壓價。要是李詩韻自己表現得沒有多少熱情的話，賈似道的期待自然也就降低了不少。

正想掛電話呢，李詩韻卻彷彿是下了決心一樣，對賈似道小聲說：「小賈，你人已經來到杭州了吧？我這邊的確有些走不開，邊上正有人纏著呢。老姐我也很無奈啊。這樣吧，也快到中午了，你先找個地方坐下，然後把地址給我，遲些我就能趕過去了。」

「行。」賈似道的腦海裏閃現出李詩韻的面容，這樣的女人，身邊有些人纏著也很正常。不過，有人纏著，是不是就說明李詩韻現在還是單身呢？

賈似道看了看四周，對於省城杭州，他不是很熟悉，就近找了一家咖啡館，就發了條簡訊，轉頭看了看身邊的皮包。這裏面可不光有三塊翡翠原料，還有清宮五供以及沒有修復的筆洗和那塊看得賈似道莫名其妙的瓷磚。

既然都來到杭州了，賈似道也就懶得再跑回去，直接順道去上海了。把這些東西全部裝進包裹的時候，賈似道可是小心翼翼的。一路上，他的視線幾乎就沒離開過皮包。

不比一般飯店裏的熱鬧，咖啡館裏即便到了現在這個時候，也頗有些冷清。客人說話也都比較小聲，這樣清靜的氛圍，賈似道覺得還不錯。他拿了一本時裝雜誌看，耐心等待約莫過了半個多小時，李詩韻終於到來。她見賈似道正在看時裝雜誌，臉上微微有些笑意。

「很抱歉，讓你久等了。」李詩韻坐在了賈似道對面，她的打扮很簡單，卻充滿成熟女性的氣息，妝容比較淡，身上還散發著淡淡的香氣。

抬眼看去，她姣好的面容不正像賈似道手裏的雜誌上那些風姿卓越的模特兒嗎？唯一區別的是，那些圖片上的女人，更多的是鋒芒畢露，妖豔而媚惑，而李詩韻的魅力卻有些內斂，只需要坐在邊上靜靜欣賞，慢慢品味。

直到李詩韻問賈似道點了正餐沒有，賈似道才回過神來。

李詩韻並沒有急著解釋先前電話中的不方便，坐下之後，她和賈似道談的，大多是在雲南賭石的時候所發生的一些趣事。

賈似道還是第一次和李詩韻這麼近地坐著，悠閒地聊天呢。

他們坐在暗紅色的沙發上，大廳中間有一個小水池，邊上植著幾棵箭竹，中間有著一些圓形的地燈，與地面相平，從底下透出曖昧的燈光，透過有色的玻璃，多了幾分浪漫的情調。不知名的輕音樂淡淡地、緩緩地流瀉著……

一種濃郁而刻意營造的氛圍，讓人舒緩地安靜下來，甚至覺得有些慵懶。兩個人似乎都忘記了來這裏的目的，他們聊到了盈江、聊到了嫣然、聊到了李詩韻自己的珠寶店。盈江是兩個人初識的地方，翡翠是兩個人之間僅有的聯繫。直到他們點的正餐被服務員送了上來，賈似道這才感覺到時間悄然流逝。

李詩韻吃東西的樣子很優雅，賈似道覺得自己比起她來顯得粗魯多了。看了看時間，在咖啡館裏已經坐了兩個多小時了，賈似道便提起了翡翠毛料的事，簡單地詢問了市場上的價格。李詩韻也不避諱，正如賈似道所猜測的，李詩韻的珠寶店所銷售的翡翠，暫時還達不到豔綠玻璃種手鐲這樣的檔次。最高的價格，也就在幾十萬到百萬之間，尤其是幾萬到十幾萬的翡翠成品，出貨比較快、比較多。

李詩韻說她的珠寶店裏的產品一般以女式掛件為主，時尚氣息濃郁，樣式也都比較新穎。賈似道心裏有了底，便提出去她的店裏看看。翡翠原料就在他身邊的皮包裏，但在這樣的環境下拿出來，賈似道還是有些不太放心。

李詩韻有意無意地看了幾眼賈似道身邊的皮包，嘴角露出淡淡的笑容，站起來率先走了出去。

本來賈似道還準備去結賬的，不過李詩韻說了一句：「這裏是杭州，我這個東道主怎麼能讓你這個客人破費呢？而且，做姐姐的更不能讓弟弟來請客了。」

賈似道頓時無語，也不推辭了，反正沒幾個錢，大不了以後有機會在臨海相見，由他來請客好了。跟在李詩韻的身後，看著她的背影，越發感受到她的魅力，賈似道明明知道李詩韻這時不會察覺到他的目光，卻依然有些閃躲。

好在沒走幾步，就來到了她的座駕邊上，是一輛銀灰色的甲殼蟲。賈似道想，這顏色不顯張揚，倒也很適合她。

路上，李詩韻介紹說她的珠寶店名字很好記，就是她本人的名字：詩韻珠寶。說到這裏，李詩韻對著賈似道抿嘴一笑。

賈似道忽然想到，如果自己以後開個珠寶公司，難道要用「賈似道珠寶公司」？想想都覺得有些惡寒！難怪李詩韻的嘴角有那絲笑意，賈似道只能咳嗽幾聲來掩飾尷尬。

詩韻珠寶的地理位置很不錯。賈似道只知道杭州比較出名的延安路，詩韻珠寶就坐落在這條路的邊上。單獨的一幢房，在底下一層，規模看起來還挺大。門口「詩韻珠寶」的招牌，是藝術字體，很清新靚麗，周圍還綴著一些花俏的圖案，不像「周記」那古樸老舊。

當然，要是在古玩街上，出現華麗的牌匾，看上去也會覺得有些彆扭。

店內的服務員清一色是年輕女子，賈似道打量了一眼，好多比他還年輕，她們都面帶微笑。再看櫃檯上的翡翠成品，真如李詩韻所說的，成色比起盈江那邊的旅遊商品要好上一大截。

賈似道瞄了幾件翡翠成品的價格，和自己心中預計的一比較，似乎是有些虛高。

李詩韻看到賈似道眼神所在的方向，解釋了一句：「我們店裏，只要是老顧客，一般都可以享受折扣的。」

賈似道點了點頭，這應該是促銷的手段，花樣可不僅僅只是打折這麼簡單，也懶得多問。不過，就在兩個人要往裏面的貴賓接待室走去時，有個女服務員來到李詩韻的跟前，說了一句：「李經理，王總在裏面等了你半個多小時了。」

「王總？」李詩韻聞言，秀眉一蹙。

「李姐，不然，我先在外邊看看？」賈似道乖巧地說。

「不用了，一起進去吧。」李詩韻看了賈似道一眼，「王總也是做翡翠生意的，而且還是港商，是個大主顧。小賈，你要是有心的話，不妨幫一把老姐……」

最後的那句話她沒有說完，不過，賈似道自然明白，應該是李詩韻的美貌引來的麻煩，人家竟然都追到店裏守株待兔來了。而且，聽李詩韻的口氣，似乎她的生意和那位王總還有著一定的聯繫。即便她心裏不喜歡，也不好拒人於千里之外。

也許，賈似道打電話的時候，就是這位王總在李詩韻的身邊呢。

賈似道淡淡一笑，跟著李詩韻進到了會客室。坐在裏面的男人，看上去三十來歲，模樣挺精明的，人有些消瘦，不像一般的富商那樣挺著個啤酒肚。賈似道琢磨著，怎麼李詩韻看上去對王總頗為反感呢？

王總看到李詩韻之後，眼神頓時一亮，原本還有些怨氣的臉上立刻露出了欣喜的笑容，嘴裏說道：「詩韻，你來了。我在這裏等你好半天了，剛才怎麼不說一聲就走了呢……」

不過，緊接著看到李詩韻身後的賈似道時，王總的臉色就有些不太自然起來。賈似道訕訕地笑著問了一聲好，三個人一起坐下。

聊了一會兒，賈似道才知道，原來王總的家底的確豐厚，在香港那邊，他們的珠寶公司也還是挺上檔次的。當然，前提是王總自己所說的話水分比較少。

李詩韻的店裏出售的翡翠成品，有許多新款的樣式是從他們那邊進的貨，難怪李詩韻不好明著拒絕王總的追求了。

再看王總那侃侃而談的架勢，總給賈似道一種虛浮的感覺，尤其是商人市儈的嘴臉，在分別對待李詩韻和賈似道的時候顯露無遺。不要說李詩韻了，就連賈似道，聽多了王總的話之後，一時間也有一股想要調頭離開的衝動。

李詩韻給了賈似道一個無奈的眼神，賈似道也只能苦笑著回應了。原先兩個人在一起的那種融洽的感覺、良好的心情，都在這個時候，被這個王總的出現給破壞得一乾二淨。

「對了，小賈，你不是說有貨要給我看嗎？」李詩韻看到王總說得有些乏了，趁這個間隙，轉頭問了賈似道一句。那眼神中，似乎還有些暗示的意思。賈似道立刻就明白過來，敢情李詩韻一開始打的就是這個主意。

不管怎麼樣，這對於賈似道來說，是個不錯的機會。既能在李詩韻的面前把自己的翡翠原料展示出來，在電話裏賈似道說了，都是高檔的翡翠原料。同時也可以給李詩韻一個藉口，用來推脫王總：看吧，現在我正有生意要忙呢，你是不是該離開了？

不過，王總臉皮之厚，還是出乎兩個人的意料，在聽到李詩韻這句問話之

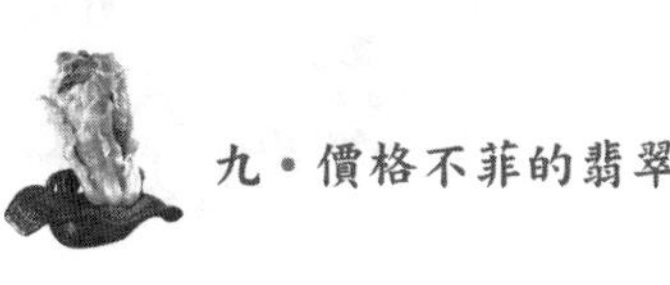

後，王總反而欣欣然地問了一句：「小賈，原來你也是經營翡翠的啊，有什麼貨快拿出來看看，正好讓我也見識見識。」

別看話說得客氣，賈似道即便再不明事理，也能聽出王總的言語之中頗有小看他的意思。以賈似道的穿著，以賈似道的年紀，王總實在是很難高看賈似道。

瞥了一眼賈似道身邊那個碩大的皮包，王總假意上前一步，似乎是要幫賈似道打開來看一看的樣子。賈似道和李詩韻相視一眼，這恐怕也只有王總做得出來了。

不過，賈似道的心裏隨之一動。既然王總這麼好奇，那他也不能讓人家失望。原本他還只是準備拿出無色玻璃種翡翠和冰種陽綠翡翠的，現在，賈似道乾脆把那段豔綠玻璃種翡翠取了出來。

一時間，不光是李詩韻，就是王總也屏住了呼吸。

不是說這樣的翡翠有多麼冷豔，豔綠的色彩還是比較純正柔和的，即便賈似道切割得不太流暢，翡翠原料的周邊還有著一些棱角，不太平整。但是，依然不能掩蓋盈盈綠意，尤其還是玻璃種的質地，水頭也很充足，實在是萬分難得的極品翡翠。

李詩韻看得分外驚喜，只是在短暫的驚喜過後，卻蹙了一下眉頭。再一打量這段翡翠的粗細和大小，心中一盤算，應該能切出十來副大小不一的玻璃種豔綠手鐲。大的一端，甚至足夠切出內外雙層，也就是一個切面能出一大一小兩隻手鐲，小的一端雖然做手鐲不夠粗，但是切成幾個小掛件也有不菲的價格。其整體的價值足以讓李詩韻望而卻步，這可不是幾百萬或者上千萬的價格就能拿下的。

王總這樣的資深翡翠商人，眼光何其老到，他所看到的，遠遠要比李詩韻更多一些。這塊豔綠玻璃種翡翠原料，小的一端在色澤上還微微有些暈散，但是到了大的一端，那可是純粹的滿綠啊，這樣的翡翠原料，切出手鐲之後，中間剩下的部分做成珠鏈，在去年香港蘇富比春拍上就有過近千萬的成交價！

「這個……這個……小賈，我可以仔細看看嗎？」到了這會兒，王總的眼裏不再全是李詩韻了，更多是關注起這塊翡翠原料來。這麼一來，賈似道倒是對他高看了一些，在美色面前可以受到吸引，在利益面前卻能抓住機會、絲毫不留餘地。這恐怕才是王總真正的商人本色，不然，就僅僅是王總剛才的那般浮誇表現，除非是個二世祖，否則很難在商界站穩自己的位置。

「當然可以。」賈似道巴不得王總能看得上，最好直接給買了去，這樣一來，也省得他再去尋找新的買家。只是，賈似道這麼一說，惹來了邊上李詩韻的一個白眼，似乎這應該是和她交易吧？

現在賈似道和王總竟然繞過了李詩韻這個中間人，按說，她用賈似道來推開王總的糾纏這個目的達到了，應該高興的。但是，當王總去仔細觀察看翡翠原料的時候，李詩韻的心底卻還是在所難免地生出了一股幽怨。

哪怕她沒有資金全部收下這塊翡翠，但要是沒有王總在的話，或許其中的一小段她還是有信心和賈似道達成交易的。

想到這裏，李詩韻不由得再次剜了賈似道一眼。賈似道有些享受的同時，心底又有些疑惑，李詩韻的眼神究竟是什麼意思呢？

好一會兒之後，王總收回雙手，先是看了賈似道一眼，又對李詩韻說：「詩韻，你看，這原料是不是可以先讓給我來收購呢？」

「你們看著辦吧。」李詩韻知道王總既然說出口了，那麼自然就沒有她什麼事了。

事實明擺著，只要賈似道不傻，而王總又開始了競價，以李詩韻的實力，自然難以插上手了。難道還能指望著賈似道放著高價錢不賣，轉而低價送給李詩韻？李詩韻看了一眼正在和王總討論價格的賈似道，下意識地聳了聳肩。

隨後，她似乎意識到自己的這個動作有些不雅。好在此時會客室內的兩個男人沒有過多的精力關注在她身上，倒也不怕有人看到了。

王總先是給出了一個普通的價格，三千萬。要不是看在賈似道是跟著李詩韻進來的，王總是斷然不會開出這個價格的。畢竟，面對行外人，他們一定會盡力地壓價。但是，坐下來這麼久，幾乎都是王總一個人在說話，賈似道甚至只說了自己的名字，然後提過他是經營翡翠原料的。

王總自然不敢開價太低，萬一把賈似道當成凱子，賈似道又是行裏人的話，會弄巧成拙，這筆生意也就沒法談下去了。

到了這個時候，王總有些懊悔先前怎麼不先打探一下賈似道的根底呢？

賈似道聞言，心裏還是頗為滿意的，臉上卻是笑而不語。

這麼一來，王總緊盯著賈似道神情表現的眼神，倒是緩和了不少。只要賈似道在第一次出價時不表現出強烈的反對，那麼，王總就有信心把這塊原料收入囊中。商人嘛，漫天開價，坐地還價，是天經地義的事。賈似道的故作高深，在王總看來，自然是嫌價錢還不夠高，但是，距離賈似道的底線，估計也不會相差太遠。

說起來，這塊翡翠原料可以預見的價值，如果全部拋售出去的話，幾乎可以達到億元。但是，那畢竟是全部製作成翡翠成品並銷售出去之後的事了。要是沒有經過設計加工，沒有銷路，那就是一塊翡翠原料。王總能開出三千萬的價格，

也不算是太過壓價。

當價格到了三千八百萬時，雙方僵持了下來。

賈似道下意識地看了李詩韻一眼。李詩韻在這個時候竟然拿起了一本雜誌，饒有興致地翻看起來，似乎對賈似道和王總的交易沒有絲毫興趣。賈似道不由得一陣苦笑，這女人還真不是他能琢磨透的。

倒是賈似道看過去的那一眼，李詩韻似乎有所察覺，在碰到賈似道帶有詢問的目光時，她略一猶豫，很輕微地點了一下頭。

賈似道這才欣然一笑，答應了王總的價格，達成了交易。

王總二話不說，要了賈似道的銀行帳號，打電話到公司那邊，直接轉賬。那迅速的動作，似乎生怕賈似道反悔。

想想也是，這一趟杭州之行，他雖然在李詩韻這邊碰了釘子，但是能收購到賈似道的這塊極品翡翠原料，對於王總來說，也算是意外之喜了。

等賈似道查到錢到賬之後，王總便打電話叫了幾個人過來接他，然後帶著翡翠匆匆離開了。他可不會像賈似道這樣冒失，隨身帶著幾千萬的翡翠，就敢孤身一人走在大街上晃悠。

只是臨走之時，王總別有深意地看了賈似道一眼，湊在他的耳邊，說了一句：「小賈，以後要是還想出手類似品質的翡翠原料，可以直接來找我。」說著把一張名片插到了賈似道的口袋裏。

這讓賈似道的心頭驀然一驚。這個王總的眼力，果然不是蓋的。即便賈似道已經做得很小心了，王總同樣根據眼前這一段翡翠原料的形態猜測出整塊翡翠原石大概的情況。當然，也許王總說這話僅僅是心裏的一種懷疑罷了。又或者，翡翠原料的彎曲著的形態，讓王總看出了端倪。

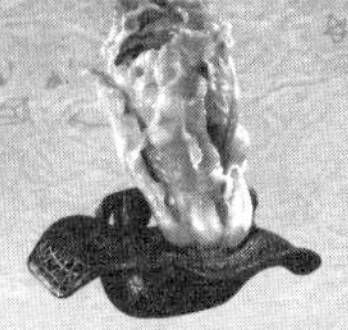

第十章

打眼才能長知識

為什麼在古玩市場上，即便是打眼了，

有時候也會被人說成是吃藥、交學費呢？

就是吃一塹，長一智。

這次打眼了，就勢必會對此類東西研究個透徹。

以後才不會再輕易上當。

收藏的知識，也在這樣積累中豐富起來。

不管怎麼樣，王總的話提醒了賈似道，在以後交易的時候要更加小心。

當然，整塊翡翠原石的最終形態，王總是很難猜測出來的。他最多就是對那四條綠色帶互相纏繞在一起的部分，能猜測出一個大概來。除非是劉宇飛，知道賈似道擁有巨型原石，看到這部分的翡翠原料之後，才會想到是從巨型原石裏切出來的。這也是賈似道明知道可以轉手給劉宇飛、也不用擔心對方壓價，卻依然帶著翡翠原料來到杭州尋找買家的原因。

「這下滿意了吧？千萬富翁。」李詩韻看到王總離開之後，才放下手裏的雜誌，沒好氣地瞪了賈似道一眼，竟然還有著怨氣。

「李姐，我這不是做生意嘛。」賈似道訕訕一笑。

「是啊，原本是找我做生意的，這下倒好，沒我什麼事了。」李詩韻看著賈似道，就差去拍賈似道的腦袋了：「虧你老姐我還請你吃了午飯呢。早知道就讓你一個人在杭州逛，不理你了。」

那幽怨的神情，看得賈似道有些不好意思了。

「對了，小賈，你老姐我呢，最近想要進一些貨，手頭又有些緊，你看是不是……」李詩韻忽然把話題扯了開來。

這個聰慧的女人，即便心裏已經沒有責怪賈似道的意思了，但是嘴巴上還是說了幾句，現在看到賈似道有些應付不過來，便換了一種方式，提醒賈似道一下。這讓賈似道的心頭感覺有些暖暖的。

「李姐，其實我不想把原料切成小塊的來出手，主要是我最近想買一套房，手頭還有些捉襟見肘。」賈似道覺得有必要解釋一下。他知道，即便是玻璃種豔綠翡翠原料，只要小量的話，李詩韻還是具備一定的購買力的。比起賈似道這樣一窮二白的人來說，李詩韻也算是混跡商場的老手了。

她對於翡翠原料的眼力可能還比不過王總，但是，對於銷售管道，乃至什麼樣的翡翠成品更容易脫手，卻絕對比賈似道更瞭解。

「行了，用三千多萬去買房，你該不是想在杭州西湖區買一幢別墅吧？」李詩韻淡淡地看著賈似道，說道：「這樣也好，以後來找老姐的時候就方便多了。」

「哪能啊，只要李姐你願意，不怕我打攪的話，即使我住在臨海，我也會經常來杭州的。」賈似道不禁奉承了一句。

李詩韻巧笑嫣然地說：「小賈，你也不小了吧。你老姐我是沒人要，倒不怕你來打攪，倒是你自己……對了，你剛才還說到買房呢，該不會是準備結婚吧？」

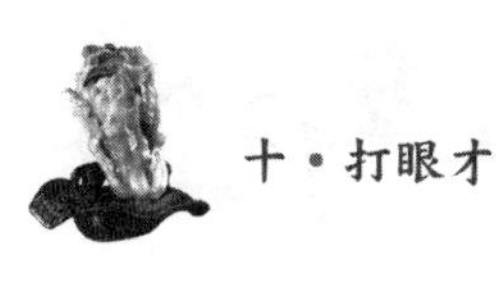

對於賈似道的情況，李詩韻並不瞭解，兩個人之間的打趣，也僅僅是建立在普通朋友的關係上，花大價錢買房，恐怕還真是為了結婚而準備的。

賈似道卻苦笑著，不知道該說什麼了，結婚？女朋友都還不知道在哪裏呢！

看著李詩韻那俏麗的容顏，迎著她有些關心和打趣的目光，賈似道的心頭忽然像是被電擊了一樣，傻傻地說了一句：「是啊，我正準備金屋藏嬌呢，不知道李姐你有沒有意思呢？」

說完之後，賈似道自己也愣了，看著李詩韻的眼神，也忘記了閃避，直愣愣地盯著她，目光越顯灼熱。倒是李詩韻，反而有些慌亂地閃躲著賈似道的目光。

「小賈，你要死啊。竟然連你老姐我都敢調戲了。」李詩韻下意識地就把手裏的雜誌，舉了起來，又似乎覺得這個時候不太適合看書，更不適合去打賈似道，把雜誌給放回了桌上，一時間有些手足無措。

賈似道回過神來，拍了拍自己的腦門，說：「對了，李姐，我差點忘記了，給你準備的翡翠原料，還沒拿出來呢。」

「還有翡翠原料？」李詩韻的語氣裏有了一絲驚喜。

而對於賈似道原先的那句話，兩個人都刻意迴避了。只是會客室裏就他們兩個人，他們越是想要表現出不在意，氣氛反而越是有些曖昧起來。

好在賈似道的動作還算麻利，他從包裹捧出了冰種黃陽綠翡翠和無色玻璃種翡翠，放在桌上。個頭雖然都沒有先前的那塊來得大，價值也沒有那塊來得高，但是李詩韻此時看著翡翠原料，再看向賈似道時，臉上的笑意卻很濃。

「算你有心了，小賈。」到了這會兒，李詩韻完全明白過來，賈似道為什麼先拿出玻璃種豔綠翡翠，也明白了賈似道此次的杭州之行，還真沒虧待她。這眼前的兩塊翡翠原料，幾乎就是為她的「詩韻珠寶」量身定制的，出現得恰是時候。

「李姐，你看著合適就開個價吧。」看著李詩韻臉上的笑容，莫名的，賈似道的心裏就有些欣喜：「我可是在和你通電話的時候，就想好了，要把這兩塊翡翠原料出手給你的。」

「行，你老姐我就記下這份人情了。」李詩韻很爽快，一談到生意，商人們的精神總會有些興奮，神色之間也頗多精明：「不過，你也知道，你老姐我手頭的流動資金不充裕，這價錢可就只能是一般的市場價了。」

「嗯。」賈似道點了點頭，「李姐你看著辦就行。」

最後這句話，說得有些像是一家人了，在生意場上實在是少見。賈似道倒不覺得有什麼，他都從王總這邊拿了三千多萬了，他的目標已經超額完成，這剩下

的兩塊翡翠原料，價格能不能達到理想目標，賈似道就不是很在意了。更何況，對李詩韻，賈似道還是很信任的。遠比和王總交易時那份斤斤計較，要舒坦多了。

不過，也許是說者無意，聽者有心。賈似道不在意，李詩韻卻感覺到自己的心跳隱隱地有些加速了。再聯想到賈似道先前的那句問話，李詩韻忽然覺得，自己三十年來，頭一回在比自己小的男人面前臉紅。

好在李詩韻假裝給翡翠原料估價，她偷偷側了一下頭，賈似道似乎沒有注意到她的異樣。

從「詩韻珠寶」出來的時候，賈似道的卡裏已經超過了四千萬。李詩韻雖然嘴上說著要便宜一些，多壓榨一下賈似道這個新晉富翁，但是在匯款的時候，她還是匯了兩百多萬。

賈似道知道，即便是賣給王總，這兩塊翡翠原料也不會超過三百萬。在騰沖的時候，賈似道切出的那塊冰種陽綠翡翠，轉讓給劉宇飛是三百萬，但無論是大小、色澤，都要比現在這塊冰種黃陽綠翡翠好得多。

至於那塊無色玻璃種翡翠，雖然是玻璃種，可比起豔綠來，價值簡直就是天差地別。在銷售上，無色玻璃種更具備流行的潛質，其時尚的氣息、剔透的材質，應該可以讓「詩韻珠寶」很快就能回籠資金。

掂了掂手裏的皮包，輕了不少，賈似道的嘴角不禁露出一絲笑意。他坐火車去了上海，原本還以為在杭州會待上幾天的，沒想到遇到了王總，倒是讓事情變得簡單了。

正想打電話給果凍呢，看看天色已經暗下來了，賈似道便收起手機，找了一家星級賓館住了下來。賈似道手裏拎著的東西，住小旅館實在是不保險。再說，賈似道覺得自己現在也算是個有錢人了。

剛開始吃東西的時候，劉宇飛打了個電話過來。

賈似道正想問他有沒有收到那塊吊墜呢，劉宇飛自己就說了，吊墜倒是收上手了，也不算花了大價錢。但是，他此行的最終目的，一件墨玉的壽星雕件，卻被人給搶了先手，這會兒正鬱悶著呢。

「那就再找一個唄。」賈似道隨口就回了一句。

「你以為好的墨玉雕件和菜市場上的蘿蔔一樣，要多少有多少啊？」劉宇飛沒好氣地說，「即便是潘家園、城隍廟這樣的地方，也不多見啊。我正準備明天去趟上海瞧瞧呢。對了，你要是有興趣，不如也一起來？」

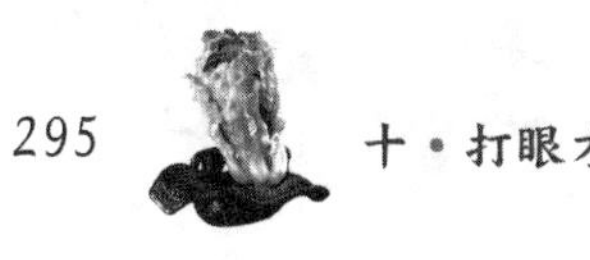

「嘿嘿。」賈似道很得意地說：「本人現在正在上海！」

劉宇飛對於上海的熱情，準確地說是對於收藏的熱情，出乎賈似道的預料。

正當賈似道睡得有些迷迷糊糊的時候，手機鈴聲響了起來，他下意識地一接聽，原來劉宇飛連夜從揚州趕到了上海，正問賈似道住在哪裏呢。

報了賓館的名字，賈似道粲然一笑。比起劉宇飛這樣的收藏愛好者，他對於收藏的熱情，顯然還不夠積極。唯一的一次主動收購，要不是有了既得的利益，賈似道也不會再去尋找洪老太太吧？不過，要是晚上有誰找他去看翡翠毛料的話，他也會大半夜趕去看貨。

劉宇飛來到，先是拿出了他嘴裏念念不忘的吊墜，還真和賈似道脖子上戴著的碧玉觀音差不太多，碧玉的材質、色澤上還要比賈似道的這塊顯得更加鮮亮一些，顯然是被人長年佩戴的結果。

「是件好東西。」賈似道把玩了一會兒，贊了一句。其中的黑斑很少，在價值上，應該比賈似道那一塊要略高一些。

「那還用說，也不想想是誰收上來的。」劉宇飛說著，神情還有些得意，不過，隨即他的臉上就流露出一絲無奈。

「行了，別哭喪著臉了，不就是墨玉壽星雕件嘛，等天亮了，我們就去城隍廟看看。說不定就給找著了呢。」賈似道自然明白原因，安慰了他一句。

「唉，你不明白。」劉宇飛歎了一口氣，說道：「我爺爺九十大壽就要到了，雖然整個『劉記』說起來是我父親一輩子打拚出來的，但是和我爺爺那代人也不無關係，生意上最初的人脈，都是我爺爺出的力。家裏人對於老人家都很孝敬。一年前，老人家就囑咐過我們找一尊壽星，還指定非要墨玉的。可是現在這年頭，哪裏能找到質地上佳而且大小還比較合適的墨玉料呢？我小叔子把獨山、和田、青海、遼陽都找遍了，單是運回揭陽的玉料就將近一噸，還是找不到一塊讓老爺子稱心如意的墨玉料。上半年的時候，終於找到了一塊山料，請揚州雕工做了三個月，老人家看了一眼，就說根本不是那個味兒。於是，全家人又繼續找，到了今天也還是沒有收穫。這一次去揚州，我起初只是聽到有這麼一個消息呢。到了地方，托了關係，找到賣家的時候，竟然已經出手了，真是把我給鬱悶得不行。」

「既然人家都已經出手了，你鬱悶也不是個辦法。對了。你們就沒去古玩市場走走？」賈似道問道，「怎麼到了今天才想起去城隍廟看看？」

「誰說沒去過啊。」劉宇飛雙眼一瞪，「遠到北京的潘家園，近到廣東地區的一些古玩市場，可沒少花費心思，我甚至都……」

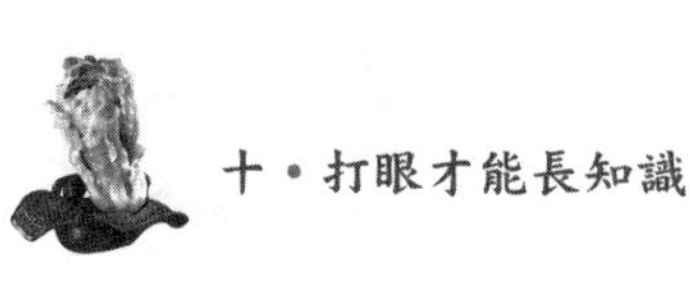

「都怎麼樣？」賈似道好奇地問了一句。

「甚至都去過地下黑市了。」劉宇飛說到這裏，小聲了下來：「不過，同樣沒有收穫。」

「地下黑市？」賈似道還是第一次聽到，「古玩交易也有地下黑市？」

「這你就不知道了吧？」劉宇飛看著賈似道一臉疑惑，心情倒是好了許多，似乎可以把自己的鬱悶轉嫁到賈似道的身上一樣：「古玩這一行，可是有很多見不得光的東西的，就好比一些剛盜墓出來的，你能拿到市面上去賣？」

「說的也是。」賈似道應了一句，「什麼時候有機會，也帶我去瞧瞧？」對於古玩黑市，賈似道還真有些好奇。和拍賣會應該有很大的區別吧？

「還是算了吧，你找別人好了。」劉宇飛卻推脫了一句，「別這麼看著我，看我也沒用。我根本就不是混這一行的。雖然我喜歡收藏碧玉，但那也僅僅是愛好而已。真要和那些藏家比起來，我的關係網也還是很窄的……」

說著，劉宇飛歎了一口氣：「上次之所以能去見識一下，還是托了朋友擔保。這個行當，小心著呢。」話語中大有勸賈似道不要參與的意思。

賈似道自然明白其中的危險。但是，所謂火中取栗，危險中才能有巨額的利益，不然，古玩黑市根本就沒有生存的可能。不過，劉宇飛既然都這麼說了，賈似道也只能暫時按捺下自己的好奇心了。

第二天一大早，兩個人來到了城隍廟。

比起臨海的古玩市場，這裏無論是區域規模、還是東西的多樣性，無疑都要高出一大截。店面的講究，古色古香的格調，就更不用說了。

賈似道心裏感歎一句，無論怎麼說，臨海和上海，根本沒有可比性。賈似道和劉宇飛一起進了幾家鋪子，隨意地看了看，即便是劉宇飛自己，心裏恐怕也沒抱多大的希望，一定能夠找到墨玉壽星吧？

「怎麼了？」劉宇飛看著賈似道有些恍惚的神情，不禁有些好笑地問了一句：「我這個需要墨玉壽星的正主兒都還沒洩氣呢，你倒沒精打采了。」

「誰沒精打采了，我只不過是有些感歎而已。」賈似道隨意地應了一句。

城隍廟周邊的建築佈局，都是明清時期的風格，裏面的裝潢卻又極度現代。如此的反差，賈似道倒還很有些欣欣然，畢竟商業化了，市場才能真正發展起來。

周邊人來人往，車水馬龍。暫且不管這些人的膚色、國籍，或者是不是懂行，想要在這邊撿漏也好，只是來湊熱鬧的也罷，都可以感受到他們臉上發自內

心的對於這些古玩的讚歎。

不過，東西多是多了，想要找到點好東西，卻也不太容易。仿古傢俱、文房四寶、古籍字畫、瑪瑙玉器、中外錢幣、皮影臉譜、宗教信物、民族服飾等等，應有盡有。像賈似道這樣懷著一腔熱情前來，準備撿漏、實際能力又有些不足的新手，實在是看花了眼。也難怪賈似道的情緒並不怎麼高了。

古玩市場的撿漏，不是隨隨便便就能夠遇到的。賈似道對幾件看著不錯的東西，一問價格，卻硬是沒敢出手。心裏實在是沒底啊！

大多數的人也和賈似道一樣，詢問的人多，真正出手的人少。除非是那種擺明了是買來玩的贋品，價格低廉，當個紀念還不錯，大家也就圖個樂子了。

和一般的古玩市場比起來，城隍廟的店面顯得非常整潔，並且排列有序，十分大氣。劉宇飛要尋找墨玉壽星雕件，自然先從玉器店下手。也許是對這些玉石、玉石原材料感興趣的人還比較小眾，大多數此類的店面都集中在城隍廟的一端，算是處在角落了，位置並不太顯眼。

幾家店鋪的門口，人明顯少了，店鋪倒依舊是仿古青磚白瓦，卻更倍添了一份清冷。逛了幾家之後，內部的商品、陳設也是大同小異，以成件地翡翠商品居多，玉鐲、項鏈、掛件、戒面、玉佛像等等。

劉宇飛每次都是興沖沖地去玉佛像那邊的櫃檯看上一眼，卻總是沒有絲毫收穫。墨玉的材質本來就不多，白玉倒還有一些。至於雕刻成壽星的就更少了，彌勒和觀音的形象最為常見。而且玉佛像的擺件，一般都不太大，甚至於很多都是掛件，這對於劉宇飛的要求來說，無疑太小了。

老人家說的可是一尊，總不能拿個掛件回去吧？

「咦，那一家店鋪的牌匾倒是有點意思。」賈似道一眼看到了一個「石之軒」，這對於賈似道這樣的人來說，算是個頗具吸引力的店名：「走，我們去看看。」

先前兩個人盡往玉器店裏鑽了，進了這家「石之軒」之後，他們發現店鋪並不大，卻很整潔乾淨。裏面人不多，老闆看上去四十來歲，見到賈似道和劉宇飛進來，也沒打招呼，只是看了他們一眼，微微一點頭，還算和善。老闆正對著櫃檯前的幾個客人講解著一方印章。

和原先的那幾家玉器店的老闆比起來，這位老闆明顯要熱情得多。不是等到客人詢問了，他才回答上那麼幾句。這讓賈似道和劉宇飛對於這家店的初步感覺還不錯。

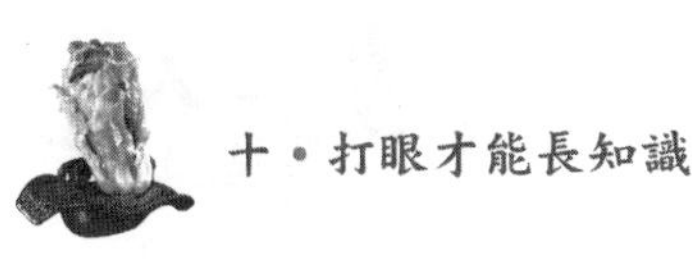

劉宇飛自然是尋墨玉雕件去了。賈似道看看櫃檯中的商品，大多為一些奇石擺件，形態各異，完全是根據石頭的形狀來雕刻而成，多了幾分自然美。墨水匣也不少，顏色各異。印章更是無數，賈似道還見到了一方心儀已久的雞血石。只是上面的血量並不多，在雕刻上也沒有做到盡善盡美。好在是圖個新鮮，賈似道還湊近觀察一番。

劉宇飛這時喊了賈似道一聲。賈似道聞聲望去，在牆上的櫥窗內，正有一尊壽星雕件，遠遠看去，似乎是玉石的材質。也難怪劉宇飛的神情有些興奮了。賈似道走上前，隔著櫃檯，仔細看了看，壽星的模樣雕刻得還挺傳神的，尤其是臉部很豐潤。只是看其材質，不太像是墨玉，劉宇飛顯然也發現了這一點。

以劉宇飛對墨玉的熟悉，是斷然不會出現這般差錯的。只不過兩個人逛了好長時間了，也沒找著一尊像樣的，這會兒猛一看到形似並且大小又合適的，一時間，劉宇飛有點欣喜的感覺。

「老闆，這尊壽星公是什麼材料雕的？」看著劉宇飛有些尷尬、失望的神情，賈似道便向老闆問了一聲。

「是福建壽山的凍石。」老闆壓根就不用看，就知道了賈似道問的是哪一尊。

不過，即便是詢問之前就已經猜到了結果，賈似道和劉宇飛聞言之後，臉上還是有些掩不住的失望，兩個人相視一眼，苦笑了一下，正準備出門去別的地方轉轉呢，賈似道卻又轉頭問了一句：「老闆，你這裏有墨玉的壽星嗎？」

「墨玉的？」老闆嘀咕了一句：「要多大的？小件的倒是有。」

「和那尊類似的。」賈似道指了指櫥窗裏的凍石壽星。

「那就沒有了。」老闆搖了搖頭，轉頭繼續和客人講起印章，似乎是瞥見了賈似道失望的眼神，老闆又抬頭說了一句：「如果你們不急的話，逢週末的時候，倒是可以去找那些客人們問問，或許會有一些收穫。」

「謝謝老闆了。」賈似道應一聲，出了店門，他看了看劉宇飛，問道：「你現在還有什麼打算？不是真準備在這裏等到週末吧？」

要說收東西，大多是沒有固定目標的，基本都是遇上什麼就收什麼。像劉宇飛趕到揚州去收碧玉的觀音掛件，這樣有譜的事情，畢竟還是少數。大多數的時候，玩收藏的人就得下鄉自己找東西去。

劉宇飛自然明白這些門道，有那個時間，還不如多托一些熟人，多找找門路呢。畢竟，客人們要是手頭有東西，出售的物件也大多是熟客，或者是古玩市場的店鋪。

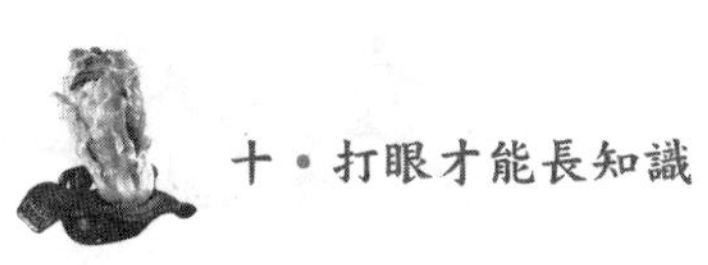

看著賈似道有些幸災樂禍的模樣，劉宇飛不禁沒好氣地回了一句：「你以為我傻啊。我準備……」

這時劉宇飛的手機響了起來。

賈似道聽到劉宇飛說：「買方找到了？人還在那邊？哦，好，我馬上過去。」只見劉宇飛樂呵呵地拍了一下賈似道的肩膀，眉飛色舞地說：「看來，本人的運氣回來了，峰迴路轉，天無絕人之路啊。」

「怎麼，那尊墨玉壽星追回來了？」賈似道猜測著問道。

「哪有那麼容易啊。」劉宇飛說，「不過，我讓那邊的線人根據賣家提供的資訊查了一下收購者的資訊。這不，這會兒剛有消息，那個人找到了，還在揚州呢。哥們，對不住了，你就一個人慢慢逛吧，我得儘快趕到揚州去。不然，要是買家離開揚州，到時候要想再找到人就更麻煩了。」

「這還真是個好消息呢。」整整一個上午，賈似道還是第一次看到劉宇飛的心情愉悅起來。

「那是。」劉宇飛高興地說，「只要還有希望，我就不會放棄。走了，有事電話聯繫。」

說著，劉宇飛直接奔車站去了。留下賈似道看著他的背影，腦子裏琢磨著他臨走時說的話。

或許，以後他也會變得像劉宇飛現在這樣，為了一件心儀的古玩，追著賣家，從這個城市跑到那個城市吧？

說到收藏，誰沒有為了一件好東西，和別人磨上十天半個月的經歷呢？有的甚至還能磨上個三年五載的，憑的就是發自內心裏的喜歡，哪怕過程坎坷一些，收藏者也樂在其中。

回到賓館，從保險箱裏取回自己的皮包，看了看裏面的幾件瓷器，賈似道便拿出手機，給果凍打電話。

果凍一聽是賈似道的聲音，那高興的神情，即便賈似道暫時還沒能見到，卻也可以大致地想像出來。這還是賈似道第一次主動給果凍打電話呢。

果凍輕聲埋怨了一句，然後就問賈似道是不是已經到上海了。

「你怎麼知道？」賈似道有些驚訝。

「那是當然啦。」果凍得意地說，「如果你不是來到上海的話，肯定不會給我打電話的。因為，你找不到我家在哪兒……」

這麼一說，賈似道倒感覺有些尷尬了。

「我正想著你是不是也該到上海了呢，你就打電話過來了。」果凍說，「小賈哥哥，你現在在車站嗎？我去接你。」

「你告訴我你家地址，我自己過去就好了。」賈似道說著，嘀咕了一句：「我又不是像你這樣的小孩子，還要人接。」惹來果凍一陣埋怨。

賈似道問清楚地方後，直接搭車到了地鐵站。

面對著地下通道裏滿眼的人，賈似道只能感歎自己還是個鄉下土包子。不過，地鐵比起公車來，的確要方便不少，至少不用等待那麼多十字路口的紅燈。

待到重見天日，賈似道又再次搭車，來到了果凍約定的地點，抬眼一看，應該是一個挺高級的社區，門口有保安站崗，進出的都是挺好的車，社區裏的佈置處處彰顯著一種大氣。賈似道在臨海地還沒有見到過類似的社區。

想必果凍的家，也算是個富足的家庭吧？只是小丫頭人在哪裏呢？

在車上的時候，賈似道就發過簡訊，小丫頭還信誓旦旦地說要到門口來接的呢。結果他找了一圈，愣是連個人影都沒發現。倒是在社區大門口不遠處有一個公車站，站著不少人。賈似道再次撥通了果凍的電話。

果然，在賈似道的視野裏，一個身穿灰白色牛仔短褲和一件草綠色T恤的女孩子把手機放到了耳邊，問了一句：「小賈哥哥，我就站在公車站邊上呢，你人在哪裏啊？」

她還打著一把太陽傘，說話間那左顧右盼的動作，讓賈似道心裏有小小的感動。賈似道覺得，小丫頭為人還不錯，嘴巴又甜，倒和她自誇的人見人愛沾上點邊了。

至於為什麼小丫頭跑到公車站來等，也許是她出行基本都習慣坐公車吧。真不知道是說她聰明好，還是迷糊好。

「別看了，我站在社區門口呢。」賈似道說。

果凍轉過身來一看，便掛了電話，興沖沖地往社區這邊走。到了賈似道的面前，小丫頭倒有些放不開了。畢竟是第一次面對面地見到賈似道，看著賈似道的眼神也有些飄忽，一副想要認真打量又覺得害羞的模樣，和電話裏的大大咧咧截然不同。

要不是明知道眼前這個人就是果凍的話，賈似道都不敢認她了。他取笑了一句：「小丫頭，怎麼見到真人了，反而不會說話了？」

「不准叫我小丫頭。」果凍惱了賈似道一眼，還故意挺直了身體，個頭幾乎到了賈似道鼻子的高度。這電話裏呼來喊去的小丫頭，看上去似乎也真不小了。

「走吧，先到我家裏去。站在外面曬死了。」也許是經過賈似道的打趣，果

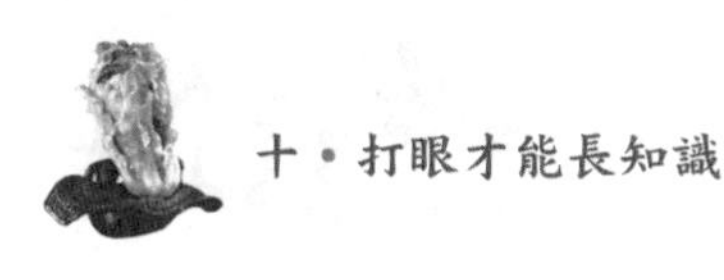

凍放開了不少。她說話是吳儂軟語的調子，這小丫頭家教應該不錯，可以看得出來行為舉止遠比小城市裏的女孩子講究得多。她還特意走在賈似道的邊上，似乎想要給賈似道也遮一下太陽。

看到賈似道的手裏提著一個大大的皮包，她好奇的眼神瞟了又瞟。

賈似道跟著果凍在社區裏走了一小段路，就到了一幢別墅的門口。

這時，果凍轉過身，對賈似道很認真地說：「小賈哥哥，我們說好了，進屋以後，可不許叫我小丫頭，也不許叫我果凍，要叫我的名字。」

「李甜甜小姐？」賈似道好笑地說了一句。

「嗯。」果凍很以為然地點了點頭，「我家裏人不知道我在論壇裏瞎折騰的。」

「你還知道自己是在瞎折騰啊。」賈似道很無語。既然老爺子都準備見一見他了，難道還會不知道小丫頭在論壇上瞎折騰嗎？想到這裏，賈似道淡淡一笑。

果凍的父母都不在家。客廳裏有個保姆在看電視，看到賈似道來了，立即去倒了一杯水。房內的擺設比較現代化，沙發茶几都很有時尚氣息，簡潔大方。這有點出乎賈似道的意料，原本還以為老太爺是個收藏家，家中的擺設也會古色古香呢。

果凍讓賈似道先坐下，然後自己轉身走向二樓。不一會兒，她就攙扶著一位老人家走下樓來。老人家鶴髮童顏，身子骨看上去挺硬朗。要是果凍不說她太爺爺即將九十大壽，光憑第一印象的話，賈似道會覺得老人家可能是果凍爺爺輩的，七十來歲的樣子。

站起身來，跟著果凍的稱呼，賈似道叫了一聲：「太爺爺好。」

老人家擺了擺手，示意賈似道坐下。賈似道也不客氣，坐下後從皮包裏拿出了清宮五供，擺在玻璃茶几上。老太爺還沒動手呢，果凍倒搶著先拿起了一個，動作雖然有些小心翼翼，不過，看她那模樣就知道僅僅是好奇而已，結果被她太爺爺說了一句，她才有些悻悻地放了回去。看得賈似道一陣好笑。

「小賈，別介意，小丫頭被我們給寵壞了。」老太爺說話的時候，雖然是在責怪著果凍，但是語氣裏卻帶著一股溺愛。賈似道笑笑，也不在意。他看了果凍一眼，似乎是在說：看吧，我都沒叫你小丫頭了，不過有人還是這麼喊了。

果凍自然明白賈似道的意思，她紅著臉，把頭撇到了一邊。

老太爺應該是北方人，普通話很標準。而且，老太爺把玩瓷器的動作很流暢，絲毫沒有這個年紀的僵硬。僅僅看著老太爺手上的動作，賈似道也受益匪淺。

待到把五件瓷器都看過一遍，老太爺才長長地舒了一口氣，也沒有作評價。從賈似道先前取出瓷器的動作來看，老太爺就明白，賈似道已經知道了這套瓷器的價值。這會兒，老太爺陷入了沉思，似乎是在回憶著什麼。

賈似道滿肚子疑問，但也不好開口詢問。

坐在老太爺邊上的果凍，此時也很安靜，表現得像一個乖乖女。只是一雙水靈靈的眼睛在老太爺和賈似道的身上不住地來回打量著，讓賈似道難以猜測她的腦袋裏在琢磨什麼。

一時間，客廳裏很安靜。

老太爺子從回憶中回過神來，對賈似道笑著問：「小賈，你心裏肯定很好奇，我為什麼要親眼看看這套瓷器吧。要不是小丫頭拿這張照片給我看的話，或許我這輩子也看不到這套東西了。」

說到這裏，老太爺看著果凍的目光，格外慈祥。

「其實，在多年以前，我經手過這套瓷器。」老太爺的話讓賈似道的心中升起一股怪異的感覺。莫非，這位老太爺還和那位洪老太太有什麼瓜葛？

「已經記不清是多少年前了。」老太爺感歎了一句，說道：「那會兒，小丫頭都還沒出世呢。不要說小丫頭你了，就是你爸爸，也才這麼點大。」老太爺比劃了一下，大概只有一米高的樣子，看得果凍挺不好意思。

「小賈，你這一套瓷器，是親自收上來的，還是通過別人上手的？」老太爺問了一句，看著賈似道。賈似道感覺到他的眼神中有著某種期盼，賈似道自然是照實說了。

這會兒仔細回想洪老太太那一口不太道地的臨海話，再聽老太爺說話的口音，自然可以猜到洪老太太恐怕也是北方人，也許她丈夫是臨海人，才一直住在臨海的。

「唉，沒想到小張先走一步了，如今只剩下小洪一個人了。」老太爺聞言之後沉默良久，才感歎了一句，一邊輕歎，還一邊微微搖了搖頭：「老嘍……」

「太爺爺，您才不老呢。」果凍這個時候很認真地插了一句：「您每天早上都打太極拳，連我都跟不上您的動作呢。」

「呵呵，小丫頭，你就會說好聽的。」老太爺拍了拍果凍的手，看到賈似道有些好奇的目光，老太爺說起了當年的事情。原來小張就是洪老太太的丈夫，是老太爺的一個記名弟子。只是老太爺比較喜歡收藏瓷器，而小張卻喜歡紅木傢俱。

老太爺和小張的關係亦師亦友，那個時候，小張還在北方做生意，家境還不錯，家裏沒有長輩，和洪老太太正是新婚燕爾。因為洪老太太的家境也不錯，家族裏的人也頗有些勢力，婚禮就在北方辦的，搞得比較熱鬧。親戚朋友送了不少好東西。尤其是像老太爺這樣的收藏愛好者，出手自然不會太過小氣，老人家還記得自己送的是清朝粉彩的一口小碗，即便不是落了款識的官窯，卻也是一件難得的精品。

後來小張回鄉經歷了一番顛沛流離，老太爺失去了小張的音信。他唯一有印象的，就是送給小張的粉彩小碗和這套清宮五供了。小張家裏的瓷器不多，而傢俱，即便是老太爺現在看到了，可能也不怎麼回想得起來了。

難怪老太爺在見到果凍拿出的清宮五供照片時，會表現得如此激動。

在臨別時，小張倒是樂意把瓷器送給老太爺的，因為老太爺經常去他家裏，對這套東西上過手，鑒定過是一套好東西，印象很深刻。只是清宮五供這樣用途的東西，如果送人的話，實在是不太好意思出手。更何況，在小張家裏，那個時候倒也沒把它當成古董來收藏，甚至還擺在家裏使用。

於是這麼一套東西就被張老先生帶回了臨海，並且在前一陣子以低廉的價格落到了賈似道手裏。賈似道也覺得自己挺幸運的。老太爺聽了賈似道說的經過之後，也不在意。古玩這一行，撿漏說多不多，說少也不少。尤其還是洪老太太親自拿到古玩街去賣的，即便不被賈似道撿漏了去，也會被別人收走。

那樣的話，老太爺還不知道能不能再有這機緣看到這套清宮五供呢。老太爺倒是稱讚起賈似道的魄力了，尤其是知道賈似道還只是個收藏界的新人後。

一個新人，能在古玩街隨意出手幾千塊錢，也算是比較少見的。

這年頭，作舊的東西實在太多。在古玩市場淘東西，十有八九都是新仿。即便是老太爺自己去古玩市場逛，也大多只是看上幾眼，感受一下那種淘寶的樂趣而已，真正值得出手的東西實在是不多。

倒是果凍在邊上聽到賈似道僅僅花了三千五就收到了這套瓷器，看向賈似道的目光頓時變得有些憤然起來。

因為，在最初的時候，她還開價三千塊想向賈似道收購，被賈似道好好地取笑了一番呢。

賈似道不禁臉一紅，目光有些閃躲。看到邊上自己的皮包，他一拍自己的腦門，怎麼把正事給忘了呢？

賈似道先從皮包裏小心地拿出了那塊看上去像是磚頭的青花瓷器。先前聽老太爺說到洪老太太的家境時，賈似道就琢磨著，說不定自己後來去洪老太太家收上來的兩件東西，又一次撿到大漏了。

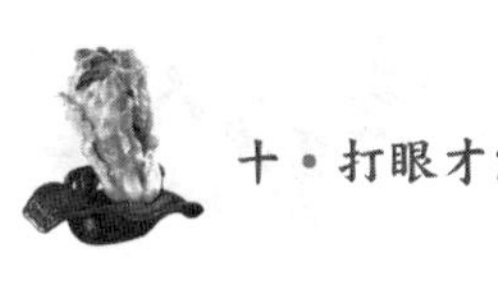

別看古玩街的小販們嘴裏經常說著什麼在某個村裏收到一件哪個朝代的珍品、還是祖傳的云云，其實那都是一套說辭而已。真正值錢的古董，大多數都藏在家境富裕的人手上。

底蘊這東西，並不是祖傳下來一兩件東西，就能夠改變的。

無非說是從農村裏搞來的東西更有噱頭、更有吸引力而已。博物館裏陳列的展品，又有多少是破破爛爛殘缺不齊的呢？古董、古董，並不一定就是很舊、很殘的。文房中的擺設器件，像精美的筆洗、筆筒，幾百年過去，即便到了現代，看上去依舊是熠熠生輝。

當然，如果是農村裏祖傳的用來吃飯的大碗，那自然就不可能是嶄新的了。小六子家傳下來的那口大碗，就有使用過的痕跡。倒是這樣的東西在古玩市場上更容易流通。只有舊一點、破一點，買家看著才會覺得更加像是古董，尤其是初入行的人或者觀光客。只有把東西作舊到一定程度，把它的歷史滄桑感淋漓盡致地展現出來，才能賣得出好價錢。

賈似道察言觀色，在自己剛拿出這件瓷器的時候，老太爺很有大吃一驚的樣子。

不用賈似道開口，老太爺伸手拿了起來，左右看了看，尤其是對那個缺角，還仔細地用手指撫摸了幾下，隨後，對坐在身邊的果凍說：「小丫頭，去把太爺爺的傢伙給拿過來。」

「哦。」果凍應了一句，眼神卻有些戀戀不捨地打量著老太爺手上的這件瓷器。她的大眼睛裏寫滿了疑惑：「太爺爺，這是什麼瓷器啊，我都沒見過呢，是塊瓷磚頭嗎？」

不要說果凍好奇了，賈似道也很期待答案。

「小丫頭，你才見過多少瓷器啊。不過，這回你倒是猜對了。」老太爺呵呵一笑，「如果這東西沒錯的話，還真就是一塊地磚。」

「還真是磚頭啊。」果凍說，「難怪看著這麼醜。」

不過，說了這麼一句之後，果凍似乎覺得自己有些多嘴了，不禁吐了吐舌頭，轉身去了裏間，不一會兒，就搬出了一個抽屜。裏面的工具，賈似道很熟悉，放大鏡、管鏡一應俱全。

老太爺拿起工具，再次仔細地觀察了起來。賈似道看了一眼抽屜裏的東西，看起來有些年頭了，想來是老太爺經常使用的緣故。想到這裏，賈似道瞥了一眼果凍剛才進去過的那個房間，房門已經關上了。

看到老太爺收起了管鏡，賈似道好奇地問了一句：「太爺爺，這真的是一塊

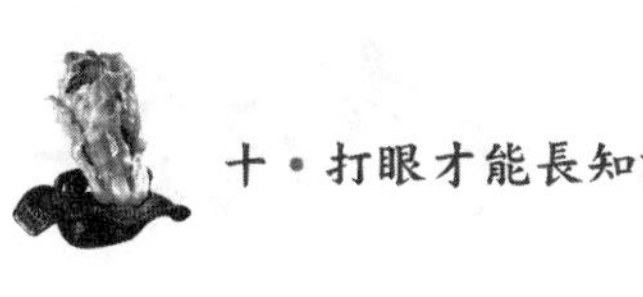

古代的瓷地磚嗎？」

用陶土燒製地磚並不奇怪，可是用青花瓷做的地磚，賈似道還沒有聽說過呢。

「呵呵，東西應該錯不了。」老太爺看著賈似道，先說了一句讓賈似道安心的話，又有些語重心長地說了一句：「小賈啊，喜愛瓷器、玩點收藏，對於現在的年輕人來說比較難得。不過，喜歡一樣東西、做一件事情，我們就要努力去把它做好。現在看來，你的知識儲備顯然還不是很到位啊。這東西在史書上可都是有記載的。」

「在史書上還有瓷磚的記載？」賈似道好奇道。

「是啊，太爺爺，我怎麼也不知道有過瓷磚啊？」果凍在一邊甜甜地問了一句，問完了還對賈似道眨了眨眼，生怕賈似道不知道她在幫他一樣。看得賈似道對她無奈地翻了一個白眼，這小丫頭絕對沒安什麼好心。天知道賈似道這會兒領情之後，等一下她會提出什麼要求來呢。

「呵呵，有沒有記載，你們自己去找一找不就知道了？想要學到知識，光是聽別人講，那畢竟還是不夠的。」老太爺笑著說，「我只提示你們一下，這東西在歷史上只出現過一次，是唯一的一次。時間嘛，就是在明朝初年那會兒了……」

賈似道暗暗記下了老太爺的話。想來，老太爺也是為了他好，尤其是這塊瓷磚還是賈似道的。自己的東西，一些相關的知識就應該自己去找了，弄明白了，瞭解了古董的歷史、背景、文化，也算是收藏中的一種樂趣了。

為什麼在古玩市場上，即便是打眼了，有時候也會被人說成是吃藥、交學費呢？就是吃一塹，長一智。這次打眼了，就勢必會對此類東西研究個透徹。在以後才不會再輕易上當。而收藏的知識，也在這樣不斷的積累中慢慢豐富起來。

請續看《古玩人生》之二　古玩炒手

【附錄】

兩岸主要古玩市場・市集地址

台灣古玩市場・市集地址

台北市建國假日玉市：北市仁愛路、濟南路及建國南路高架橋下

台北市光華假日玉市：新生北路與八德路口

台北市三普古董商場：台北市新生南路一段十四號

台北市大都會珠寶古董商場：台北市中山區松江路二九一號地下一樓

新竹市東門市場：新竹市東區中正路一〇六號

台中市立文化中心周遭：英才路、美村路、林森路、公益路、金山路和民生路等地段

台中市第五期重劃區：大隆路、精明一街、精明二街、東興路和大業路等地段

彰化：彰鹿路

高雄市：廣州街、廈門街、七賢三街、中正路、大豐路等

大陸古玩市場．市集地址

北京古玩城：北京市朝陽區東三環南路廿一號

北京潘家園舊貨市場：北京市朝陽區華威里十八號

上海國際收藏品市場：上海市江西中路四五七號

天津古物市場：天津市南開區東馬路水閣大街三十號

天津古玩城：天津市南開區古文化街

重慶市綜合類收藏品市場：重慶市渝中區較場口八二號

廣東省深圳市古玩城：廣東省深圳市樂園路十三號

廣東省深圳華之萃古玩世界：廣東省深圳市紅嶺路荔景大廈

江蘇省南京夫子廟市場：江蘇省南京市夫子廟東市

江蘇省南京金陵收藏品市場：江蘇省南京市清涼山公園

浙江省杭州市民間收藏品交易市場：浙江省杭州市湖墅南路

浙江省紹興市古玩市場：浙江省紹興市紹興府河街四一號

福建省白鷺洲古玩城：福建省廈門市湖濱中路

福建省泉州市塗門街古玩市場：福建省泉州市狀元街、文化街及鐘樓附近

河南省洛陽市西工古玩市場：河南省洛陽市洛陽中州路

河南省洛陽市潞澤文物古玩市場：河南省洛陽市九都東路一三三號

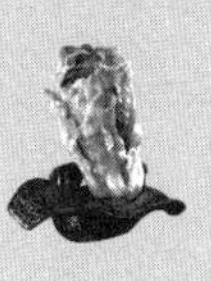

湖北省武昌市古玩城：湖北省武昌市東湖中南路

四川省成都市文物古玩市場：四川省成都市青華路三六號

遼寧省大連市古玩城：遼寧省大連市港灣街一號

遼寧省瀋陽市古玩城：遼寧省瀋陽市瀋陽故宮附近

黑龍江省哈爾濱市馬家街古玩市場：黑龍江省哈爾濱市南崗區馬家街西頭

吉林省長春市吉發古玩城：吉林省長春市清明街七四號

山東省青島市古玩市場：山東省青島市昌樂路

河北省石家莊市古玩城：河北省石家莊市西大街一號

山西省平遙古物市場：山西省平遙縣明清街

山西省太原南宮收藏品市場：山西省太原市迎澤路

陝西省西安市古玩城：陝西省西安市朱雀大街中段二號

安徽省合肥市城隍廟古玩城：安徽省合肥市城隍廟

甘肅省蘭州古玩城：甘肅省蘭州市白塔山公園

雲南省昆明市古玩城：雲南省昆明市桃園街一一九號

江西省南昌市滕王閣古玩市場：江西省南昌市滕王閣

貴州省貴陽市花鳥古玩市場：貴州省貴陽市陽明路

湖南省長沙市博物館古玩一條街：湖南省長沙市清水塘路

古玩人生 之1 一夕暴富

作者：鬼徒
發行人：陳曉林
出版所：風雲時代出版股份有限公司
地址：105台北市民生東路五段178號7樓之3
風雲書網：http://www.eastbooks.com.tw
官方部落格：http://eastbooks.pixnet.net/blog
Facebook：http://www.facebook.com/h7560949
信箱：h7560949@ms15.hinet.net
郵撥帳號：12043291
服務專線：(02)27560949
傳真專線：(02)27653799
執行主編：劉宇青
美術編輯：許惠芳

法律顧問：永然法律事務所 李永然律師
北辰著作權事務所 蕭雄淋律師

版權授權：蔡雷平
初版日期：2016年9月
初版二刷：2016年9月20日
ISBN：978-986-352-365-9

總 經 銷：成信文化事業股份有限公司
地　　址：新北市新店區中正路四維巷二弄2號4樓
電　　話：(02)2219-2080

行政院新聞局局版台業字第3595號 營利事業統一編號22759935

定價：280元　特價：199元

國家圖書館出版品預行編目資料

古玩人生／鬼徒 著. -- 初版-- 臺北市：風雲時代，
2016.08 -- 冊；公分

ISBN 978-986-352-365-9（第1冊；平裝）

857.7　　105012837